증편 한국구비문학대계

8-28

경상남도 산청군 ②

이 저서는 2011년 정부(교육과학기술부)의 재원으로 한국학중앙연구원(한국학진흥사업단)의 지원을 받아 수행된 연구임.(AKS-2011-CCB-1101)

증편 한국구비문학대계
8-28
경상남도 산청군 ②

박경수 · 정규식 · 박기현

한국학중앙연구원

역락

발간사

　민간의 이야기와 백성들의 노래는 민족의 문화적 자산이다. 삶의 현장에서 이러한 이야기와 노래를 창작하고 음미해 온 것은, 어떠한 권력이나 제도도, 넉넉한 금전적 자원도, 확실한 유통 체계도 가지지 못한 평범한 사람들이었다. 이야기와 노래들은 각각의 삶의 현장에서 공동체의 경험에 부합하였으며, 사람들의 정신과 기억 속에 각인되었다. 문자라는 기록 매체를 사용하지 못하였지만, 그 이야기와 노래가 이처럼 면면히 전승될 수 있었던 것은 그것이 바로 우리 민족의 유전형질의 일부분이 되었기 때문이며, 결국 이러한 이야기와 노래가 우리 민족을 하나의 공동체로 묶어 주고 있는 것이다.

　사회와 매체 환경의 급격한 변화 가운데서 이러한 민족 공동체의 DNA는 날로 희석되어 가고 있다. 사랑방의 이야기들은 대중매체의 내러티브로 대체되어 버렸고, 생활의 현장에서 구가되던 민요들은 기계화에 밀려 버리고 말았다. 기억에만 의존하여 구전되던 이야기와 노래는 점차 잊히고 있다. 한국학중앙연구원이 1970년대 말에 개원함과 동시에, 시급하고도 중요한 연구사업으로 한국구비문학대계의 편찬 사업을 채택한 것은 바로 이러한 시대적 상황에 대한 우려와 잊혀 가는 민족적 자산에 대한 안타까움 때문이었다.

　당시 전국의 거의 모든 구비문학 연구자들이 참여하였는데, 어려운 조사 환경에서도 80여 권의 자료집과 3권의 분류집을 출판한 것은 그들의 헌신적 활동에 기인한다. 당초 10년을 계획하고 추진하였으나 여러 사정으로 5년간만 추진되었으며, 결과적으로 한반도 남쪽의 삼분의 일에 해당

하는 부분만 조사하게 되었다. 그럼에도 불구하고 한국구비문학대계는 주관기관인 한국학중앙연구원의 대표 사업으로 각광 받았을 뿐 아니라, 해방 이후 한국의 국가적 문화 사업의 하나로 꼽히게 되었다.

21세기에 들어서면서 한국학중앙연구원에서는 미완성인 채로 남아 있는 구비문학대계의 마무리를 더 이상 미룰 수 없다는 생각으로 이를 증보하고 개정할 계획을 세웠다. 20년 전의 첫 조사 때보다 환경이 더 나빠졌고, 이야기와 노래를 기억하고 있는 제보자들이 점점 줄어들고 있었던 것이다. 때마침 한국학 진흥에 대한 한국 정부의 의지와 맞물려 구비문학대계의 개정·증보사업이 출범하게 되었다.

이번 조사사업에서도 전국의 구비문학 연구자들이 거의 다 참여하여 충분하지 않은 재정적 여건에서도 충실히 조사연구에 임해 주었다. 전국 각지의 제보자들은 우리의 취지에 동의하여 최선으로 조사에 응해 주었다. 그 결과로 조사사업의 결과물은 '구비누리'라는 이름의 데이터베이스에 탑재가 되었고, 또 조사 자료의 텍스트와 음성 및 동영상까지 탑재 즉시 온라인으로 접근할 수 있는 시스템을 갖추었다. 특히 조사 단계부터 모든 과정을 디지털화함으로써 외국의 관련 학자와 기관의 선망의 대상이 되고 있다.

이제 조사사업의 결과물을 이처럼 책으로도 출판하게 된다. 당연히 1980년대의 일차 조사사업을 이어받음으로써 한편으로는 선배 연구자들의 업적을 계승하고, 한편으로는 민족문화사적으로 지고 있던 빚을 갚게 된 것이다. 이 사업의 연구책임자로서 현장조사단의 수고와 제보자의 고귀한 뜻에 감사를 표하지 않을 수 없다. 아울러 출판 기획과 편집을 담당한 한국학중앙연구원의 디지털편찬팀과 출판을 기꺼이 맡아준 역락출판사에 감사를 드린다.

2013년 10월 4일
한국구비문학대계 개정·증보사업 연구책임자 김병선

책머리에

구비문학조사는 늦었다고 생각하는 지금이 가장 빠른 때이다. 왜냐하면 자료의 전승 환경이 나날이 달라지고 있기 때문이다. 전승 환경이 훨씬 좋은 시기에 구비문학 자료를 진작 조사하지 못한 것이 안타깝게 여겨질 수록, 지금 바로 현지조사에 착수하는 것이 최상의 대안이자 최선의 실천이다. 실제로 30여 년 전 제1차 한국구비문학대계 사업을 하면서 더 이른 시기에 조사를 했더라면 하는 아쉬움이 컸는데, 이번에 개정·증보를 위한 2차 현장조사를 다시 시작하면서 아직도 늦지 않았다는 사실을 실감했다.

구비문학 자료는 구비문학 연구와 함께 간다. 자료의 양과 질이 연구의 수준을 결정하고 연구수준에 따라 자료조사의 과학성이 결정되기 때문이다. 실제로 1차 조사사업 결과로 구비문학 연구가 눈에 띠게 성장했고, 그에 따라 조사방법도 크게 발전되었다. 그러나 연구의 수명과 유용성은 서로 반비례 관계를 이룬다. 구비문학 연구의 수명은 짧고 갈수록 빛이 바래지만, 자료의 수명은 매우 길 뿐 아니라 갈수록 그 가치는 더 빛난다. 그러므로 연구 활동 못지않게 자료를 수집하고 보고하는 일이 긴요하다.

교육부에서 구비문학조사 2차 사업을 새로 시작한 것은 구비문학이 문학작품이자 전승지식으로서 귀중한 문화유산일 뿐 아니라, 미래의 문화산업 자원이라는 사실을 실감한 까닭이다. 따라서 학계뿐만 아니라 문화계의 폭넓은 구비문학 자료 활용을 위하여 조사와 보고 방법도 인터넷 체제와 디지털 방식에 맞게 전환하였다. 조사환경은 많이 나빠졌지만 조사보고는 더 바람직하게 체계화함으로써 누구든지 쉽게 접속하여 이용할 수 있는 데이터베이스를 구축했다. 그러느라 조사결과를 보고서로 간행하는 일은 상대적으로 늦어지게 되었다.

2차 조사는 1차 사업에서 조사되지 않은 시군지역과 교포들이 거주하는 외국지역까지 포함하는 중장기 계획(2008~2018년)으로 진행되고 있다. 한국학중앙연구원 어문생활연구소와 안동대학교 민속학연구소가 공동으로 조사사업을 추진하되, 현장조사 및 보고 작업은 민속학연구소에서 담당하고 데이터베이스 구축 작업은 한국학중앙연구원에서 담당한다. 가장 중요한 일은 현장에서 발품 팔며 땀내 나는 조사활동을 벌인 조사자들의 몫이다. 마을에서 주민들과 날밤을 새우면서 자료를 조사하고 채록하여 보고서를 작성한 조사위원들과 조사원 여러분들의 수고를 기리지 않을 수 없다. 조사의 중요성을 알아차리고 적극 협력해 준 이야기꾼과 소리꾼 여러분께도 고마운 말씀을 올린다.

구비문학 조사를 전국적으로 실시하여 체계적으로 갈무리하고 방대한 분량으로 보고서를 간행한 업적은 아시아에서 유일하며 세계적으로도 그 보기를 찾기 힘든 일이다. 특히 2차 사업결과는 '구비누리'로 채록한 자료와 함께 원음도 청취할 수 있는 데이터베이스를 구축해서 세계에서 처음으로 인터넷과 스마트폰으로 이용할 수 있는 디지털 체계를 마련했다. '구슬이 서 말이라도 꿰어야 보배'인 것처럼, 아무리 귀한 자료를 모아두어도 이용하지 않으면 소용이 없다. 그러므로 이 보고서가 새로운 상상력과 문화적 창조력을 발휘하는 문화자산으로 널리 활용되기를 바란다. 한류의 신바람을 부추기는 노래방이자, 문화창조의 발상을 제공하는 이야기주머니가 바로 한국구비문학대계이다.

2013년 10월 4일
한국구비문학대계 개정·증보사업 현장조사단장 임재해

● 근현대 구전민요

3. 생초면

● 민요

산청군에는 동제가 전하는 마을도 많다. 목신제·장승제·입석제·성황제 등 여러 명칭으로 부르는 동제는 섣달그믐, 정월대보름, 시월상달 등에 택일하여 지냈다. 목신을 제사지내는 '노거수'란 제를 지내는 곳도 여러 곳이다. 산청읍 내수리의 괴목을 마을의 수호목으로 인식하고, 마을의 액을 막고 행운을 가져다주는 노거수를 지낸다. 신등면 법물마을의 은행나무는 '성인나무'로 불리며 섣달그믐에 이 나무에 제를 지낸다. 이외에 단성면 강루리에서는 마을에 남아 있는 석장승을 대상으로 장승제를 지낸다. 금서면 수철리, 금서면 툽재, 생초면 고촌, 차황면 솔티재, 신안면 청고재와 차돌박재 등에는 성황제를 지낸 누석단이 남아 있어서 산청군 곳곳에서 질병과 재화를 막기 위한 제를 지냈음을 알 수 있다.

그리고 산청군의 각종 문화재를 조사하거나 수집하고 있는 산청문화원은 1960년에 개원되어, 그동안『산청민요집』(2003),『산청의 민담』(2004) 등을 간행했다.

산청은 산간농촌지역의 특성을 살린 다양한 축제와 행사를 실시하고 있다. 특히 산청은 1,000여 종의 약초가 자생하고 있는 지역이면서, 동의보감의 저자 허준, 명의로 이름을 알린 류의태, 초삼·초각 형제 등이 의술을 펼친 한의학의 본고장임을 내세우며 한방약초 산업의 중심지로 자리를 잡기 위해 많은 노력을 하고 있다. 2007년 5월에 한의학전문박물관을 세웠으며, 주변에 한의학동네, 기 체험장, 침 조형물, 전망대 등을 조성하여 한의학테마공원을 만들었으며, 2000년부터 한방약초축제를 매년 5월에 시행해 오고 있다. 2013년에는 산청군에서는 세계전통의약엑스포(2013. 9. 10~10. 15)를 개최하기도 했다.

1969년에 두류평화제로 시작된 지리산산신제도 산청군의 중요 행사에서 빼놓을 수 없는데, 1977년부터 지리산평화제로 바뀌어 매년 가을마다 시행되고 있다. 그리고 1983년부터 산청황매산철쭉제를 이웃 합천군과 공동으로 매년 철쭉이 만개할 때 개최하고 있으며, 산청읍 부리마을에서는 2007년부터 산청장미축제, 2012년부터는 지리산산청곶감축제, 1995년부터는 산청메뚜기잡기대회를 실시하면서 산청군 농산물의 홍보와 판매에 힘쓰고 있다.

그리고 남명(南冥) 조식(曺植)의 학문과 그 정신을 기리기 위해 2001년 탄생 500주년을 기념하기 위한 행사를 계기로 남명선비문화축제를 덕천서원을 중심으로 한국선비문화연구원 주최로 개최하고 있다. 산청군은 또한 이 지역 출신인 기산(岐山) 박헌봉(朴憲鳳, 1906~1977) 선생이 국악의 발전에 기여한 공로를 기리기 위해 2007년부터 단성면 남사리 예담촌의 기산국악당을 중심으로 기산국악제전을 열고 있다.

산청군에는 전통사회의 교육기관이었던 향교와 서원이 여러 곳에 남아 있다. 단성향교(丹城鄕校)는 단성면 강루리에 있는데, 고려 인종 때 창건, 영조 28년(1752년)에 중건되어 오늘에 이르고 있고, 산청읍 지리에 있는 산청향교(山淸鄕校)는 세종 22년(1440년)에 건립되었는데 1775년에 현재의 위치로 옮겨진 것이다. 시천면 원리에 있는 덕천서원(德川書院)은 본래 남명 조식이 명종 16년(1561년)에 건립한 서재인 산천재(山天齋)가 있는 곳에 선조 9년(1576년)에 유림들이 서원을 건립한 것이다. 오건(吳健)을 봉사하는 서계서원(西溪書院)이 산청읍 지리에 인조 4년(1626년)에 창건되었고, 문익점의 사당인 노산정사가 임진왜란 때 불타 없어짐에 따라 광해군 4년(1612년)에 도천서원(道川書院)으로 재건되었으나 고종 8년(1871년) 서원철폐령에 의해 다시 노산정사로 개칭되었다. 이밖에 청곡서원(淸谷書院), 두릉서원(杜陵書院), 완계서원(浣溪書院), 배산서원(培山書院), 문산서원(文山書院), 평천서원(平川書院) 등이 있었고, 크고 작은 사당과 사숙들이 있었다.

근대의 교육기관으로 1908년에 현재의 산청초등학교와 단성초등학교가, 1927년에는 산청중학교가 개교했다. 2015년 현재는 초등학교 13개 교, 중학교 6개 교, 고등학교 9개 교가 있다.

6. 구비문학과 현장조사

산청군은 산, 사찰, 계곡, 폭포 등 자연 지형과 관련된 전설, 지명과 관련된 전설, 유의태, 곽재우 등 인물과 관련된 전설이 많이 전승되고 있는 곳이다. 대표적인 설화로 <지리산 성모사 전설>과 <세석평전의 음양수 전설>, <지리산 마고할미 전설>, <내원사가 망한 내력>, <장터목 전설>, <승지골 전설>, <신행당고개 전설> 등이 있다.

산청군에서 발간한 『내 고장 전통』(산청군문화공보실, 1986)에 산청군 설화가 처음 수록되었다. 그런데 이들 산청군 설화는 주로 전설에 해당하는 것으로 현장 조사한 자료가 아니라 구전된 자료를 각색한 것이다. 따라서 참고 자료로 볼 수 있으나, 연구를 위한 객관적 자료가 되지 않는다. 그리고 손성모는 산청군의 명소와 관련된 전설을 모아 『산청의 명소와 이야기』(현대문예, 2000)를 간행했다. 이 책에 실린 자료도 구전 자료와 문헌에 실렸던 자료를 다시 모아 정리한 것으로 설화의 전승 상태를 생생하게 알 수 있는 구전 자료는 아니다.

산청군의 설화를 처음으로 본격 현장 조사한 이는 박종섭(朴鐘燮)이다. 산청문화원의 지원을 받아 1998년에 집중 현장조사를 실시하여, 총 208종의 설화를 조사했다. 그중 100편의 설화를 선별하여 『산청의 민담』(산청문화원, 2004)을 발행했다. 이들 설화는 인륜담, 지혜담, 풍수담, 전기담, 해학담, 운명담, 동물담, 기타담으로 구분하여 수록했다. 그런데 각 설화마다 조사지, 조사일, 제보자 등을 요약적으로 제시했으며, 설화의 본문 제시는 구술 시 방언 그대로 살리지 않고 현대어로 바꾸어 놓았다. 산청문화원의 요청에 따라 일반인들도 쉽게 이야기를 읽을 수 있도록 한다는 취지에서 그렇게 설화를 제시했을 것으로 짐작되지만, 상대적으로 설화의 원전이 이런 과정에서 훼손될 수밖에 없기 때문에 학문적 연구 자료로 삼기에는 부적절한 자료가 되고 말았다.

한편, 산청군은 농업노동과 길쌈노동이 성행되어 온 지역이기 때문에 모심는 소리 등 농업노동요와 삼삼기 노래 등 길쌈노동요가 다수 전승되고 있는 곳이다. 그렇지만 현재는 교통이 편리한 곳이 되어 지역 주민의 이동이 많아 토속민요의 전승이 급격하게 쇠퇴하고 있는 상황이다. 산청문화원에서 이런 사정을 고려하여, 박종섭과 허학수(許學秀) 두 사람에게 산청군 민요의 현장조사와 채록·정리 작업을 맡겼다. 이들이 현장 조사하여 채록한 민요는 『산청민요집』(산청문화원, 2003)으로 간행되었다. 다행히 민요의 가사를 가창 시의 발화대로 채록하고 일부 가사에 독자의 이해를 돕기 위해 간단한 주석을 붙였다. 조사지, 조사일, 제보자를 간략하지만 일일이 밝히고, 일부 자료이긴 하지만 악보를 붙여 가창상태를 확인할 수 있도록 한 점은 높이 평가할 만하다. 그러나 조사 수집된 민요는 일정한 기준에 따라 분류되어 제시되지 않고, 효행가부터 모심기 노래 이하 가사노동요까지 임의대로 정리하여 제시한 점은 아쉽다.

이 외에 산청군의 구비문학을 개별적인 관심에서 조사한 성과들도 있다. 조희웅이 영남지역의 여러 곳을 학생들과 함께 현장 조사하여 그 성과를 『영남구전자료집』(도서출판 박이정, 2003)과 『영남 구전민요 자료집』(도서출판 월인, 2005)으로 간행했다. 먼저 『영남구전자료집』 제2권에 산청군 편이 있는데, 오부면, 생초면 등에서 현장 조사한 설화를 수록하고 있으며, 『영남 구전민요 자료집』 제1권에 문경군, 함양군 민요와 함께 산청군 민요를 수록하고 있다. 이들 산청군 설화와 민요는 신안면, 신등면, 단성면, 오부면, 생초면, 산청읍의 6개 읍면 지역을 조사한 것이다. 이중 민요의 경우, 총 120편이 수록되어 있는데, 모심는 노래, 베틀 노래, 담배 노래, 타작 노래, 길쌈 노래, 자장가, 물레 돌리는 노래, 밭매는 노래 등 농업노동요가 다수 채록되었고, 청춘가·권주가·양산도·노랫가락·동풍가·짓구내기 등 창민요도 다수 조사되었다.

산청군 설화를 수록하고 있는 문헌으로, 앞서 언급한 손성모의 『산청의

다. 마을회관도 규모가 큰 편이어서 평소에도 많은 사람들이 회관을 이용한다고 했다. 특히 마을회관 인근에 게이트볼장이 있어 거동이 원활한 남자들은 주로 그곳에서 시간을 보낸다고 했다. 조사자 일행이 마을을 방문했을 때도 옛 이야기 등을 들으려면 남자들이 모여 있는 게이트볼장에 가봐야 할 것이라는 이야기를 들었다. 조사자들도 먼저 마을회관에서 간단한 1차 조사를 마친 후 게이트볼장으로 이동해 조사를 하다가 다시 마을회관에서 할머니들을 대상으로 2차 조사를 실시했다.

이 마을에서는 강정규(남, 84세) 제보자가 <유의태약수의 효험>, <이인 오일변> 등 두 편의 설화를 구술하였으며, 김영칠(남, 80세) 제보자가 <아기장수 오일변(吳一變)>을, 이덕생(남, 79세) 제보자가 <어머니 때문에 출세 못한 오일변(吳一變)>을 각 한 편씩 설화를 구연했다. 그리고 조삼석(남, 80세) 제보자는 <모심기 노래> 한 편을 불렀으며, 정성순(여, 81세) 제보자는 <화투타령>, <쌍가락지 노래>, <아기 어르는 소리 / 불매소리)> 등 세 편의 민요와 <어머니 때문에 출세 못한 오일변> 설화를 제공했다. 조사자 일행은 약 한 시간 정도 조사를 진행한 뒤 오후 4시 경 조사를 마치고 숙소로 돌아왔다.

경상남도 산청군 금서면 수철리 수철마을

조사일시 : 2012.1.17
조 사 자 : 박경수, 정규식, 이현주, 서민진, 박소영

수철리(水鐵里)는 산청군 금서면에 속한 지역으로 무쇠로 솥이나 농기구를 만들던 철점이 있어서 무쇠점 또는 수철동이라 하였다. 1914년 3월 1일 행정구역 폐합 때 원동(院洞)을 병합하여 수철리라 했다. 원동은 원곡 또는 은골이라고도 하는데, 옛날에 원지기 집이 있었다 한다. 죽전(竹田) 또는 대밭골이라는 동네는 대밭이 있었다 하여 마을 이름이 붙여진 것인

데 6·25전쟁 때 폐동이 되었다.

수철마을은 오래 전 임씨 성을 가진 두 노인이 피난을 와서 생기게 되었다고 전해진다. 그래서 이 마을을 양은동(兩隱洞)이라고 하는 것이다. 이 마을은 본래 칡넝쿨이 덮고 있어서 사람이 살기 힘든 곳이었는데 두 노인이 손수 개간을 해서 마을을 만들었다고 한다.

조사자 일행은 수철리 수철마을을 조사하기로 했다. 1월 17일(화), 산청읍에서 점심을 먹고 오후 1시 35분경에 이 마을에 도착하였다. 마을회관은 새로 지은 건물로 아주 깔끔하고 단정하였다. 건물의 입구도 넓고 주차 공간도 많았다.

이 마을은 현재 지리산 둘레길 5코스 종점과 6코스의 출발점에 위치한 곳으로 많은 여행객들이 방문하는 곳이다. 이 때문에 최근 마을의 도로를 새롭게 정비하여 단장하였다고 한다. 이 마을의 노인회장인 김기식(남, 76

세) 할아버지는 조사자 일행을 반갑게 맞아 주면서 마을에 관해 다양한 이야기를 해 주었다.

마을회관 입구에는 이 마을의 유래와 관련되는 돌비석이 세워져 있다. 이 비석은 최근 마을을 정비하던 중 땅에 묻혀 있던 것을 발견하여 주민들이 회관 입구에 세운 것이라 했다. 돌비석에는 '兩隱洞'이라고 한자로 글자가 새겨져 있다.

본격적인 조사는 1시 45분 경에 시작되었다. 이 마을의 주요 제보자는 임정순(여, 72세), 김기식(남, 76세), 박옥순(여, 77세) 등이다. 임정순 제보자는 <님 그리는 노래>, <아리랑>, <지초 캐는 처녀 노래>, <시집살이 노래> 등 민요 4편과 <논을 망친 도깨비>, <양은동 마을의 유래>, <소를 바꾸었다 망신당한 사돈들>, <은혜 갚은 두꺼비 / 지네장터 설화> 등 설화 4편을 구연했다. 김기식 제보자는 <베짜기 노래>, <모심기 노래>, <화투타령> 등 민요 3편과 <묘를 파는 바람에 장군이 되지 못한 사람>, <영동할머니가 오줌을 눠서 생긴 금바위>, <피난만 다니다 죽은 구형왕과 돌무덤>, <호랑이보다 무서운 곶감>, <삼년 고개에서 여러 번 넘어져서 오랜 산 사람>, <똥을 먼저 먹은 사람>, <밭을 매다 호식 당한 할머니> 등 설화 7편을 제공하였다. 그리고 박옥순 제보자는 <청춘가>, <아리랑>, <도라지타령>, <모심기 노래>, <시집살이 노래> 등 민요 5편과 <방귀를 잘 뀌어 잘 살게 된 며느리>, <호랑이에게 복수한 오빠>, <딸을 낳았다고 장모에게 화풀이한 사위> 등 설화 3편을 구연하였다.

조사는 약 2시간 10분가량 진행되었으며 조사를 마친 시간은 4시 경이었다. 이 마을의 조사를 끝으로 1월 17일의 조사를 마무리했다.

경상남도 산청군 금서면 특리 특리마을

조사일시 : 2012.1.16

조 사 자 : 박경수, 정규식, 이현주, 서민진, 박소영

특리(特里)는 산청군 금서면에 속한 지역으로 특골 또는 특촌이라 하였
는데, 풍수지리설에 의하면 소가 우는 형국이라 한다. 1914년 3월 1일 행
정구역 폐합에 따라 덕촌동, 사평동을 병합하여 특리라 하고 금서면에 편
입되었다. 금서면사무소가 특리에 있다가 6·25전쟁 후 매촌리로 옮겨졌
다. 그 터에 초등학교 분교가 있었는데 지금은 폐교가 되었다.

특리는 일설에 의하면 6백 년 전에 청금대마을이 먼저 생겼는데, 그 마
을에서 들녘으로 빠져나갔다 하여 특골이라 했다 한다. 청금대마을에는
청금정(聽琴亭) 터가 남아 있다. 금재(琴齋) 강한(姜漢)이 세상을 피하여 벼
슬을 버리고 이곳에서 자연을 벗으로 삼아 거문고를 켜며 시를 읊으면서

여생을 보냈다 한다. 덕촌마을은 고려 명종 때 오영예(吳良芮)라는 처사가 마을 이름을 덕촌(德村)이라 지었다고 하지만, 일설에 의하면 함양 오씨들이 덕계(德溪) 오건(吳健) 선생을 흠모하여 덕촌이라 하였다고도 한다.

조사자 일행이 조사한 곳은 특리마을이다. 1월 16일(월), 오후 2시 40분경에 이 마을에 도착하였다. 마을회관은 마을의 중앙에 위치해 있었으며 회관 뒤쪽에는 작은 개울이 흐르고 있었다. 마을회관을 방문하자 많은 노인들이 있었는데, 조사는 할머니들을 위주로 진행되었다. 이 마을의 주요 제보자는 김시분(여, 81세), 김월고만(여, 81세), 박무순(여, 84세)이다. 김시분 제보자는 <치마 쓰고 호랑이를 잡은 여자>, <잡으려다 놓친 지리산 외발 호랑이>, <호랑이를 물리친 정일두 선생>, <공양을 많이 한 강남 땅 서영춘 부부> 등 설화 4편을 구술하였으며, 김월고만 제보자는 <주문으로 호랑이를 쫓은 어머니>, <반쪽이 아들을 장가보낸 유 정승> 등 설화 2편과 <베짜기 노래>, <모심기 노래>, <다리세기 노래>, <시집살이 노래> 등 민요 5편을 제공하였다. 그리고 박무순 제보자는 <모심기 노래>, <자장가>, <시집살이 노래> 등 민요 3편과 <아내를 구하고 호랑이를 외발로 만든 사람>, <뱀으로 변한 스님의 넋과 누이를 살린 동생>, <여자 말에 멈춰버린 마이산> 등 설화 3편을 제공하였다.

조사자는 4시 45분까지 진행되었으며, 이 마을의 조사를 끝으로 1월 16일의 조사를 완료하였다.

경상남도 산청군 금서면 화계리 화산마을

조사일시 : 2012.1.16
조 사 자 : 박경수, 박기현, 정혜란, 권경원, 정나겸

화계리(花溪里)는 본래 산청군 서하면 지역이었다. 남천 벌판에 있는 마을이라고 해서 지역에서는 벌말, 뻘말이라 하였다. 그러다가 조선 고종

때 김병학(金炳學)이란 처사가 중국의 지명인 완화계(浣花溪)에서 따와 이곳의 지명을 화계리라고 하였다고 한다. 1914년 3월 1일 행정구역 폐합에 따라 화산동(花山洞)과 병합되어 화계리라 하고 금서면에 편입되었다. 풍수지리설에 의하면, 서쪽으로 십리 정도 떨어진 모락산(帽落山) 아래에 배를 묶어둔 형국의 명당이 있는데 9대 장상(將相)이 나는 자리라고 했다. 이러한 풍수지리설의 영향으로 마을 한복판에는 마을을 가로 지르는 골목이 있으며, 아래쪽으로는 화계, 위쪽을 화산이라고 부른다.

화계리에는 전체 110가구 235명 정도가 거주하고 있으며, 조사를 실시한 화산마을에는 현재 54가구 105명의 주민이 거주하고 있다. 비교적 평지에 위치한 마을이라 대부분의 주민들은 농업을 생업으로 하고 있다. 마을 인근에는 금서면의 대표적인 유적이자 관광지인 전구형왕릉과 유의태약수터, 동의보감촌 등이 위치해 있으며, 특히 유의태약수터와 가까운 마을이라 이와 관련된 이야기들을 대부분의 제보자들이 알고 있었다. 마을 북동쪽에는 금관가야 제10대 왕과 왕비를 모셔 놓은 전각인 덕양전(德讓殿)이 위치하고 있다.

이 마을은 부산에서 출발한 조사자 일행이 산청군에서 협조를 구한 후 조사를 시작한 첫 번째 마을이다. 일행이 마을에 도착한 시간은 오후 2시 50분경이었다. 마을회관에는 16명 정도의 노인들이 쉬고 있었는데, 조사자가 조사의 취지를 설명하자 흔쾌히 조사에 응해 주었다. 그러나 조사가 진행될수록 적극적으로 조사에 관심을 보이는 분들과 그렇지 못한 분들이 분리되는 현상이 일어났다.

이 마을에서는 깁갑순(여, 72세) 제보자가 <모찌기 노래>, <풀국새 노래> 등 민요 5편을 불러주었고, 이가매(여, 73세) 제보자가 <양산도>, <청춘가> 등 민요 6편과 설화 <호랑이 쫓는 담배연기> 1편, 오학림(여, 88세) 제보자가 <쌍가락지 노래> 등 민요 3편을 구연하였다. 또 박삼순(여, 73세) 제보자가 <모심기 노래>, <양산도> 등 모두 14편의 민요와 <효험이 없어진 유의태약수터의 물>, <도깨비와 씨름한 사람> 등 설화 2편을 구연하였다. 그 외에도 심쌍순(여, 88세), 윤경순(여, 66세) 제보자가 민요와 설화 1씩 제공해 주었다. 조사자 일행은 약 2시간 동안 조사를 실시하고, 오후 5시 10분경 숙소로 이동하였다.

▌제보자

강귀호, 여, 1939년생

주 소 지 : 경상남도 산청군 금서면 매촌리 신풍마을
제보일시 : 2012.1.17
조 사 자 : 박경수, 박기현, 정혜란, 권경원, 정나겸

강귀호는 산청군 금서면 신아리 쌍효마을
(틉뒤마을)에서 4남 1녀 중 막내로 태어났
다. 본관은 진양이고, 택호는 화계댁이다.
21세 때 금서면 매촌리 신풍마을로 시집을
왔다. 1년 전 작고한 남편과의 사이에는 2
남 3녀를 두었다. 자녀들은 모두 객지에서
거주하여 현재 마을에는 제보자 혼자 거주
중이다. 예전부터 농사를 지었고, 지금도 농
사를 짓고 있다. 학력은 초등학교 졸업이며, 종교는 불교이다.

제보자가 구연한 노래들은 모두 어릴 적 마을 어른들로부터 듣거나 배
워서 알게 되었다고 한다. 제보자는 이 마을의 노래보따리로, 마을사람들
로부터 평소에도 노래를 잘한다는 평가를 듣는다고 한다. 실제로 구연에
매우 적극적이었고, 목소리가 좋아 청중들의 반응도 좋았다. 노래를 길게
늘여서 부르는 특징을 보였다.

제공 자료 목록

04_08_FOS_20120117_PKS_KGH_0001 풀국새 노래
04_08_FOS_20120117_PKS_KGH_0002 모심기 노래(1)
04_08_FOS_20120117_PKS_KGH_0003 모심기 노래(2)
04_08_FOS_20120117_PKS_KGH_0004 모심기 노래(3)
04_08_FOS_20120117_PKS_KGH_0005 모심기 노래(4)

04_08_FOS_20120117_PKS_KGH_0006 방귀타령
04_08_FOS_20120117_PKS_KGH_0007 노랫가락(1) / 그네 노래
04_08_FOS_20120117_PKS_KGH_0008 노랫가락(2) / 나비 노래
04_08_FOS_20120117_PKS_KGH_0009 양산도
04_08_FOS_20120117_PKS_KGH_0010 화투타령
04_08_FOS_20120117_PKS_KGH_0011 꿩 노래
04_08_FOS_20120117_PKS_KGH_0012 중머리 놀리는 노래
04_08_FOS_20120117_PKS_KGH_0013 비 노래
04_08_FOS_20120117_PKS_KGH_0014 방아깨비 놀리는 노래
04_08_FOS_20120117_PKS_KGH_0015 파랑새요
04_08_FOS_20120117_PKS_KGH_0016 모심기 노래(5)

강정규, 남, 1929년생

주 소 지 : 경상남도 산청군 금서면 매촌리 매촌마을
제보일시 : 2012.1.17
조 사 자 : 박경수, 박기현, 정혜란, 권경원, 정나겸

강정규는 산청군 금서면 주상리 주암마을
에서 5남 1녀 중 다섯째로 태어났다. 본관
은 진주이다. 40년 전 현 거주지에 정착했
으며 20살에 결혼하여 슬하에 1남 7녀를 두
었다. 현재 아내와 거주하고 있다. 과거 금
서면 부면장을 지냈고 농사를 지었다. 제보
자가 구연한 자료들은 매촌마을에서 마을
어른들로부터 들은 것이라 했다.

제공 자료 목록
04_08_FOT_20120117_PKS_KJK_0001 유의태약수의 효험
04_08_FOT_20120117_PKS_KJK_0002 이인 오일변(吳一變)

김갑순, 여, 1941년생

주 소 지 : 경상남도 산청군 금서면 화계리 화산마을
제보일시 : 2012.1.16
조 사 자 : 박경수, 박기현, 정혜란, 권경원, 정나겸

김갑순은 산청군 금서면 방곡리 방곡마을
에서 2남 6녀 중 여섯째로 태어났다. 본관
은 김해이며 택호는 방곡댁이다. 21세 때 4
세 연상과 결혼을 하여 4남을 두었다. 어릴
적에는 서울에서 3~4년 거주한 적이 있으
며, 50여 년 전에 화산마을로 이주해 와서
지금까지 거주하고 있다. 자식들은 마산, 부
산, 서울 등지에 거주하고 있으며, 마을에는
남편과 둘이서만 생활하고 있다. 농사를 지으며 생활했고, 지금도 농사를
계속 짓고 있다. 한국전쟁으로 인하여 초등학교를 3년만 다니다가 중퇴한
것에 대한 아쉬운 마음이 아직까지 있다고 한다. 또 전쟁중에 형제 4명이
군인들에게 죽은 경험을 가지고 있다.

제보자는 설화와 민요를 구연하는 내내 활기찬 모습을 보여주었으며,
직접 동작을 곁들여가면서 적극적으로 구연하기도 했다. <모찌기 노래>
등 3편의 민요와 <유의태약수의 효험> 등 2편의 설화를 구연했다. 설화
는 시어머니로부터 듣거나 배워서 알게 된 것이고, 민요는 마을로 시집
온 후에 여러 곳에서 듣거나 배워서 알게 된 노래라고 했다.

제공 자료 목록
04_08_FOT_20120116_PKS_KGS_0001 유의태약수의 효험
04_08_FOT_20120116_PKS_KGS_0002 구형왕릉의 보물을 찾은 사람
04_08_FOS_20120116_PKS_KGS_0001 모찌기 노래
04_08_FOS_20120116_PKS_KGS_0002 풀국새 노래
04_08_FOS_20120116_PKS_KGS_0003 모심기 노래

김기식, 남, 1937년생

주 소 지 : 경상남도 산청군 금서면 수철리 수철마을
제보일시 : 2012.1.17
조 사 자 : 박경수, 정규식, 이현주, 서민진, 박소영

김기식은 정축생 소띠이다. 산청군 금서면 수철리 수철마을에서 3남 5녀 중 둘째로 태어났다. 수철마을 토박이로 지금까지 계속 살고 있다. 1960년에 배동순과 결혼해서 슬하에 1남 3녀를 두고 있다. 지금은 아내와 함께 살고 있다.

예전에는 농사를 많이 지었으나, 지금은 농사를 조금만 짓고 있다. 마을에서 노인회장을 맡고 있다. 제보자는 조사자의 유도에 따라 적극적으로 자신이 알고 있는 민요와 설화를 구연해 주었다. <베틀 노래>, <모심기 노래>, <화투타령> 등 민요 3편과 <묘를 파는 바람에 장군이 되지 못한 사람>, <영동할머니가 오줌을 눠서 생긴 금바위>, <피난만 다니다 죽은 구형왕과 돌무덤>, <호랑이보다 무서운 곶감>, <삼년 고개에서 여러 번 넘어져서 오랜 산 사람>, <똥을 먼저 먹은 사람>, <밭을 매다 호식 당한 할머니> 등 설화 7편을 제공하였다.

제공 자료 목록
04_08_FOT_20120117_PKS_KGS_0001 묘를 파는 바람에 장군이 되지 못한 사람
04_08_FOT_20120117_PKS_KGS_0002 영동할머니가 오줌을 눠서 생긴 금바위
04_08_FOT_20120117_PKS_KGS_0003 피난만 다니다 죽은 구형왕과 돌무덤
04_08_FOT_20120117_PKS_KGS_0004 호랑이보다 무서운 곶감
04_08_FOT_20120117_PKS_KGS_0005 삼년 고개에서 여러 번 넘어져서 오랜 산 사람
04_08_FOT_20120117_PKS_KGS_0006 똥을 먼저 먹은 사람
04_08_FOT_20120117_PKS_KGS_0007 밭을 매다 호식 당한 할머니

04_08_FOS_20120117_PKS_KGS_0001 베짜기 노래
04_08_FOS_20120117_PKS_KGS_0002 모심기 노래
04_08_FOS_20120117_PKS_KGS_0003 화투타령

김무임, 여, 1938년생

주 소 지 : 경상남도 산청군 금서면 수철리 수철마을
제보일시 : 2012.1.17
조 사 자 : 박경수, 정규식, 이현주, 서민진, 박소영

김무임은 무인생으로 호랑이띠이다. 산청
군 산청읍 송경리 임촌마을에서 6남 4녀 10
남매 중 맏이로 태어났다. 택호는 임촌댁이
다. 9~10세 때 진해에서 살았고, 서울에서
2년 살았다. 18세에 외갓집이 있는 산청으
로 시집을 와서 산청군 금서면 수철리 수철
마을에서 지금까지 살고 있다. 남편은 작년
에 작고했고, 남편과의 사이에는 3남 3녀의
자녀가 있다. 지금은 큰아들네와 함께 살고 있다.

예전부터 계속 농사를 짓고 있다. 종교로 불교를 믿고 있다. 학력은
6·25전쟁 때문에 학교를 다니지 못해 무학이다.

제보자는 자발적으로 자신이 알고 있는 민요를 불러주었다. <청춘가>
2편을 부르는 솜씨가 뛰어났다.

제공 자료 목록
04_08_FOS_20120117_PKS_KMI_0001 청춘가(1)
04_08_FOS_20120117_PKS_KMI_0002 청춘가(2)

박무순, 여, 1940년생

주 소 지 : 경상남도 산청군 금서면 특리 특리마을
제보일시 : 2012.1.16
조 사 자 : 박경수, 정규식, 이현주, 서민진, 박소영

박무순은 경진생 용띠로 택호는 추동댁이며 본관은 김해이다. 함양군 마천면 추성리에서 태어나서 6·25전쟁으로 형제들을 다 잃고 외동으로 살아왔다. 15살에 산청으로 시집 온 뒤 한 번도 다른 곳으로 이사를 간 적이 없다고 한다. 남편은 20년 전에 작고했다.

1남 5녀를 두었는데 둘째와 셋째는 노동일을 하고 막내는 창원에 있는 병원에서 일하고 있다고 한다. 자녀들이 모두 도시로 나가 혼자 살고 있다. 초등학교는 조금 다니다가 전쟁으로 중퇴했다고 한다.

구연한 노래와 이야기는 모두 어릴 때 할머니로부터 들었던 것들이라고 했다. <모심기 노래>, <자장가>, <시집식구 노래> 등 민요 3편과 <아내를 구하고 호랑이를 외발로 만든 사람>, <뱀으로 변한 스님의 넋과 누이를 살린 동생>, <여자 말에 멈춰버린 마이산> 등 설화 3편을 구연하였다.

제공 자료 목록

04_08_FOT_20120116_PKS_BMS_0001 아내를 구하고 호랑이를 외발로 만든 사람
04_08_FOT_20120116_PKS_BMS_0002 뱀으로 변한 스님의 넋과 누이를 살린 동생
04_08_FOT_20120116_PKS_BMS_0003 여자 말에 멈춰버린 마이산
04_08_FOS_20120116_PKS_BMS_0001 모심기 노래
04_08_FOS_20120116_PKS_BMS_0002 자장가
04_08_FOS_20120116_PKS_BMS_0003 시집식구 노래

박삼순, 여, 1941년생

주 소 지 : 경상남도 산청군 금서면 화계리 화산마을
제보일시 : 2012.1.16
조 사 자 : 박경수, 박기현, 정혜란, 권경원, 정나겸

　박삼순은 산청군 금서면 화계리 화산마을
에서 4남 1녀 중 막내로 태어나 지금까지
계속 거주하고 있다. 택호는 샛골댁이며, 학
교는 다니지 않았다. 16세 되던 해 시집을
갔으며, 1남 8녀를 두고 있는데, 남편은 10
년 전에 작고했다고 한다. 현재는 아들 가족
과 함께 마을에서 살고 있다. 예전부터 농사
를 지으며 생활했고 지금도 농사를 계속 짓
고 있다. 불교를 믿고 있으나 절에는 자주 가지 않는다고 했다.

　제보자는 한 번 시작하면 노래가 자꾸 나온다는 말을 하면서 14편의
민요(근현대민요 1편 포함)와 설화 2편을 구연했다. 민요는 주로 자랄 때
어른들과 모심기 등을 하면서 듣거나 배워서 알게 된 노래들이라고 했다.
동작을 곁들여 가면서 구연에 매우 적극적이었다.

제공 자료 목록

04_08_FOT_20120116_PKS_PSS_0001 효험이 없어진 유의태약수터의 물
04_08_FOT_20120116_PKS_PSS_0002 도깨비와 씨름한 사람
04_08_FOS_20120116_PKS_PSS_0001 모심기 노래(1)
04_08_FOS_20120116_PKS_PSS_0002 모심기 노래(2) / 담배 노래
04_08_FOS_20120116_PKS_PSS_0003 모심기 노래(3)
04_08_FOS_20120116_PKS_PSS_0004 다리세기 노래
04_08_FOS_20120116_PKS_PSS_0005 양산도
04_08_FOS_20120116_PKS_PSS_0006 도라지타령
04_08_FOS_20120116_PKS_PSS_0007 사발가
04_08_FOS_20120116_PKS_PSS_0008 이청저청 형지청에

심쌍순, 여, 1929년생

주 소 지 : 경상남도 산청군 금서면 화계리 화산마을
제보일시 : 2012.1.16
조 사 자 : 박경수, 박기현, 정혜란, 권경원, 정나겸

심쌍순은 함양군 휴천면에서 2남 2녀 중
첫째로 태어났다. 택호는 세이댁이다. 16세
때 산청군 금서면 화계리 화산마을로 시집
을 와서 지금까지 거주하고 있다. 10년 전
남편이 작고했고, 남편과의 사이에는 4남 3
녀를 두었으며, 마을에는 혼자 살고 있다.
학력은 무학이다. 예전에는 농사를 지었었
으나 현재는 특별한 일을 하지 않고 있다.

제보자는 불교를 믿었으나 최근에는 기독교로 종교를 바꾸어 교회를
나가고 있다. 한국전쟁 때 오른쪽 발뒤꿈치를 다치는 부상을 입어 지금도
거동에 불편함이 있다.

다른 제보자가 구연하고 난 뒤 보충을 하는 식으로 <방아깨비 놀리는
노래>를 불렀는데, 어렸을 때 마을 어른들에게 들었던 노래라고 했다.

제공 자료 목록
04_08_FOS_20120116_PKS_SSS_0001 방아깨비 놀리는 노래

오학림, 여, 1925년생

주 소 지 : 경상남도 산청군 금서면 화계리 화산마을
제보일시 : 2012.1.16
조 사 자 : 박경수, 박기현, 정혜란, 권경원, 정나겸

오학림은 산청군 오부면 중촌리 오부마을에서 3남 3녀 중 장녀로 태어

났다. 본관은 해주이며, 택호는 근동댁이다.
15세 되던 해 결혼을 하여 슬하에 4남 1녀
를 두었다.

현재의 거주지인 금서면 화계리 화산마을
에는 한국전쟁 이후 이사를 왔다. 1년 전에
남편이 작고하면서 현재는 제보자 혼자 거
주하고 있다. 학력은 무학이며 마을에서 최
고령자이다.

제보자는 3편의 민요를 구연했는데 목소리는 작았지만 가사를 정확하
게 기억했다. 제공한 노래들은 모두 어렸을 때 친구들로부터 듣거나 배워
서 알게 된 것이라고 했다.

제공 자료 목록
04_08_FOS_20120116_PKS_OHR_0001 쌍가락지 노래
04_08_FOS_20120116_PKS_OHR_0002 고운 처자 노래
04_08_FOS_20120116_PKS_OHR_0003 노랫가락 / 그네 노래

윤경순, 여, 1946년생

주 소 지 : 경상남도 산청군 금서면 화계리 화산마을
제보일시 : 2012.1.16
조 사 자 : 박경수, 박기현, 정혜란, 권경원, 정나겸

윤경순은 본관이 칠원이며, 택호는 쌍호
댁이다. 20세 때 1세 연상의 남편과 결혼하
여 슬하에 3남 2녀를 두었다. 마을에서는
남편과 둘이서 생활하고 있다. 과거에는 농
사를 지었으나 현재는 농사를 짓지 않고 있
다. 학력은 초등학교 졸업이다.

코는, 잔질이라 고거는 서숙같지요? 고것도 있었고. 이런데 그 일설에 의하면 잔질이나 서숙이나 이게 말하자몬 군사가 된대 군사가.

하모 군사 직전에 그기 발견이 돼갖고 허사가 됐다 그런 이야기가 있고. 또 고래 거석할 때 그자 요 산청 행교가(향교가) 있습니다. 산청읍에 행교가 있는데, 그래 말하자몬 이야기를 할 때, 일설에 말이지 시방도 하마비라 쿠는 기 나오지 하마비.

우리 거 잘 아신께 이야기지만도 그자. 그때 말하자면 인자 참 뭐 말도 거 못 타고 가라 쿠는데, 이 어른은 우에 말하자몬 줄 없는 갓을 썼는, 갓을. 갓을 씨고 인자 말로 타고 가는 기라. 그러한 유명한 인사였다.

(조사자 : 아, 밭 있는 데다가 발을 내리야 되는데, 마 말을 타고 계속 가네예?) 어데 말 타고 가대. 그 일설에 인자 만들어진 이야기고. 이 어른은 갓을 인자 그 맥갓이라 쿠는 거는 이렇기 닳아서 그자 요래빼이(이렇게밖에) 안 되는, 야문 거 인자 없이 있거든 요래. 거 달랑달랑 하는 긴게, 바람 부는데 움직이몬 넘어가삐 기라. 그 어른은 줄도 안 짜매고 말로 타고 갔다 이기라. 그런 유명한 인사였어. 그런 이야긴데.

유의태약수의 효험

자료코드 : 04_08_FOT_20120116_PKS_KGS_0001
조사장소 : 경상남도 산청군 금서면 화계리 화산마을 화산경로당
조사일시 : 2012.1.16
조 사 자 : 박경수, 박기현, 정혜란, 권경원, 정나겸
제 보 자 : 김갑순, 여, 72세
구연상황 : 조사자가 이 근처 유의태약수터에 대한 이야기가 있는 것 같다고 하자 제보자가 예전에 동네 할머니께 그런 이야기를 들은 적이 있다며 이야기를 시작했다.
줄 거 리 : 아픈 아들을 둔 어머니가 있었는데, 여러 약을 써도 병이 낫지 않았다. 산에

서 아들을 업고 내려오다가 약물통에 있는 물을 가져다가 약을 다려 마시고 나았다.

어머이가 인자 저거 아들이 아파가지고, 어머이가 아파가지고 참 약으로 오만 약을 다 해도 안 돼서 인자 그래 참 업고 그 내리오다가 요만한 바가치에 뭐 담긴 물로 이래 마시고.

그래가지고 내리오시다가, 그 약물통이 있거든, 야(여기) 우에 또에 그래 그 물로 마시고, 인제 저 들어다가 약을, 그 물로 약을 다리다가 자신께 낫더라고 이런 말이 있어요 (조사자 : 그 약물통의 물을 묵고?) 예. 그래서 지금 약물통 물도 묵고 오데 바가치에 담긴 물도 묵고 그랬다 캐요.

근데 그리 말이, 이야기만 들었지 뭐 모르겠어요. (조사자 : 그 누가 일러줘서 알았는가?) 예, 우리 할무이들이 그전에 이바구를 해쌌대예. 그런 이바구 소리만 들었어 그리. 그렇다는 그리 했다고 인자 그리 카더라고.

구형왕릉의 보물을 찾은 사람

자료코드 : 04_08_FOT_20120116_PKS_KGS_0002
조사장소 : 경상남도 산청군 금서면 화계리 화산마을 화산경로당
조사일시 : 2012.1.16
조 사 자 : 박경수, 박기현, 정혜란, 권경원, 정나겸
제 보 자 : 김갑순, 여, 72세
구연상황 : 조사자가 구령왕릉과 가까운 마을 위치에 대해 이야기를 하며 마을 어른들에게 들었던 이야기가 없느냐고 물어보자 제보자가 다음 이야기를 했다. 이야기를 하면서 종종 청중에게 동의를 구하면서 구연을 이어갔다.
줄 거 리 : 옛날 비가 많이 오자 동민들이 산제를 지내러 무지봉에 올라갔다. 무지봉에는 왕산절이라는 절이 두 군데에 있었다. 산을 내려오던 중 비가 많이 오자 주민들은 절에 들어갔는데, 절 안에 작은 상자가 있었다. 상자를 만지려 하면 사람이 죽기 때문에 아무도 만지려고 하지 않았다. 민씨 할아버지가 나서서 자신이 책임진다며 상자를 열어보라고 했다. 사람들이 상자를 열었지만 아무

도 죽지 않았다. 상자 안에는 구형왕의 책과 갑옷이 들어있었다. 그 책 덕분
에 왕릉을 찾을 수 있었다.

옛날에 비가 마이 안 온다 아입니까 그지예? 비가 마이(많이) 안 와서
저 산제당이 있거든요. 그 산제당에 인자 무지봉이라고 거 있는데, 그 가
서 인자 막 동민들이 전부 다 올라갔다 캐요.

올라가서 거 절이 있어요, 또 내려오는데. 왕, 왕산절이라고 거 또 절이
있었는데, 그래 그 (청중 : 그 약물통 밑에.) 약물통 바로 밑에 거 인자 동
네가 있고 절이 있었는데 그 절도 저게 진중 있는, 진중 절은 저 건네 있
고, 인자 남자 중 있는 절은 요짝에(이쪽에) 있고 그랬대.

절이 두 군데가 딱 있었는데, 그랬는데 인자 무지봉 지내고 내리오다가
거 비가 막, 지내고 내려온께 비가 마이 오더라 카네요. 그러니까 거 들어
간께네로 절에 들어간께네로 상자가 요만한 기 딱 있더라 캐.

그래 인자 그 상자 그걸 갖다가 인자 뭐 저 저게 연께네, 저 아무도 중
방 가서 건드리몬 마 그 사람이 잠가져 죽어삐는 기라. 그 상자에 만질라
쿠몬.

그런께 인자 죽어삐리니께로 몬 만쳤는데 이 밑에 그 민씨 그 할아버
지가, 그 할아버지가 저저저 거시기 할아버지라 쿠제. (청중 : 재변에 댁
에.) 하모, 그 양반이 인자, 그 어른이 인자 거시기 저저 형오씨 그 양반
저거 할아부지라 캐. 그 양반이 형오씨 그 양반 할아부진데, 그 들어가
지고 그 상자 저기 뭤인냐(무엇이냐) 쿤께네로 그리 그 상자만 만치몬 잠
가져 죽어삔다고 그래서 몬 만친다 쿠더라. 그래,

"열어보라."

쿤께네로, 잠가진다고 아무도 안 열라 쿠더라 캐. 그래도 자꾸 열라 쿠
더라 캐.

"열어보라고. 내가 책임질 낀께 열라."

고 그러쿤께, 어 그래 여여 할아버지가 인자 이리 저저 그리 캐서 중이 갖고 와도 안 죽더라 캐예. 그래 인자 그걸 가와서 연께네로 그 왕 할아 버지 그 저저 책이고 뭣이고 전부 다 요 우에 왕릉에 계신 할아부지 책이 거 다 들었고, 저 갑옷 그기 그 상자에 다 들었더라 캐예.

그래갖고 거기 그 양반이 이 김가들로 찾아가지고 그래 그 책에 전부 왕 무덤도 나오고, 인자 전부 다 이거 찾아가지고 그 저 거석했다고 그런 말이 있대예.

(조사자 : 아, 그래서 안자 그게 구령왕릉 알았다 그지예.) (청중 : 마지 막 왕.) 예. 그런데 인자 그 저 민씨 그 할아버지가 그 그래갖고 전부 김 가들한테다가 거석을 해가지고, 그래갖고 인자 그걸 찾았다 쿠는 기라. 인자 왕릉도 찾고 인자, 그런데 마누래는 요 어데 거서 몇 메다 있다 쿠 는데, 마누래 묘는 찾지를 못 한다 쿠네. 지금도.

그때 막 사방 막 거석을 하고 댕깄는데도, 그래도 마누래 묘는 못 찾는 다 카는 기라. 그래 그런 말이 있더라구예.

(청중 : 돌문을 열어갖고 다 내가삐고 없다 아이가.) 지금은 없어. 돌문 그것도. 돌문도 열어가 있어 지금, 그 앞에 거. 전부 책을 거서 전부 찾아 가지고 그래갖고, 그 안에 전부 다 든 거 싹 다 내가버리고 없어.

묘를 파는 바람에 장군이 되지 못한 사람

자료코드 : 04_08_FOT_20120117_PKS_KGS_0001
조사장소 : 경상남도 산청군 금서면 수철리 수철마을 수철마을경로당
조사일시 : 2012.1.17
조 사 자 : 박경수, 정규식, 이현주, 서민진, 박소영
제 보 자 : 김기식, 남, 76세
구연상황 : 조사자가 예를 들어 마을 전설을 이야기하자 이 제보자가 다음 이야기를 해
　　　　　주었다. 제보자의 이야기를 듣고 있던 청중이 뒤 부분의 이야기는 자신이 하

겠다고 하며 이야기를 이어서 마무리했다.

줄 거 리 : 일제강점기에 밤마다 산청읍에 있는 한회정의 기왓장이 수철마을 뒤 골짜기
의 고동재로 날아와 쌓였다. 기왓장이 커다란 묘처럼 쌓여 마지막 한 장만 쌓
이면 다 완성되는데, 사람들이 신기하게 여겨 묘를 팠다. 그래서 장군이 되지
못했다.

천구백사십육년도(1946년도) 해방되기 전에 산청읍에 초등학교 옆에
한회정이라고 있었어, 한회정. 건물이 참 좋았어요. 산청군에서는 관광이
될 만한 건물이라.

그랬는데 저녁마다 한회정에 기왓장이 한 장썩 없어지는 기라. 저녁마
다 한 장썩 없어지는 기라. 그래서 거 경찰서가 졑(곁)에 있거든요. 경찰
서 직원들로 갖다가,

"밤 야경을 해라. 이 기왓장이 우째서 없어지는고."

그래 하다 보니까 한밤중 되니까 기왓장이 공중으로 팍 날라가지고 우
리 꼴짜구 우리 뒷산 요리 오는 기라. (청중 : 고동재라 쿠는 데 고동재.)
고동재라 쿠는데 재 밑에 묘가 한 상구(쌍) 있는데, 고 뫼를 갖다가 기와
를 갖고 이어지는 기라. 기와가 와서.

그러면 그때가 벌써 뫼 봉오리를 다 있어갖고 한 가운데만 한 장 놓으
면 완공이 될 무렵이라. 그래서 그 경찰서 직원들하고 군청 직원들하고
싹 이 꼴짝에 그 뒷날 찾아 올라왔네. 올라오니까 사실 뫼 봉오리에다가
기왓장을 그 저 씌아갖고 올라오는데 뫼 봉오리만 남았더라 그랴.

그래서,

"이 묘가 어떤 묜고 파보자."

그래가지고 팠어요, 그 묘를. 그런께네 전설에 의한 건지 우리 사실은
우리가 보지도 않았고 듣기만 들었지.

(청중 : 그래서 내가 할 기다.) [여성 청중이 이야기를 계속 이어서 구연
함.]

그래 딱 뫼를 파니까네, 그 기왓장이 한 장만 딱 덮이면은 저 그게 장군이 되가 나올끼라 장군이. 사람으로 태어날 게라. 장군이 딱 될 낀데 다리를 딱 그리 뫼를 판께네, 말이, 백마를 딱 타고 다릴, 한 다리만 없었더래, 말에. 그래 파니까 그 사람 그게 죽어버리는 기라.

그래서 그기 전설이라. 그런데 전설도 아이고 왜정시대에, 저 왜놈 전장 나기 전에 한국에서 큰사람이 많이 났거든요? 우리는 모르지만도. 많이 났더라 이런께네, 그 자리가 올베이뫼라고 그 사람 묏등이 올베이뫼라. (청중 : 올뵈이, 올봉.) 그래 그런데 그 못등 뫼가 그렇기 명산이라.

대 명산이라서 그런께네, 그 장군이 날 자리라. 딱 장군이 나오는 거를 애놈이(왜놈이) 애놈이 한국을 전체 다 짤랐거든. 맥을 다 짤랐거든 맥을. 맥을 다 짤랐기 때문에 그것들이 장군이 나는 곳을 알고 그걸 산을 찾아내는 기라.

그래 한 이틀만 한 며칠만 그걸 안 찾고 놔뚰으몬 장군이 나와갖고 우리나라를 엄청나게 더 유리하게 맨들 낀데, 고생도 안 하고 우리나라를 찾을 낀데. 고 사람을 딱 저리 직이삐리고 난께, 그래도 그 뫼가 그때 파졌는데, 지금 누가 다시 또 그 모를(묘를) 써났대.

고 자리 묘를 써났는데. 그 우리 이 동네 사람이 아닌께네, 잘 돼가 있는가 못 돼가 있는가 모르는 기라 지금. 잘 돼가 있는가 못 돼가 모르는데, 그래도 그 묘지가 지금 묏등이 있어. 거 가몬. 그 고동재라 쿠는 데라. 그래 여서 산청읍하고 딱 바른 기라.

기왓장이 짜르르 날아 오는 기라. (조사자 : 한 장만 딱 덮있시몬 큰 장군이 나는 긴데.) 하모. 하모. 사람이 돼가 나왔어. 그런께네 장군이 나올 낀데 그 억울한 기라. 장군이, 그 장군이 죽어삐렸어.

잡으려다 놓친 지리산 외발 호랑이

자료코드 : 04_08_FOT_20110116_PKS_KSB_0002
조사장소 : 경상남도 산청군 금서면 특리 특리마을 특리마을회관
조사일시 : 2012.1.16
조 사 자 : 박경수, 정규식, 이현주, 서민진, 박소영
제 보 자 : 김시분, 여, 81세
구연상황 : 지리산에 외발 호랑이가 생긴 이야기를 듣고 있던 중에 제보자가 외발 호랑
　　　　　 이 이야기를 하나 더 알고 있다고 했다. 앞의 이야기가 끝나고 바로 이어서
　　　　　 다음 이야기를 했다.
줄 거 리 : 부부가 밭을 매다가 호랑이를 보았다. 이웃 사람에게 알리고 도망가면서 보니
　　　　　 호랑이 발 한 쪽이 없었다. 이웃 사람이 호랑이가 절뚝거려서 느리다는 걸 알
　　　　　 고 호랑이를 잡으러 갔는데 쫓아가다 보니 호랑이가 없어졌다. 결국 호랑이를
　　　　　 못 잡고 밭으로 돌아왔다.

　밭에 있은께네 우에는 금철이 양반이 저 우에 밭을 부치고, 또 우리 밭
우에는 또 인자 여 차탄양반이 밭을, 명밭을(면화밭을) 부치고 하는데.

　그래 인자 한계골서 또랑으로, 건너오는 또랑이 있는데, 호랭이가 누런
표범이 큰 기 한 쪽 발이 이만치 참 없어. 없고, 한 쪽 다리는 몬 디딩겨
(디뎌) 한 쪽 다리가 없어논게. 요만치 없어.

　(청중 : 그놈이 그놈이다.) 그놈이 그놈이던갑다. [일동 웃음] 그래 또랑
을 파특 건너오는데, (청중 : 차탄양반이 쫓아오고 그랬다.) 그래. 그래서
인자 우리가 인자 차로, 우리 집이, 우리 밭이 제일 가운데 게 제일 높으
거든. 또랑 건너오는 길에서. 아이, 그래,

　"아이, 보소 보소. 저 호랭이가 또랑을 다리를 건너오는데 다리가 하나
없다. 다리가 없다."

　싼께네, 그래 인자 우리 영감이,

　"금철아! 박석이야! 석이야!"

　쌈서 불러가지고,

　"와요?"

"그 호랭이 건너간다. 호랭이 건너간다."

한께, 금철이는 바로 그 우에라, 호랑이 건너가는 기. 오마, 놀래서 우리 밭으로 쫓아 올라오는 기라.

그런데 우리 금철이하고 서이(셋이) 있으이께네 차탄양반이, 차탄양반 밭 우로 살짝 지내가는데, 다리가 한 쪽 다리가 없은께 영 몬 가는 기라. 몬 간께네, 차탄양반이 그 호랭이 잡는다고 큰 몽디를 하나 들고 따라가는 기라.

처 넘에로 따라간게, (청중 : 이거 전설도 아이고 현실이라 현실.) 현실이라. 그래 우리가 본 기라. 현실로. 그래 인자 그 이웃 사람이 가는데, 그래 호랭이 잡아오까이 우리 너이는, 서이서 인자.

(청중 : 가가주구 보태주지 힘에.) 그래 금철이는 겁이 나서 안 가더라고. 우리 영감은 더 겁쟁이라서 더 몬 가고. 그래 인자 서이 섰었어, 호랭이 잡아오도록. 처다보고 섰은께네 몽디만 질질 끌고 한참 있으이까 그냥 오는 기라. 그래 와,

"호랭이한테 가보지?"

쿤게네, 그 건네가지고 그 한계골 거 넘으몬 고개 착 안 넘어가나 그제? 고 넘어가는데 그 쪼깨난 새 또랑이 있거든. 또랑이 있는데. 또랑 그 건너를 요리 내리다보고 팔딱 건너본게, 바로 앞인데 한 발만 더 디디몬 딱 때리겄는데, 고 발 다리로 딱 건넌께, 또랑을 딱 건니고 치다본께 고마 뭐 어델로 가고 없더라 캐. 그래 몬 잡고 그냥 왔어.

호랑이를 물리친 정일두 선생

자료코드 : 04_08_FOT_20110116_PKS_KSB_0003
조사장소 : 경상남도 산청군 금서면 특리 특리마을 특리마을회관
조사일시 : 2012.1.16

조 사 자 : 박경수, 정규식, 이현주, 서민진, 박소영
제 보 자 : 김시분, 여, 81세
구연상황 : 조사자가 제보자에게 다른 호랑이 이야기를 부탁하자, 제보자가 자발적으로
　　　　　 나서서 다음 이야기를 시작했다.
줄 거 리 : 함양에 정일두 선생이라는 분이 살았다. 하루는 호랑이의 행동이 이상해서 몰
　　　　　 래 호랑이를 따라갔는데, 호랑이가 정승 댁 신부를 잡아먹으려고 신방 마루
　　　　　 밑에 숨어 있었다. 정일도 선생이 담을 넘어가서 호랑이 꼬리를 잡고 끌어내
　　　　　 어 신부는 목숨을 구하게 되었다. 담을 넘을 때 신었던 나막신 한 짝이 떨어
　　　　　 졌는데, 그걸 두고는 집으로 왔다. 자신을 알리고 싶지 않았던 정일두 선생은
　　　　　 나막신 한 짝을 숨겨두었다. 정승 댁에서 은혜를 갚으려고 팔방으로 나막신
　　　　　 주인을 찾으러 몇 년을 다녀도 찾지 못했다. 자신을 찾는데 나라 돈이 많이
　　　　　 쓰이는 것을 보고 정일두 선생이 조용히 나막신 한 짝을 밖에 내어 두었다.
　　　　　 정승 댁 사람들이 비로소 알고 은인을 찾았다. 정일두 선생은 후에 벼슬도 하
　　　　　 며 살았다.

　　저 함양 정일두[2] 선생님이 살았거든. 옛날에 옛날에 정일두 선생님이
라 안 카대요? (조사자 : 예. 정일두 선생님.)

　　선생님이 지녁을(저녁을) 묵고 떡- 인자 사랑에서, 사랑방 청에 떡 나
서선께네 도사 중이 마 껑충껑충 산을 집어가, 접어서 마 산, 호랭이는 저
높은 산도 착착 접어갖고 디딘단다. 그래 디디서 서울로 가는고 어더로
가는공 마 접어서 가더라 캐.

　　그래 고마 이 사램이, 정일두 선생님이 인자 옛날에 나마까신(나막신)
이라고 와 나무로 갖고 요래 뒷굼을(뒷굽을) 와 이래 옛날 어른들 신는 신
이 있었거던. 고 신을 고마 신고 그 호랭이를 따라갔어. 그 정일두 선생님
도 호랭이만치나 또 그석한 사람이고 산도 접을 수가 있는 사람이라. 술
법을 갖고.

　　그래 마 따라서 산으로 간께네, 서울 가서 이 정승 집에 딸이 그날 지
녁 결혼을 해갖고 첫날 저녁을 잘긴데. 그리고 마, 큰 높은 담을 마, 할떡

────────────
2) 일두(一蠹) 정여창(鄭汝昌 : 1450~1504) 선생을 말함.

딛더마는 벅수로 세 번 넘더라요 호랭이가. 세 번을 넘으께네, 고마 참 중이 복수로 세 번 넘으께네, 고마 호랭이로 변해져뺐는 기라.

그러니께네 그 인자 그 사당에서 첫날 지녁을 인자 자는데, 고마 그 상방청을 차려가지고 자는데, 마리(마루) 밑으로 살 기들어(기어들어) 가더라 캐. 그래 드가더마는 꼬랭이는 마루 밑에다 놔두고 앞발만 두 개로 마루 위에다 창, 요런 청 걸으몬 창, 앞발 두 개를 걸치놓고는 가만 있더라 캐. 그런께네 마 안에서 신부가 변소 간다고 마 자꾸 나갈라 쿤게네 신랭이,

"요강에 여 누지 오늘 저녁에는 한데(바깥에) 나가몬 안 된다."

고 자꾸 붙이 잡고, 마 둘이는 나올라 쿠고 붙이 잡고 마 실강이로 하는데, '아, 저리 놔두어서는 안 되겠다.' 싶어서 그 선생님이 고마 그 신, 나막신이라나 노은게, 나무신이거든. 나무신 그거를 인자 고마, 그 담을 펄떡 뛰(뛰어) 넘은게네 고마 한 짝 그거 담 넘에 널짜뺐어.

널짜삐고는 그래가 마 살 뛰 넘어가가 살짝 고마, 그새 뒷 꼬랭이로 잡고는 마 잡아땡기뿐께네 마 호랭이가 마 꺼(끄집어) 나와뺐는 기라. 나와 가지고는 마 마다다(마당에다) 마 떼기로[3] 탕 친께네 고래걸은 과함을(고함을) 지르는데 마 서울 시민이 마 다 알 정도로 마 호랭이 과함에 놀래서 깨 있는데.

그러고 마 그 동네 사람들이 마,

"오데서 이런 소리가 나냐?"

고 둘러싸고 오는 판에, 그러이 이 선생님은 고마 안 들릴라고(들킬려고) 그 담을 고마 신도 못 찾고 한 짝만 신고 담을 넘어서 고마 자기 집에 와뺐어.

왔는데, 그래갖고 본게네 호랭이는 그 큰 놈이 뻐드러져가 있고 앞에

---

3) 딱치 치듯이 패대기로.

인자 방에 각시는 호식(虎食)해 갈 기라 논게네 장해져뻤는(까무러쳐 버렸 는) 기라.

그래가지고 인자 그 무디로 갈아 믹이가지고 그래 살랐는데, 살랴놓고. 정승 집이라 논께 옛날겉으몬 임금 아인가베. 정승집에 그래갖고 (청중 : 다 보초도 섰겠지.) 하모. 조선팔도 인자 그 나막신 한 짝을 갖고 찾아대니는 기라. '요 신 신은 사램이 눈고(누구인가)?' 싶어서. 찾아대니도.

그래 정일두 선생님은 자기가 안 해, 한 포(표) 안 낼라고 신 갖고 신고 온 신짝 그걸 심키뻤어(숨겨버렸어). 심키놓고 있은께네 몇 년을 그리 찾아대이는데. '아, 이래갖고는 나라에 소비가 마이(많이) 나겄다.' 그 찾아대니모 그 돈 소비 아니가? 마이 나겄다 싶어서, 그래 한 날은 청 끝에다 신을 딱 요래 내놓은께네 그 사람들이 와보고 '아, 이 정일두 선생님이 이렇게 했다.'

인자 그래 맹을(명을) 타고 그래 서울로 가가지고 참 정일두 선생님이 베슬도(벼슬도) 다 하고 그래 마이 거석을 했대.

공양을 많이 한 강남 땅 서영춘 부부

자료코드 : 04_08_FOT_20110116_PKS_KSB_0004
조사장소 : 경상남도 산청군 금서면 특리 특리마을 특리마을회관
조사일시 : 2012.1.16
조 사 자 : 박경수, 정규식, 이현주, 서민진, 박소영
제 보 자 : 김시분, 여, 81세
구연상황 : 조사자가 다른 이야기는 없는지 물었는데 잘 기억이 안 난다고 했다. 그러다가 갑자기 이야기 하나가 생각났다며 즐겁게 이야기를 풀어 놓았다. 구연 중에 청중들의 말소리, 텔레비전 소리 등으로 인해 구연 상황이 어수선했다.
줄 거 리 : 강남 땅에 서영춘이라는 영감과 할머니가 살았다. 늙었지만 자식이 없어서 재산을 물려줄 사람이 없던 부부는 옷 공양, 밥 공양, 신 공양을 각각 삼 년 씩 했다. 십 년이 지나서 서영춘 영감이 갑자기 죽어버렸다. 의지할 곳 없던 할

머니는 미쳐서 할아버지를 찾아 돌아다니기 시작했다. 서영춘은 죽어서 중국 황제의 아들로 태어났는데 영감을 찾던 할머니도 중국으로 가게 되었다. 할머니가 중국 황궁에 도착하자 아기인 서영춘이 울음을 멈추고 손바닥에 서영춘이라는 증거를 보여줬다. 할머니는 그것을 보자마자 죽었다. 공양을 하고 살면 복 받은 사람으로 태어난다는 이야기이다.

저 강남 땅에 서영춘이라고 영감, 할마이 살았거든. 아도 하나 못 낳고 영감, 할마이 한 평상을(평생을) 사는 기라.

그래 살았는데, 그 영감 할마이가 인자 갈 때가 다 돼 간께네, 영감님이,

"우리 저 옷 공양을 삼 년을 하자."

컨데, 옷을 인자 없는 사람 옷을 사다가, 돈은 모아 놓은 게 있고 재산은 있는데 자식이 없응게 물려줄 데도 없는 기라. 그래서 인자 옷을 해갖고 삼 년을 없는 사람 옷을 줬어. 그래 옷을 줘서 믹있는데(먹였는데). 그래서 인자 믹이고 나서는 삼 년을 옷 공양을 하고 나서는,

"우리 옷 공양 삼 년을 하였은께네 밥 공양을 하자. 밥을 해가지고 없는 사람 밥을 주자."

이렇게 되놓은게, 그래 삼 년을 밥을 해갖고 없는 사람, 옛날에는 소금 장사고 뭐, 뭐시고 저 먼 데 가서 띠갖고 와서 지집이(집집이, 집집마다) 댐서(다니면서) 팔아감서 저거 집으로 오고 그랬거든. 그런 사람들 인자 밥을 배가 부르도록 밥을 믹이서 보내고, 삼 년을 그리 하고 나서는 그리 인자 그 뒤에는 또,

"우리 신 공양을 하자. 신 벗고 대이는(다니는) 사람을 신을 삼, 삼아가지고 신을 신기자."

그래 인자 그래 신을 삼아 신기고. 구 년 동안을 인자 공양을 하는 거라. 인간 사람들한테 공양하고 난께네, 십 년이 된께 고마 영감이 앞에 가 삐는 기라. 세상을 떴어. 그래 죽고난게네 고마 할마이가 반미친갱이가(반

미친 사람이) 돼뿌는 기라. 영감, 할마이 그리 의지를 하고 사다가.

그래 할마이가 사지로 마 조선 팔도로 대니면서(다니면서),

"강남 땅 서영춘아, 나를 두고 오데 갔노? 강남 땅 서영춘아, 나를 두고 오데 갔노?"

쌈서(하면서) 팔도 한 땅을 대이도(다녀도) 조선 따아는(땅에는) 없는 기라. 죽었는디 있을 수가 있나.

그리고 마 그것고 영감이 불러서 갔겠지. 중국 임금 아들로 태이났는데, 그 아들이 이리 났는데, 주목을 요래 불끈 쥐고 꼭 주먹을 안 피고 그래 우더란다 마.

그러니 이 할매이가 찾아대이다가 찾아대이다가 거 미치겠지, 중국으로 인자 드갔는 기라. 드가갖고 임금 집에를 드갈라 쿤께네, 그 미춘갱이를, 할마이를 딜이보내 줄라 카나? 막 드가이,

"내가 이 집에 드가야 된다."

쿠고, 문지기는 몬 드가구로 하고, 막 서로 막 싸워싼게 임금이 나오는 기라. 나와가지고,

"뭐 때문에 그리 시끄럽나?"

이러 쿤께네,

"그게 아니고 이 미친 할매가 우리 중국 사람도 아이고 오데서 온 할마인가 모르는데 자꾸 이기 드갈라 쿠니 몬 드가게 한다꼬 그래 막은데."

그래 임금이 가만히 생각해본께네 무슨 그래도 의도가 있는 사람이길래 그렇지, 높은 사람인게 그마쿰(그만큼) 머리가 있는 사람이라. 그래,

"딜이보내라(들여보내라)."

쿠더라 캐. 그래 디리보낸께 대자 그대로 마 쫓아 신을 신고, 마 쫓아 아(아이) 있는 방으로 쫓아드가더라 캐. 그래 쫓아드가서 고마 아를 이리 턱 틀어 안음서(안으면서) 이리 뚜디리 안음서,

"강남 땅 서영춘아, 나를 두고 여게 왔나."

이러쿤께네, 아가 손을 탁 패더란다(펴더란다). 그랑께 손을 팬게네 요 가운데다가 '서'자로 딱 써났더란다. (조사자 : 아, 서영춘.) 서영춘이라고. 그래 탁 손, 손 탁 팬게네 고 앞에 팍 엎어져가 할마이가 고마 죽어삐더란다.

그래가지고 그래 그마쿰 공양을 해논께네 중국꺼정 가서 임금 아들로 태이나고, 할마이도 그서 죽은데 오데 가서 태있는고(태어났는지) 그거는 모르겠고. [웃음]

아기장수 오일변(吳一變)

자료코드 : 04_08_FOT_20120117_PKS_KYC_0001
조사장소 : 경상남도 산청군 금서면 매촌리 매촌마을 매촌회관
조사일시 : 2012.1.17
조 사 자 : 박경수, 박기현, 정혜란, 권경원, 정나겸
제 보 자 : 김영칠, 남, 80세
구연상황 : 조사자가 오일변 이야기를 아느냐고 묻자 안다고 하면서 곧바로 구연하기
　　　　　　시작했다. 제보자는 오일변을 계속 '오일봉'이라고 말했다. 아기장수의 모티프
　　　　　　가 들어 있는 이야기이다.
줄 거 리 : 오일변이 죽어서 고동재에 묻혔다. 그런데 산청읍의 한오정에 있던 기왓장이
　　　　　　날라가 고동재에 있는 무덤에 쌓였다. 오일변이 죽을 때, 어머니에게 누군가
　　　　　　가 와서 자신의 탯줄을 무엇으로 끊었는지 가르쳐 달라고 하면 절대 가르쳐
　　　　　　주지 말라고 당부했다. 어느 날 사람이 어머니를 찾아가 오일변의 탯줄을 무
　　　　　　엇으로 잘랐는지 물었다. 어머니는 사실을 말해주지 않다가 계속도는 종용에
　　　　　　결국 억새로 잘랐다고 말했다. 억새로 오일변의 무덤을 가르니 오일변이 한
　　　　　　쪽 발을 말에 올린 상태에 있었고, 죽을 때 같이 묻어 주었던 수수는 병사가
　　　　　　되려던 참이었으나 모두 사라지고 말았다.

요 고동재라고 여 가몬 있어요 고동재. (조사자 : 고동대?) 고동재. (조사자 : 고동새?) 고동재. (조사자 : 아, 고동재.) 고동잰대 산이라 산. 그 산,

고갠데.

그 인자 한오정(漢鰲亭)이 있어 산청읍에. 한오정이 있는데 고게 옛날 고을 원이 사용하던 걸 여- 일정(日政) 때 초등핵교로 국민핵교로 해가지고 요서 뭐 공부를 하고 그렇는데, 그 오일봉(오일변, 吳一變) 씨가 났을 제 그 그게 밤마당 한오정 기왓장이 한 장썩 날라서 가는 기라 이리. (조사자 : 기왓장이.) 기왓장이 날라가.

그래서 인자 그 오일봉이가 죽으면서 고 묘로 쓴 기라. 오일봉이가 죽은 사람을 갖다가 고동재에다가. 어 했는데, 죽으면서 저거 엄마한테 하는 말이

"내가 죽고 나거든, 누군가 와서 내 태, 탯줄을 끊은 걸 가르켜 돌라 카거든 절대로 가르쳐주지 마라. 음 가르쳐주지 마라 캤는데, 그 인자 머까(무엇으로) 그랬냐면 인자 산에 저 산에 있는 거, 새, 그런게 새 그거 머고 거석 아이가. (청중 : 왕새, 왕새.) 거 갈대, 갈대. (조사자 : 억새, 억새.) 어 억새, 억새. 억새풀로 갖고 짤랐거든. 잘랐는데 그래 저 한오정 기왓장이 날라가서서 골고지(곳곳에) 가다가 본 기라. 거 갤국(결국) 저리로 날라가는 걸 보고는 찾아가서 보니까 그 기왓장이 딱 쌓이가 있는 기라.

그래서 그걸 갖다가 깰라고 하니 도저히 안 깨지는 거라. 깰라 해도 안 깨지는 기라. 그래서 인자 이랄 게 아이라 그 사람 인자 죽을 때, 아이 놓을 때 태를 뭐가 끊었나 인자 이걸 확인을 하는데, 저거 어머이 인자 저거 아부지잔테 물어도 가르쳐 주도 안 하거든. 안 알리 조(줘).

오일봉 인자 오일봉이 죽으면서,

"여튼 인자 죽으몬 살리주긴께, 또 어쨌든 간에 가르치 주지 마라."

그래 했는데 결국 할 수 없이 와 갈치쪘뻤어. 그런께 새를 가지고 딱 끊으니까 싹 갈라지면서 그 인자 오래 돼서 모르겠다.

한 쪽 다리를 말에 올라타고, 한 쪽 다리라 달그락 달그락 하더라 이기다. 그라고 인자 그 묻을 때 소수, 수수 같은 걸 한 되썩 묻어달라, 묻어

준 기 싸악 병사가 돼가 있고 그때에 싹 사라지뻤더라고. 이런 말을 했대.

주문으로 호랑이를 쫓은 어머니

자료코드 : 04_08_FOT_20120116_PKS_KWGM_0001
조사장소 : 경상남도 산청군 금서면 특리 특리마을 특리경로당
조사일시 : 2012.1.16
조 사 자 : 박경수, 정규식, 이현주, 서민진, 박소영
제 보 자 : 김월고만, 여, 81세
구연상황 : 경로당에 들어가서 조사 취지를 설명하고 이야기를 부탁했다. 제보자가 늑대
　　　　　세 마리를 우산으로 물리친 실화를 들려준 뒤에 도깨비 이야기도 안다며 이
　　　　　야기를 해주었다. 그러나 모두 자신이 겪은 이야기와 호랑이를 봤다는 실제
　　　　　경험담밖에 없어서 조사자가 계속 다른 설화를 유도했다. 이 이야기도 제보자
　　　　　의 친정어머니가 직접 보았다는 경험담이지만, 신이담의 화소를 담고 있어서
　　　　　채록 자료로 선택하였다.
줄 거 리 : 친정어머니가 함양장에서 소를 사서 돌아오는데 호랑이를 만났다. 소가 놀라
　　　　　서 길을 가다 돌아서서 가려고 했다. 어머니가 소 코뚜레를 붙잡고 호랑이
　　　　　쫓는 주문을 외웠다. 주문을 들은 호랑이는 발이 오그라지고 머리가 두 쪽으
　　　　　로 쪼개어졌다.

　전에 친정에 클 때 울 어무이가 장에 가서 소를 인자 개비로 하고 온께
네로, 소로 앞세우고 온께네로, 소가 고만 질(길) 울로 퍼더덕 올라감서로
팩 돌아서더라 캐.

　그런데 본께 우에서 호랭이가 불로 뻘그리(빨갛게) 싸갖고(써서), 소도
호랭이인테 못 이기 그제? 그래 막 코뚜레를 붙잡고 진언을 치고, 진언이
있거든 호랭이 쫓는 진언. 그래 산절이 사는데.

　"천고절이 비오절이 오 모오절이 바라절이 사바하. 이전마무 저전나무
산전나무 본전나무 산개붙이 발에 옴골고."

　호랭이가 발이 똥구러져. 또,

"사바하 천구절이."

호랭이가 대가리가 딱 갈라진다. 그런께 고마 호랭이 고놈이 들고 고만 질 울로 퍼더덕 올라간게, 그러이 코뚜레를 붙잡고 그런께.

내가 본 게 아이고, 전에 내 클 때 울 어무이가 소 사갖고. 그래 한 분 들어도 진언 치는 거 그거 내가 다 안다. 한 분 더 해주까?

"천고절이 비오절이 오 모오절이 바라절이 사바하."

이러 쿠고, 대가리 딱 갈라지고.

반쪽이 아들을 장가보낸 유 정승

자료코드 : 04_08_FOT_20120116_PKS_KWGM_0002
조사장소 : 경상남도 산청군 금서면 특리 특리마을 특리경로당
조사일시 : 2012.1.16
조 사 자 : 박경수, 정규식, 이현주, 서민진, 박소영
제 보 자 : 김월고만, 여, 81세
구연상황 : 조사자가 여러 이야기를 꺼내면서 비슷한 이야기라도 기억나는 이야기가 없
          느냐고 물었다. 제보자가 반쪽이 이야기를 해준다면서 구술을 시작했다.
줄 거 리 : 아기를 못 가져서 걱정인 유 정승 부부가 산에 기도를 드리러 갔다. 백일을
          채워야 아기를 온전하게 가지는데 너무 힘들어서 아기를 얻고 배가 부르자
          산을 내려왔다. 결국 백일을 못 채운 아기는 반쪽으로 태어났다. 유 정승은
          반쪽 아들을 장가보내기 위해 예쁜 종과 바꿔치기를 해서 결혼 약속을 받아
          냈다. 그리고 신부와 아들의 첫날밤에 박 정승이 집 앞 나무에 제를 안 지내
          서 자기 자식이 반쪽이 됐다는 소문을 퍼뜨렸다. 박 정승 집은 허물을 뒤집어
          쓰고 망했고 반쪽이 아들은 문제없이 결혼을 할 수 있었다.

아들을 못 둬서 섣달 열흘 산지불공을 하몬, 백일산제를 하몬 아들로 놓는다고 캐서, 그래 참 백일 산제로 내고 첩첩산중에 가서 밥을 해놓고 하는데, 그래 아로 가지는데. 팔 개월을 해도, 구 개월이, 팔 개월이 넘었는데 어띠(어찌나) 그만 욕을 봤던지,

"아구야, 이제 배도 부르고 한께네, 안자는 아를 가졌은께."

이전엔 뭘 놓든, 이전에는 아들인가 딸인가 그거 몬하거든 그제?

"뭘 놓든가 집에 내려가자."

이라는데, 그 인자 몸띠는 다 생겼는데 백일을 채워야 저 눈도 달고 막 귀도 달고 할 낀데, 그래 나는께 백일로 못 채아서 반쪼가리라. 아들이. 반쪼가리라. 다 몬 채워서. 생길라고, 생길 것도 다 생겼는데.

그래 인자 그걸 유 정승 집인데 장개를 들일라 쿤게 반쪼가리 아들은 숨키 놓고 구혼을 하는 기라. 부자고 원창(워낙) 베슬도(벼슬도) 높고 한 게. 그래 종이 하나, 저 부리는 거, 요새는 와 그석아이가? 이전에는 와 종이라 안 했나?

그거 예쁜 게 하나 있어서 그거를 대신으로 선을 베여(보여) 줬어. 대감 집에, 유정승하고 박정승하고 혼사를 하는데. 근데 마 저 집에서 탄복했어. 부잣집이고 이래논께.

그래 인자 궁리를 냈어. 앞에 인자 둥구나무가 있는데, 종이 장개를 갔거든. 그래 달이 지내서 예를 지내고 그래 인자 그 앞에, 유 정승 집 앞에 큰 둥구나무가 있는데. 거 또 꾀를 내갖고 황새에다가 큰 새에다가 발에다 불로 달아갖고 갖고 올라갔어. 머슴인가 뭔가 올라갔는데, 그래 인자 한 밤중에 종은 나오고 저거 반쪼가리 아들 그걸 딜이보내고(들여보내고). 그래 인자 처녀 집에서 둥구나무 있어 앞에.

그래 인자 고마 거서 괌을(고함을) 지르면서 학을 고마 발에다 불을 달아갖고 확 날림서로,

"박 정승아, 이놈아. 니 너 사우로(사위로) 봄서로(보면서) 낮에 나한테 지반도(?) 안 하고 그리 하나?"

쿰서로,

"네 사우를 오늘 지녁에 반쪼가리로 맹글라뿌란다."

이렇게 해뺐거든. 그런데 날아가면서 막 동네 사람들이 본께, 학이 막

붙잡고 있다 놓은께 달아날 거 아이가? 그래 인자 불을 써갖고 달아난게 네로, 그래 자고 나서 디다 본께, 종 그거 예쁜 그거는 없고 사우가 반쪼가리가 들어앉았어. 바까뺐어, 그거하고. 그래 마 학이고,

"둥구나무 목신님이 그랬다."

쿰서로 고마 저 집에서 에라 들고 일어나갖고,

"와 내 자석 멀쩡한 거 보내 놓은게 반쪼가리를 만드냐고?"

고마 대뜸 둘러써뺐어(뒤집어썼어) 고마 오만 허물로 입에다 떤지 써뺐어.

그래가 그 이튿날 마 요 집에, 반쪼가리 맹근(만든) 집에 둥구나무에 제만 안 지냈으몬, 그랬다고 마 달라들고 이래갖고 나중에 홀딱 망해뺐어.

넘의 자석을 반쪼가리로 만글었으니 안 그러겠나 그제? 그래 그기 뭐와 말이 났는고, 나는 아무 말도 안 했는데, 그때 알아도 와 말이 났는고 모르지. 말이 났어. 난 안 그캤다.

아내를 구하고 호랑이로 외발로 만든 사람

자료코드 : 04_08_FOT_20120116_PKS_BMS_0001
조사장소 : 경상남도 산청군 금서면 특리 특리마을 특리마을회관
조사일시 : 2012.1.16
조 사 자 : 박경수, 정규식, 이현주, 서민진, 박소영
제 보 자 : 박무순, 여, 84세
구연상황 : 호랑이 목격담을 계속 듣는 중에 지리산 외발 호랑이가 있다며 이야기를 시작했다. 이야기 중간에 외발 호랑이를 봤다는 사람이 있어서 따로 이야기를 부탁했다.
줄 거 리 : 목기를 만드는 사람이 산 중에 집을 지어놓고 가족과 함께 살고 있었다. 어느 날 밤이 되자 호랑이가 나타나서 아내를 깨우려고 하였다. 사람을 잡아먹으려고 호랑이가 꼬리에 물을 묻혀서 아내를 깨우고 있는 것을 남편이 보았다. 남편은 호랑이가 발목을 문 안으로 들이밀었을 때 자귀로 강하게 내리쳤다. 호

랑이가 큰 소리를 지르며 도망갔다. 남편은 가족들과 무사히 살 수 있었다. 이때부터 지리산에 외발 호랑이가 산다고 전해진다.

목기 있지요? 목기를 지리산 겉은 산중에 가서 나무를 베고 요리요리 깎는 기라. 그 머 그 상판, 상판이라 쿠는데, 방 안에다 떼집을 지어갖고 방 안에다가 이리 불을 놔놓고 불을 쬐어감서 안자 밥 해무감서(해먹으면서) 나무로 이리 따듬는데. 가만히, 그래 아내를 덱고(데리고) 간 기라. 밥 해 묵을라꼬.

이리 가만히 누워서 이리하고 안을 문득 채려본게(쳐다보니까), 어디서 찬바람이 솔솔 나는 기라. 부인은 저 벽 쪽에 딱 붙이 눕어서 인자 애기 보듬고 자고, 영감은 요쯤 앉아서 저녁으로 일을 하는데. 가만히 본께 찬바람이 나가는 뒤를 살째기 딜이다본께(들여다보니까), 호랭이 한 놈이 꼬리에다가 물을 묻히 가갖고 그 부인 자는 데 대고 살살살 뿌리는 기라. (청중 : 와 그라노?) 걔 잠 깨밸라꼬(깨우려고). (청중 : 전설이다.)

근데 또 가만히 있응께 나가더마는 또 한참 있은께 꼬리에 물을 묻히 가 또 그 사람한테다 뿌리는 기라. '아, 요놈이 분명히 오늘 저녁에 사람을 해치겠구나.' 싶어서, 그 뭐고? 그 인자 짜고(자귀) 있제? 요리요리 시골에 나무 요리요리 따듬는 거. 짜구 잘 드는데, 짜구 잘 들어야 되제?

호랭이를 인자, 호랭이를 딱 요 물을 딱 치더만은 여자가 기지개를 뿌두둥 씬께네(켜니까), 찬물을 고래 뿌리니께 잠이 깰까요 안 깨? 지지개를 뿌두둥하이 씬께네 호랭이 발모가지가 이래 들오는 기라. 고마 호랭이 발모가지를 짜구로 팍 쪼사뺐어. 그 잘 드는 짜구 하몬, 짜구로 팍 밴께, 하 고랫등 같은 고함을 치고 내달리더라 캐.

근데 인자 그 뒤에 보몬 지리산에는 목다리 호랭이가 있다고. (청중 : 목달이 호랭이가 그럼 한계골로 왔던갑다. [웃으며] 우리 저 밭에 있은께네.)

(조사자 : 아이 잠깐만. 그래가 우찌 됐어요? 끝에.) 고마 마 울고 마 천
리나 도망을 가뿄어요. 그래 마 여자는 애기도 살루고. 인자 해칠라고 깨
배뿌는데 호랭이는.

뱀으로 변한 스님의 넋과 누이를 살린 동생

자료코드 : 04_08_FOT_20120116_PKS_BMS_0002
조사장소 : 경상남도 산청군 금서면 특리 특리마을 특리마을회관
조사일시 : 2012.1.16
조 사 자 : 박경수, 정규식, 이현주, 서민진, 박소영
제 보 자 : 박무순, 여, 84세
구연상황 : 백여우를 직접 본 경험담을 한 뒤에 제보자가 이야기를 하나 해주겠다면서
　　　　　　입을 열었다. 이야기를 마친 뒤에 상사병에 걸리면 약이 없는데 변소에 간다
　　　　　　고 하면 싹 낫는다는 말을 들었다고 했다.
줄 거 리 : 스님과 상좌가 길을 가고 있었는데 날이 더워서 정자나무 그늘에서 쉬어 가
　　　　　　게 되었다. 그런데 잠든 스님의 콧구멍에서 뱀이 나와 어디론가 갔다. 상좌는
　　　　　　이상해서 뱀을 따라서 자기의 집에 도착했다. 상좌는 황급히 누이를 변소에
　　　　　　숨겨놓고 뱀이 하는 모양을 지켜봤다. 뱀이 변소에 앉은 누이를 보더니 다시
　　　　　　스님 콧구멍으로 돌아갔다. 스님이 누이를 짝사랑해서 잠든 틈에 넋이 나와
　　　　　　돌아다닌 것이다. 넋이 누이를 만나 돌아가지 못하면 스님도 죽고 누이도 어
　　　　　　떻게 될지 모르는데, 넋이 다시 스님의 코로 들어가서 두 사람 모두 살았다.

절에, 절에 스님이 상좌을 데리고 동냥을 하러 마을을 내려가는데. 가
만히, 인자 뭐라 캤노? 동냥을 하러 내려갔는데 가다가 정지나무가, 옛날
에는 사람들 마이 댕기는 재면당 정자도 있고 그랬거든. 거 쉬아가고(쉬
어가고). 정자 밑에서 저 스님 상좌를 보고,

"야, 여 좀 쉬아 가자. 시원한데."

쉬자 쿠더란다. 그래 쉬닌께, 쉬다가 중이 말야, 스님이 잠이 홈빡 들었
어. 그래 이 아이가 가마이(가만히), 상좌가 스님을 채려본게(쳐다보니까),

스님 콧구녕에서, 코에서, 콧구멍에서 뱀이 한 마리 소르륵 나오더라 캐. 코에서.

뱀이 한 마리 솔 나오더마는 (청중 : 그기 혼이라.) 이게 어더로(어디로) 가는가 볼라고 스님이 살살 발맘발맘 따라간께, 그 아이가 인자, 상좌가 그 집에, 그 집 아이든 모양이지? 저그 집으로 드가더라 캐. 저그 집으로 솔솔 드가더마는 마 저래 수상하거든. 마 누를(누나를) 보고, 마 과년 찬 참 좋은 누부가(누나가) 있었는데,

"어매요, 참 누야, 누야 얼른 너 그 베옷 있거들랑 베옷 좀 둘러씌고 변소 가 앉아 있거라."

그래 시깄어(시켰어), 저 누를. 그래 마 엉겁결에 베옷을 싸서 머리에다 둘러씌고 변소에 가서 앉아있은께, 뱀 이놈이 쭉쭉 사람 잘 찾아댕기거든. 찾아댕기더만 변소에 가서 떡 채리본께 피옷을 해서 입고 둘러씌고 인자 변소에 앉았는 기라.

거 앉아있인께 이놈이 뭐 채리보더마는 얼래벌레벌레[4] 샀더만은 고마 솔솔 돌아오더라 캐. 돌아가면서 또 따라온께, 스님 코로 쪽 들어가삐더라 캐. 솔솔 스님 코로. (청중1 : 그래 그기 스님 혼이라. 혼이, 그 혼 나오고 나서 콧구녕을 막아삐면 고마 그 사람은 죽는단다.) 나간 연에(나간 연후에) 막으면 죽제? (청중1 : 하모. 나간 연에 고만.)

그 인자 뱀이가 스님 코로 드간께, 지지개를(기지개를) 푸두둑 씌고 일어나더마는,

"아따야! 너거 누부 참 우습더라."

고쿠더라 캐. 그 스님이. (청중2 : 짐승 그거 무섭더라.) (청중1 : 보고 왔으이.) 코에 드간께 살아나는 기라. 사람이 살아나갖고, 스님이 살아나갖고,

---

4) 뱀이 혀를 날름거리는 소리.

"하이고, 너거 누부 참 우습더라."

쿠더라 캐.

그래도 인자 요래 하몬 동냥 하러 댕기다가 대갓집에 가몬 큰 처녀가 하나 있은께, 인자 고걸 눈에다 그걸 보고 마 상사(相思)가 맺힌 기라. 그 래갖고 아이먼 고날도 거 가는 기라 인자. 그 가는 긴데 중간에 잠이 든 께 만날 마음에 찌고 있어 마 넋이 나와서 처녀 집으로 갔던 모냥이지.

그래서 그 저그 누도 살고 중도 살고 그래 잘 살았대요.

여자 말에 멈춰버린 마이산

자료코드 : 04_08_FOT_20120116_PKS_BMS_0003
조사장소 : 경상남도 산청군 금서면 특리 특리마을 특리마을회관
조사일시 : 2012.1.16
조 사 자 : 박경수, 정규식, 이현주, 서민진, 박소영
제 보 자 : 박무순, 여, 84세
구연상황 : 산이 둥둥 떠가는 이야기를 들어본 적이 있느냐고 묻자 제보자가 다음 이야 기를 시작했다. 여행 가서 택시 기사한테 들은 이야기라고 설명했다.
줄 거 리 : 옛날에 가난한 부부가 야반도주를 하려고 밤중에 깨어 있었다. 그런데 부인이 밖을 보고 있는데 마이산이 걸어가는 게 보였다. 부인이 놀라서 영감도 보라 고 소리쳤는데 그 소리를 산이 듣고 멈춰버렸다. 마이산이 그대로 걸어갔으면 그 자리가 서울이 되었을 것이다. 영감이 산이 멈춘 것이 화가 나서 부인을 찾는데, 그 모습을 마이산에서 확인할 수 있다. 마이산의 한 쪽은 영감이고, 다른 한 쪽은 할머니이다.

하도 없이 인자 외뚜루(외따로) 사는데, 아들 딸 데꼬(데리고) 그날 저 녁에 밤중 되면은 오더로(어디로) 떠나삘라고, 그래 저 이 자석을 남매를 낳는데, 그래 인자,

"밤에 인적이 없으몬 도망을 가자. 못 묵고 살아서 살기 좋은 데로 도 망을 가자."

갈라 쿤께, 밤 시쯤, 밤중이 돼가는데 아 나온께네, 마당에 나온께 저 산이 착 걸어나온 기라. 마이산이 쭉 걸어나와. 근께,

"아, 여보. 여보. 보소, 보소. 저 산이 걸어간다. 산이 걸어간다."

쿤께, 그 영감이 나와갖고 거짓말한다고 통만 맞고. 산 그거는 걸어가다가 체신머리 없구로 여자가, 그 인자 그 비끼주몬(비켜주면) 거가 서울이 될 낀데, 산이 싹 이리 반반하고 서울, 서울 맨들라고 산이 비끼 걸어가는데, 아 고마 여자가 방정시리 보고 산 걸어간다고 캐논께, 그 뭐 딱 주저 앉아뺐거든.

그런께 마이산에 가면은 한 쪽 산, 한 쪽에는 인자 요리 아 같은 걸 찌고 그 빼딱하게 해가 있어. 그래 영감이 저게 고마 할망구를(할머니를) 차삔 기라. 방정시리 본둥만둥 하고 있이몬 될 낀데 발포를 했다고 할망구를 차삐리논께, 아 옆구리를 두 개 찌고(끼고) 있는 거, 그거 찌고 요래 빼딱하거든 바우가.

그런데 요 가운데, 산 가운데, 마이산에 가 봤지요? 가운데 질(길) 있지요? 그게 인자 그 영감, 할마이라. 하나는 영감이고, 하나는 할마이라.

효험이 없어진 유의태약수터의 물

자료코드 : 04_08_FOT_20120116_PKS_PSS_0001
조사장소 : 경상남도 산청군 금서면 화계리 화산마을 화산경로당
조사일시 : 2012.1.16
조 사 자 : 박경수, 박기현, 정혜란, 권경원, 정나겸
제 보 자 : 박삼순, 여, 73세
구연상황 : 조사자가 유의태약수터에 얽힌 이야기가 없느냐고 하자 제보자가 나서서 구술한 이야기이다.
줄 거 리 : 길을 가다가 쥐 죽은 것을 보거나 해서 약수터에 가면 뱀이 지키고 있어서 가까이 가지 못했다. 옛날에는 약수터의 물이 좋아 속병 있는 사람도 물을

먹고 나왔다. 어느 날 나병환자가 거기에서 살다가 죽은 후로는 물의 효험이 없어졌다. 지금은 물맛이 많이 변했다.

가다가 쥐가 죽었든지 죽었던 것을 보고 가몬, 거 간께네 뭘 죽은 걸 보고 가논께네, 거 간께네 뱀이 딱 나와갖고 양쪽에서 입을 딱 벌리고 있 더라 캐요. 그래서 몬 하고 바로 왔다 카대요.

그 물이 참 전에는 영리했었어요. (조사자 : 아픈 사람도 거 마이 거.)예. 그런데 거기서 나병환자가 하나 거 살다가 죽어갖고 그 뒤로는 고마 호과 가(효과가) 없어요.

앞에는 참 호과가 있었는데. 지금은 고만 안 좋아. 이전에는 참 물만 떠다 무도(먹어도) 속병 있는 사람도 낫고, 속이 이리 저 안 좋은 사람도 물 무몬 낫고 그랬다 카더라. 지금은 물이 마이 변했어요.

도깨비와 씨름한 사람

자료코드 : 04_08_FOT_20120116_PKS_PSS_0002
조사장소 : 경상남도 산청군 금서면 화계리 화산마을 화산경로당
조사일시 : 2012.1.16
조 사 자 : 박경수, 박기현, 정혜란, 권경원, 정나겸
제 보 자 : 박삼순, 여, 73세
구연상황 : 앞선 제보자가 도깨비와 싸운 이야기를 구연하고 나자 이 제보자도 관련된
          이야기가 생각이 났는지 이 이야기를 구연했다. 손짓으로 표현을 많이 하면서
          구연을 했다.
줄 거 리 : 술에 취한 사람이 밤중에 길을 오다가 키가 장사 같은 도깨비를 만나 씨름을
          했다. 도깨비를 끌고 고함을 지르며 집으로 끌고 왔는데, 다른 사람들 눈에는
          빗자루만 보였다. 옆 사람에게 도깨비를 잡고 있으라고 하고, 방으로 끌고 들
          어가서는 씨름을 하는데 보니 대빗자루였다. 다음날 보니 빗자루에는 아무것
          도 없어서 물에 던져 버렸다.

계를 하러 갔는데, 절터로 계를 하러 갔는데 비가 그날 지녁에(저녁에)

되게(매우) 왔어. 아이 밤에 오래 돼도 안 오는 기라요. 요요 오는 도중에 여 못이 있거든요. 못이 있고, 거 정각이 그 우에 있어요.

아이 거게 온께 술이 디기(매우) 취했어. 온께네 정각 있는 데서 키가 팔대장승겉은 놈이 나와서,

"씨름하자."

카네. 그래갖고 씨름을 했다 캐. 씨름을 했는데 요리 부치고 저리 부치고, 인제 그때 정신이 쪼께 있어갖고 '키 큰 놈은 깍지를 찌라고(끼라고) 쿠더라' 싶어가지고 그 생각이 딱 나더라 캐.

요리 찌몬(끼면) 이제 그기 안 되는 기고, 요리 딱 훔치서(훌쳐서) 찌야 그게 된다 카네요.

그래 요리 딱 훔치(훌쳐서) 찌고 막 과-암을(고함을) 지르면서 쌔리 보치가면서(보채가면서) 집에까정 끄꼬(끌고) 왔어. 그걸. 그래가 저 우에 살 땐데 병천가 인자 마 괌(고함) 소릴 듣고 나왔는 기라. 그래,

"임상 뭘 이리 쌌소?"

쌈서 나왔어.

"요 놈 때리 직이라. 병천아 요 놈 때리 직이라. 요 놈 좀 때리 직이라."

그래 쌈서(하면서) 자꾸 마당에다 들고 보채는 기라. 아이고 우리도 무섬증이(무서움증이) 팍 들어갖고 머리끝이 하늘로 올라가는 것 겉더라고.

(청중 : 안 보이제? 니 눈에는?) 빗자루는 비요, 빗자루는. 빗자루를 그걸 들고 부친다 칸께, 대빗자루를. [웃음] 빗자루를 들고 보챔서,

"요놈 좀 홀카 때리직이라."

캄서 고함을 질러 싸. 그래갖고 딱딱 요리 보채고 조리 보채고 발로 착 밟음서,

"병천아, 얼른 이걸 좀 눌리라."

캐. 그럼 병천이가 불끈 눌리고 요리 뾺고(밟고) 있으이께네, 그래 자기가 방으로 들어가더라고. 들어갔는데 놓고 본께 대빗자루를 가지고 싸움

을 [웃으며] 한다 캄서. 감낭구에다가(감나무에다가) 창창 홀가 놓대.

　그래갖고 누 잤어요. 그래 아칙에 자고 일어나서 본께네 빗자루에 아무 것도 없고 내가 저 물에다가 떤지뺐어. [웃음]

방귀를 잘 뀌어 잘 살게 된 며느리

자료코드 : 04_08_FOT_20120117_PKS_POS_0001
조사장소 : 경상남도 산청군 금서면 수철리 수철마을 수철마을경로당
조사일시 : 2012.1.17
조　사　자 : 박경수, 정규식, 이현주, 서민진, 박소영
제　보　자 : 박옥순, 여, 77세
구연상황 : 조사자가 옛날에 시집가서 방구 못 뀌어서 얼굴이 노래진 며느리 이야기를 아느냐고 물었다. 제보자는 부끄러워서 그런 이야기를 어떻게 하느냐고 했다. 조사자들이 계속 해달라고 하자, 제보자는 부끄러워하며 다음 이야기를 하였다.
줄　거　리 : 며느리가 시집을 와서 얼굴이 말라들어 갔다. 시어머니가 이유를 묻자 방귀를 못 뀌어서 그렇다고 하자 방귀를 끼게 했다. 방귀를 뀌면서 시아버지는 기둥을 잡고 시어머니는 문고리를 잡게 했다. 집의 기둥이 날아갈 상황이 되자 그만 방귀를 끼라고 말렸다. 그것이 소문이 나서 꽹과리 치는 사람과 누가 이기는지 시합을 해서 이겼다. 며느리는 방귀를 잘 뀌어 잘 살게 되었다.

　메누리로 봐논께네, 아 이놈 며느리가 얼굴이 보콜보콜하이 좋더마는 아이 고마 살살 얼굴이 몰라(말라) 들어가고 그렇거든요. 그래 시어매가 삼을 삼음시롱,

　"아이 니가 얼굴이 그리 몰라 들어가노? 네가 그리 얼굴이 좋던 기."

　그러쿤께네,

　"어머이, 내가 방구로 몬 끼서 그래요. 하모 내가 방구로 몬 끼서 그래요."

　쿤께,

"아이가 끼라."

"아이고 어머이 끼면 되요?"

"끼라. 끼라. 아이고 그렇지만 사람이 낫고 봐야 되지. 끼라."

고. 아이 인자 그래 방구로 뀐다고 그래 컬게, 시애비로, 시애비로,

"지동(기둥) 잡으라."

쿠더라 캐요. 상지동. 시애미는,

"문고리 잡으라."

쿠더라 캐요. 그리고 고마, 고마 방구로 뀐께네 고마 지동이 쑥 빠져 달아나는 거로,

"아이고 아이고 안 되것다. 안 되겠다. 안 되것다. 안 되겠다. 중단을 해라. 아이고 안 된다. 안 된다."

아이구 머 시애미가 들락날락 마 문고리를 잡고 들락날락하지, 시애비 는 마 상지동을 잡고 나자빠졌뿌리. 고마 중단이 된 기라요.

그래 중단이 돼갖고 있는데, 고마 인자,

"아무개 댁 메느리가 방구로 끼갖고 중단이 됐다."

이러 쿤께네, 거 인자 군에서 마 소문이 난 기라. 근데 방구 뀌는 사람 하고 저게 깽새이(꽹과리) 치는 사람하고 서로 시합을 하몬 어떤 놈이,

"니가 이기겠나?"

쿤께네, 깽새이 치는 사람,

"아이고 내가 이기지."

쿤께도, 또 방구 뀌는 사람은,

"아이가 내가 이기지."

안자 그래가 인자 시합이 된 기라요. 시합이 돼갖고 인자 그 막 사람이 모이갖고 줄로 짝 쳐놓고, 그 몽디수건 탁 씌고 깽새이 치는 놈은. 여자는 탁 치매를 입고 나왔더랍니다.

치매를 입고 인자 '캔사' 쿤께 '뽕~', '캔사캔사' '뽕뽕' '캔사캔사'.

[청중 웃음] 고마 막 깽매이 치는 놈 고마 대서 마 막 난대로 '깨갱깽깽' '뽀봉뽕뽕'. 고마 막 대서 고마 막 세를(혀를) 빼무더라 캐요. 깽매이 치는 사람이 고마. 고마 '혜-' 하고 마 깽매이 치는 사람이 몬 이기더라 캐.

이 아짐마, 새댁이는 마 낄수록 마 치매 바람에 방구가 발라당발라당, 아이구 올마나(얼마나) 마마 폭폭 끼재친게 속이 시원하제, 속 안태 간 거 카마 시원하재. 그래 그 여자가 끼갖고예 그리 상을 많이 타갖고 부자가 되어 사더라 캐.

호랑이에게 복수한 오빠

자료코드 : 04_08_FOT_20120117_PKS_POS_0002
조사장소 : 경상남도 산청군 금서면 수철리 수철마을 수철마을경로당
조사일시 : 2012.1.17
조 사 자 : 박경수, 정규식, 이현주, 서민진, 박소영
제 보 자 : 박옥순, 여, 77세
구연상황 : 조사자가 청중들에게 산청에 산이 많아서 호랑이 이야기가 많지 않냐고 물었다. 그러자 호랑이 많았다면서 호랑이 이야기를 해보겠다고 하며 이야기를 했다.
줄 거 리 : 어느 마을에 오빠가 누이를 잡아먹은 호랑이에게 복수하기로 결심했다. 호랑이를 잡기 위해 덫을 놓았지만 번번이 실패했다. 하루는 호랑이가 오는 길에서 덫을 놓고 기다리고 있다가 결국 호랑이를 잡아서 누이의 복수를 했다.

중마을 그 내나 그 호래이(호랑이) 나온다 쿠는 사람이 큰애기로 또 하나 없앴어. 큰애기를 하나 없앴는데, 아이 이 오라바이가 인자 그 호래이를 복수를 할 끼라.

'오짜든지 저놈의 호래이를 내가 잡아야, 우리 동상이(동생이) 죽었는데 천상 내가 복수를 해야 되지' 싶어서, 아무리 거석을 홀리로(올가미를) 낳고 덫을 놔도 그 호래이로 몬 잡는 기라.

저거 동상 거기 가갖고, 넋이 호래이 넋이 돼갖고, 하루 저녁에 가서 딱 가서 숨어갖고 저만치 덫 놓은 옆에다 저만치 숨어가 있은께네, 아이 저거 동상이라 캐. 처녀가 딱 내리오더마는 덫 그놈을 딱 지아삐더라(치워버리더라) 캐요.

"아이고, 울 오빠가 날 잡을라고 덫을 놨네."

쿠면서, 탁 그걸 그마 지아논께 호래이 그게 안 칭기는(채는, 덫에 안 걸리는) 기라. 안 칭기고. 동네 와서 새도(소도) 잡아먹고 돼지도 잡아먹고 해찰로(해코지를) 직이는 기라요. 그래가 올라가고.

또 언자 또 잡을라고 또 가서 덫을 놔논께 또 그라더라 캐. 그래 인자 '하이 이거 내가 탁 옆에 숨어가 있다가, 지나가고 나몬 덫 이놈을 갖다가 우짜든지.' 동네에 와서 그 호래이가 와서 돼지 잡아가고 사람은, 그래 사람 하나만 처녀만 자아묵었지 그래.

그래 하루 저녁에는 인자 한 서너 번 딱 지키고 있다가, 그래 인자 그날 저녁에는 가갖고, 그 옆에다 구디로(구덩이를) 탁 파놓고 탁 요리 숨어가 있은께네, [말을 바꾸어] 아 참, 처녀가 내려오더라 캐. 내나 동생 택이라.

"아이고 울 오빠가 또 여 놔났네."

파뜩 지나가고 난 뒤에 덫을 고마 탁 칭가나삐더라(채워버리더라) 캐. 덫을 팍 옆에서 칭가논께노 고마 이놈이 후덕후덕 내려오거든. 호래이가 요 내러오더만 고만 턱 컥치만 캐강 캐. 그래가 잽히더라 캐요. 그래 잽히갖고예. 그리 동네 죄 안 저지고예("해를 끼치지 않고"의 뜻).

이전에 저 중마을이라 쿠는 데라요. 저 골짜기에.

딸을 낳았다고 장모에게 화풀이한 사위

자료코드 : 04_08_FOT_20120117_PKS_POS_0003
조사장소 : 경상남도 산청군 금서면 수철리 수철마을 수철마을경로당
조사일시 : 2012.1.17
조 사 자 : 박경수, 정규식, 이현주, 서민진, 박소영
제 보 자 : 박옥순, 여, 77세
구연상황 : 조사자가 딸만 낳은 집 이야기를 아느냐고 물었다. 제보자가 딸만 낳은 집 이야기를 해보겠다며 다음 이야기를 구술했다.
줄 거 리 : 시집보낸 딸이 해산을 하게 되자 사돈집에 갔다. 사위가 딸을 낳았다며 장모에게 욕을 했다. 욕을 듣고 화가 난 장모가 딸에게 섭섭한 마음을 이야기했다. 딸이 남편에게 어머니에게 그렇게 하면 되느냐고 하자 또 욕을 하며 불만을 표시했다. 장모가 화를 참으며 시장을 가는데, 홀아비 사돈영감도 신을 삼으며 투덜대는 소리를 했다.

저게 호부래비(홀아비), 할마이 없는 집 호부래비 옹골지다고 딸로 줬어, 할마시가. 인자 시오마, 시애비뿐이라고 시누도 없고 똑 아들 하나만 키워.

호부래비 딸로 줘놓으까, 이놈 저게 짐장을(김장을) 해놓고 넘의(남의)5) 아를 뱄더랍니다. 그래 간께네, 아이 짐장을 해놓고 쌀로 쪼께 이고 간께네. 아이 사모님이6) 거름을 지고 나오더라 캐. 바지개('발채'의 방언)에 징 가갖고(지고). 와 바지 지게 있지요? 거따 거름을 지고 나온께 건구를(금줄을) 딱 해놨더라 캐.

"아이고 상구가 졌나?7) 아이구 내가 진작 올라캤더만. 상구가 졌나? 인자 뭐 낳았노?"

이러 한께,

"장놈이 씹이 서이요."

---

5) 문맥상으로 보아 '넘의'는 '사위의'라는 뜻으로 말함.
6) 문맥상으로 '사돈이'라고 해야 하는데 '사모님이'라고 했다.
7) "출산을 했느냐?"의 뜻.

이놈이 그래 쿠더라 캐. 딸 낳았다고.

"장놈이 씹이 서이요."

아이고 어띠키 마 부애가(부화가) 나더라 캐. 첫 딸 놓고 세상 그래 쿤께, 딸한테, 아 놓은 딸한테 가서,

"아이 세상에 그렇지만 호로놈이다. 세상에 그 내가 딸로 하나 낳았다고 그 소리. [웃으며] 욕한다 이제. 딸 하나 낳았다고 그래?'"

그래 그러쿤께네, 그러 쿠고 있은께, 사우가 거름을 져다놓고 오거든. 신랑한테, 인자 각시가 신랑한테,

"아이고 어찌 어무이 듣는데 그런 소리를 하요? 참, 참 그석하다."

쿤께,

"좃 듣는데 씹 말 말라."

쿤께 고마. 요놈이 또 그래 쿠는 기라. 어띠기(어찌나) 성이(화가) 나던지 할마시가 전에 신을 삼으몬, 신 삼지요? 그 신을 짚을 가 삼으몬 홀까(홀쳐서), 이리 홀까갖고 요리 째매갖고(기워서) 여따가 발에다 걸어갖고 삼아요.

그래 아랫방에 간께, 바깥사돈이 그 신을 이래 걸어가 삼더라 캐요. 그래 세상에, 그래 인자 사돈은 시장하러 갔어요, 안사돈. 시장하러 간께, 이놈의 영감이 그놈을 탁 껄러놓더마는 탁 요러더만,

"백발이 은순이 들온 씹을 떨가."

이러며 글 쿠더라 캐요 영감탱이 이놈이 그러더라 캐요.

도깨비로 변한 피 묻은 빗자루

자료코드 : 04_08_FOT_20120116_PKS_PSS_0001
조사장소 : 경상남도 산청군 금서면 화계리 화산마을 화산경로당
조사일시 : 2012.1.16

조 사 자 : 박경수, 박기현, 정혜란, 권경원, 정나겸
제 보 자 : 윤경순, 여, 66세
구연상황: 조사자가 이 마을에는 도깨비 이야기가 없느냐고 물어보자 제보자가 친정
삼촌이 직접 겪은 이야기라고 하면서 다음 이야기를 시작했다.
줄 거 리 : 장에 갔던 친정 삼촌이 술에 취해 집으로 오다가 도깨비를 만났다. 밤새 도깨
비와 씨름을 했는데 삼촌이 이겼다. 다음날 아침에 가보니 피가 묻은 빗자루
가 있었다.

　　우리 저 삼촌이, 친정에 삼촌이 술로 마이(많이) 자시고 저 장으로 전에
다니고 하는데, 올라오다가 인자 저 밤새도록 고마 토채비하고 마 싸웠다
고. 싸워갖고 몬 이기, 이기기 저녁 내- 싸웠다는 기라.

　　싸워가지고 인자 그래갖고 니가 넘어지고 내가 넘어지고 마 그래갖고
둘이서 마 씨름을 쎄리 하고 마 올라와갖고 인자 그 이튿날 자고나서 그
기 뭐인고 가보께네 빗자루 몽댕이에 피가 묻었더라 캐.

　　그런 기 인자, 피 겉은 그런 기 오데가 그거 하몬 토깨비로 그란다 카
대. 그래갖고 인자 지면(지면) 거서 인자 삼촌이 세상 베릴(버릴) 긴데 이
깄다 캐. 요리 넘어지고 요리 메고 무슨 피 겉은 그런 기 인자 빗자리 몽
둥이나 어디 모이몬(모이면) 그기(그것이) 밤에 토깨비로 빈다(보인다) 캐.

　　그래갖고 저녁 내 싸워갖고 이기갖고 와서 그 이튿날 아직에(아침에)
뭐인고 싶어서 가본께네 빗자루에 피가 묻어 있더라 캐.

어머니 때문에 출세 못한 오일변(吳一變)

자료코드 : 04_08_FOT_20120117_PKS_LDS_0001
조사장소 : 경상남도 산청군 금서면 매촌리 매촌마을 매촌회관
조사일시 : 2012.1.17
조 사 자 : 박경수, 박기현, 정혜란, 권경원, 정나겸
제 보 자 : 이덕생, 남, 79세
구연상황: 조사를 한 차례 끝내고 제보자가 자기가 알고 있는 오일변 이야기는 조금

다른지 자신이 알고 있는 대로 이야기를 해보겠다며 구술하기 시작했다.

줄 거 리 : 오일변이라는 사람이 첩의 아들로 태어났는데 그는 뛰어난 사람임에도 불구하고 서자라는 이유로 벼슬을 못하고 있었다. 그리고 집을 지을 때에도 백채를 지어야 출세하는데 지을 때마다 아흔 아홉 채밖에 지을 수가 없었다. 그래서 그는 다시 태어나기로 결심하고 어머니에게 묘에 서숙과 수수를 넣어달라고 했다. 오일변이 죽고 나서 고을의 원이 거처하는 한오정 지붕의 기와장이 밤마다 하나씩 고동재 쪽으로 날아가 오일변의 무덤을 감쌌다. 사람들은 오일변의 무덤을 파헤치려고 했으나 아무리 파도 팔 수가 없었다. 그래서 오일변의 어머니를 찾아가 오일변의 탯줄을 끊을 때 무엇을 가지고 끊었는지 물었다. 어머니는 끝끝내 말을 하지 않다가 결국 억새로 탯줄을 끊었다고 말하고 말았다. 오일변의 무덤을 억새로 치니 무덤이 갈라졌다. 그 안을 보니 오일변이 말에 올라서는 중이었고 어머니가 넣어 주었던 곡식들은 군사와 말이 되려는 찰나였다. 오일변이 다시 태어나 출세하려고 했으나 결국 뜻을 이루지 못했다.

그 오일변이라는 사람이 첩이 논(낳은) 아들이라. (조사자 : 첩의 아, 서자네?) 예. 서자의 놓은 아들이라서 인자 벼슬도 몬 하고, 그 아주 참 뛰어난 사람인데. 여이 저저 다리 건네 전갱이라는 저 들판이예, 들판에 여기다가 집을 짓는데, 하룻 지, 하루 밤에 아흔아홋(아흔아홉) 채로 짓는 기라예.

아흔아홋 채로 인자 짓는데, 백채를 지이야 출세도 되고 이 모든 기 되는데, 아흔아홋 채 인자 만날 짓다보몬 아흔아홋 채 딱 짓고나몬 닭히(닭이) 우는 기라예. 닭히 울어서 닭 울고나몬 고마 일을 못 하는 기라예.

그래갖고 인자 고마 아흔아홋 채삐이 몬 짓고. 그래서 그래, '내가 인자 죽었다가, 죽었다가 새로 태어내야 되겠다.' 이 생각을 하고 자기 어머이한테 인자,

"저 내가 죽거들랑 서숙 한 말하고 또 그 조, 조거든. 조 이거 한 말하고 또 수수라더나? (조사자 : 수수.) 어. 그거 한 말하고 이걸 그 뫼에다 옇어주라."

양은동 마을의 유래

자료코드 : 04_08_FOT_20120117_PKS_LJS_0002
조사장소 : 경상남도 산청군 금서면 금서면 수철리 수철마을 수철마을경로당
조사일시 : 2012.1.17
조 사 자 : 박경수, 정규식, 이현주, 서민진, 박소영
제 보 자 : 임정순, 여, 72세
구연상황 : 조사자가 수철마을에서 옛날부터 내려오던 전설 같은 것이나 유래가 있는
          것이 있느냐고 물었다. 그러자 제보자가 수철마을이 자신의 임가 조상들이 제
          일 먼저 들어와서 살았다며 자랑스럽게 이야기를 하였다. 이야기가 끝난 뒤,
          경로당 앞에 돌이 있다며 나중에 갈 때 사진을 찍어 가라고 하였다.
줄 거 리 : 오래 전에 두 명의 임씨 할아버지가 말을 타고 이 마을에 들어 왔다. 원래는
          사람이 살지 못하는 곳인데, 칡넝쿨을 베고 나서 마을을 만들었다. 그래서 동
          네 이름이 양은동이라고 한다. 지금은 양은동(兩隱洞)이란 글자가 새겨진 돌
          이 최근에 발견이 되어서 동네 앞에 세워져 있다.

그래 앞에 여 가면은 저 양동은이라고 요 돌, 글자 새긴 게 있어. 요요
요 가몬 요게. (청중 : 양동은이 아이라 양은동.) 아, 양은동(兩隱洞)이라고
글자가 새긴 게 있는데. 그 우리는 우리가 또 임가들이, 그 임가들 할아부
지가 옛날에 말 타고 대이면서(다니면서) 이 동네 들오면서, (청중 : 피난
을 왔어 피난.)

그래 여기를 인자 저 칡넝쿨이 막 이리 있었는데, 동네 사람 사는 곳이
아이라 여게. 그런께 칡넝쿨로 베몬 인자, 어- 그런께 두 할아부지가 이
동네로 들어왔어.

그라고 또 가제 여는 길이 쪼깨노이, 저는 그래 우리 할아부지가 가제
는 까제라, 까제라 캐. 쫄 기들어가는 데라고 까제고, 수철은 물 좋고 좋
은 데로 수철로 짓고. 그래가 요 동네가 가제고 수철이 요래. 동네 이름이
두개라고. (청중 : 양은동이라고 요 앞에 돌이 그래 인자 있는데.)

그래서 그 우리 할아부지들이 여 이 골짝 들오면서 학자들이라. 그 할
아버지 학자들이 돼갖고 말을 타고 떡 들어오몬, 여 말 안 타는 사람 옛

날에 몬 들었대(못 들어왔대).

(조사자 : 둘 양(兩)자, 숨을 은(隱)자를 썼겠네예. 아아, 두 선비가 이쪽 골짝에 들어와서 숨어서 살았다.) 아 마 그래가지고 인자 저 숨어서 살았는가 그렇는데, 그래가 그때 들오면서 여 밑에다가, 이 저 머이고 앞에 여 머이고 주차장이 있어서 그렇지, 주차장 들오는 입구에 저 돌이 묻히가 있었는 기라. 세월이 흐르다 본께, 몇 백 년 흐르다 본께네 그래 요번에 공사를 하면서 저 돌이 발견이 됐는 기라. 나왔는 기라.

그래서 우리 옛날에 선조 할아버지들이 이 글을 써낳(써놓은) 기다. 두 할아부지 이 꼴짝 들오면서. 그래서 그 우리 임가 할아버지가 두 형제가 이 꼴짝이 와서 동네를 이루고 살안 기 지금꺼지 이렇게 번창해갖고 잘 살아.

그래 그 돌 여 있다고. 요요 보맨 돌이 시커머이 글이 셋자가 있다고. 요요 나가 보몬. (조사자 : 나가서 사진도 한 분 찍어보께.)

소를 바꾸었다 망신당한 사돈들

자료코드 : 04_08_FOT_20120117_PKS_LJS_0003
조사장소 : 경상남도 산청군 금서면 금서면 수철리 수철마을 수철마을경로당
조사일시 : 2012.1.17
조 사 자 : 박경수, 정규식, 이현주, 서민진, 박소영
제 보 자 : 임정순, 여, 72세
구연상황 : 조사자가 청중들에게 소를 바꿔 타고 가서 잠을 자고 일어나 보니 다른 집
　　　　　이더라는 이야기를 아느냐고 물었다. 그러자 제보자가 사돈집에서 술에 취해
　　　　　서 잔 이야기를 말하느냐고 하며 다음 이야기를 했다.
줄 거 리 : 두 사돈이 소를 팔러 장에 갔다. 소를 팔지 않고 서로 소를 바꾸었다. 사돈끼
　　　　　리 술을 먹고는 술에 취해 소 고삐를 잡고 갔는데, 소가 가는대로 갔더니 사
　　　　　돈댁이었다. 결국 안사돈하고 동침하게 되어 망신을 당했다.

안사돈하고 인자 며느리 사돈하고 이래. 이래 잘 참 지내는데, 그래 두 사돈이 소를 팔로 왔는 기라 장에. 소를 팔로 온께, 사돈 둘이가 소를 팔로 와갖고 서로 바까 인자 소를 갈아(바꾸어서) 매야 되는 기라. 그런께네,

"내 소하고 고마 사돈집 소를 둘이 바꿉시다."

이리 됐는 기라. 서로 갈아 매야 되는데, 팔고 없애는 게 아이고 그래 갈아 매야 되는데, 떡 안자 참 소를 인제 떡 바까놓고설랑(바꾸어놓고) 두 영감들이 술을 진-땅 묵었는 기라.

진땅 묵고 인자 떡 소 꼬비만 잡고 간께 전치 요놈의 소들이 본댁 집을 다 돌아가뺐는 기라. 본댁 집으로. 그렇제? 이짝을(이쪽으로) 바까(바꾸어서) 안 오고, 자기 사던 집을 다 돌아갔는 기라.

그래서 인자 밤중에 술을 묵고 들어가갖고 저저 머시고,

"여보게."

썸서 고마 할맘 자는데 가서 고마 누워자뺐는 기라. 안사돈하고이. 딸네집 안사돈하고 자고 났는 기라. 실컷 자고 아침에 일어난께 안사돈 방인 기라. 그래 소도 또 그집 손(소인) 기라. 그래갖고 그래 망신을 당해고 그래. 그래 잘 살았다 캐.

은혜 갚은 두꺼비 / 지네장터 설화

자료코드 : 04_08_FOT_20120117_PKS_LJS_0004
조사장소 : 경상남도 산청군 금서면 금서면 수철리 수철마을 수철마을경로당
조사일시 : 2012.1.17
조 사 자 : 박경수, 정규식, 이현주, 서민진, 박소영
제 보 자 : 임정순, 여, 72세
구연상황 : 적극적인 제보자가 자신이 재밌는 이야기를 알고 있다고 해보겠다고 하며 이야기를 구연하였다.
줄 거 리 : 옛날에 처녀를 제물로 바쳐야 하는 마을이 있었다. 그 마을에 사는 한 처녀가

두꺼비를 정성스럽게 키웠는데 그 처녀가 제물로 팔려가게 되자 두꺼비가 지네를 물리쳐 은혜를 갚았다.

어느 마을에 해마다 사람을 하나썩 그 집이 요로케 있는데, 그 집에다가 산 사람을 하나썩 갖다 옇어야 되는 기라.

산 사람을 하나썩 갖다 옇어야 되는데, 그래 인자 그래 인자 이 어느 한 집에 딱 지네를 참 몇 십 년을 키았어. 지네를 몇 십 년을 딱, [말을 바꾸어] 아! 그 그걸 뚜깨비를(두꺼비를) 뚜깨비를 몇 십 년을 딱 이래 키았는데.

그래 요 집 뚜깨비 키안 요 집에 인자 처이(처녀)를 거 갖다 여를(넣을) 채라(차례라). 동네서 사갖고 옇는데, 사갖고, 사람을 사갖고 옇는 기라.

그래 처이를 갖다 딱 그 사람을 인자 사가 그날 지녁에 보내는 기라. 밤에 딱 보내는데, 아이 뚜꺼비가 따라가는 기라. 뚜꺼비가. 뚜꺼비를 아무리 못 따라오라 해도 뚜꺼비가 꼭 그 사람을 따라가는 기라. 아가씨를 따라가는 기라.

그런께 제 밤중 된께 천장 우에 대들보에서 큰— 지네라 사람 몸뚱이로 지네가 턱— 내려오더래. 그런께네레 뚜꺼비가 고마 독을 피아는 기라. 독을. 뚜꺼비랑 지네가 와 상극인 갑대. 상극이라. 그런께 뚜꺼비가 마 연기를 마 독을 피아 연기 풍풍 올라오는 기라. 연기가. 그런께 고마 지네가 고마 지네가 뚝 떨어져 죽어삐렀는 기라 고마.

산(山)만한 지네가 뚝 떨어지고 난께, 그 지네 죽고 나인까나 절대로 그 사람 안 잡아옇어도 되는 기라. 그 그기 동네 사람을 다 잡아 먹은 기라.

그래 지네가 인자 동네 사람을 하나썩 안 갖다 옇어몬 아무나 잡아먹어삐리는 기라. 아무나 잡아문께 인자, 그래서 동네 그 인자 사람을 그렇난 사람을 사다가 갖다 옇는 기라. 사다가.

차례차례 돌아감서 누구 집에 누구 집에 고래 조아(주어야) 되는 기라.

그런데 인자 그 지네 잡고 나서는 고마 그렇기 잘 살았는, 평화스럽게 그 동네. 고만치뿐이 몰라.

(조사자1 : 그 얘길 어디서 들으셨어요?) 응. 대들보 여기서 여 이리 오는, 요 요런데. 그서 쑥 나오는 기라. 지네가 붉은 지네가.

그런께네 저저 머시고 뚜꺼비는 땅에 있을 거 아닌가배. 그 언자 아가씨하고 딱 앉아있은께네 지네가 쑥 내려온께네 뚜꺼비가 막 독을 피아가 연기가 막 풀풀 올라 고마 그 지네를 고마 독을 마시고 떨어져 죽어뺐는 기라.

(조사자2 : 그래서 그 처녀도 살았네.) 처녀도 살고. (조사자2 : 마을도 잘되고.) 마을도 잘되고 다시는 안 잡아다 옇어도 되고.

어머니 때문에 출세 못한 오일변

자료코드 : 04_08_FOT_20120117_PKS_JSS_0001
조사장소 : 경상남도 산청군 금서면 매촌리 매촌마을 매촌회관
조사일시 : 2012.1.17
조 사 자 : 박경수, 박기현, 정혜란, 권경원, 정나겸
제 보 자 : 정성순, 여, 81세
구연상황 : 오일변 이야기에 대해서 조사자들이 아는 대로 얘기하자 제보자가 자신이 아는 것과는 다르다면서 다음 이야기를 구술하기 시작했다.
줄 거 리 : 오일변은 원래 임금이 될 사람이었다. 그러나 어머니가 한오장 기왓장을 고동 재에 모두 가져다 두지 못하는 바람에 출세를 못했다. 마지막 죽을 때도 자신 이 태어날 때 탯줄을 어떻게 끊었는지 알려주기 말라고 어머니에게 당부를 했다. 그런데도 어머니는 못된 사람에게 속아 탯줄 끊는 방법을 알려주고 말 았다. 그 바람에 오일변은 죽고 말았다.

우리 여게 저 저 여게 산청 경호강 있는데 핵교 뒤에 큰 거석이 있었어. 한오장이 있었어. 큰 한오장이. 장골이 안아도 안 되는 거. 그기 왜정

시대 고마 불이 나서 고만 없애삐리고 집을 새로 짓는데.

그 인제 저저 저게 그 지붕에 거 저저 지왓장을(기왓장을) 저 저저저 고동재라 쿠는데 산이 높은데 그따다가 마 싸악 다 갖다 놔. 밤에 그 인자 지왓장을 다 갖다 났는데 한 장을 몬 가가(가지고) 간 기라.

그런게네 고동재라 쿠는데 그게 인자 저검마가(자기 엄마가) 어느 골짜 가서 애기를 배갖고 인제 딱 그거 낳아갖고 한오장 그 무덤을 딱 이는데, 한 장만 가가삐모(가져가버리면) 딱 들어다 나르모(나르면) 아들이 베실로 (벼슬을) 할 낀데, 베실로 몬 하고. 고마 그 뭐 몬땐(못된) 사람이,

"아로 나갖고 뭣을, 태로 뭣을 갖다가 끊었노?"

그러쿤께. 저거 엄마, 저거 아들이,

"엄마! 그 태 끊을 걸 갈차주모(가르쳐 주면) 내가 죽는다. 갈차주지 마라."

마마 그러 쿠고, 그래 했는데, 고마 저저 태 끊을 걸 누가 갈차조삤어. 그래갖고 고마 무덤에서 그거 일당 지왓장 날아오를 때 고마 말을 타고 싸악 나오자, 태 끊은 그걸 알아갖고. 죽이삤어. 나라 임금 될 사람을.

그래가 가모 지금 우리 그때 꼬사리 꺾으러 가도 기왓장이 있고 그래 산에. 그래 참말인가 거짓말인가 무덤도 있고 그렇대. 저검마(자기 엄마) 무덤이라고 쿠대 이거는 인자.

호랑이 쫓는 담배연기

자료코드 : 04_08_MPN_20120116_PKS_LGM_0001
조사장소 : 경상남도 산청군 금서면 화계리 화산마을 화산경로당
조사일시 : 2012.1.16
조 사 자 : 박경수, 박기현, 정혜란, 권경원, 정나겸
제 보 자 : 이가매, 여, 73세
구연상황 : 앞서 다른 제보자들이 도깨비 이야기를 구연하고 나서 조사자가 이 제보자
에게도 도깨비 이야기를 해달라고 요청을 했다. 그러자 아버지에게 들었던 이
야기라고 말을 한 후 이 이야기를 했다.
줄 거 리 : 제보자의 아버지가 돌아가신 할머니를 이장하기 위해 시신을 파서 고향으로
왔다. 목이 말라서 주막에 들어가 시신을 벽에 세워놓으니 개가 그것을 보고
짖었다. 사람들이 무엇이냐고 물었지만 아무 것도 아니라고 했다. 다시 그것
을 지고 산을 넘어 오는데, 호랑이가 나무 밑에 앉아 지켜보고 있었다. 그 자
리에 앉아 담배를 피우니 호랑이가 사라졌다.

할무이를 파가지고, 말하자면 이장할라고 파갖고 그석한다 아입니까.
꺼적데기다(거적에다) 옛날에는 도로록 몰아(말아) 짜맸다 카대.

짜맸는데, 그놈을 지고 인자 참 타간에서 그석해가지고 지고 고향으로
온다고 인제 오니께네로, 오다가 인자 주막집으로 목이 말라 주막집에를
들어가니께 요걸 이제 살째기(살짝) 저 어데 한데다(바깥에다) 벽에다 요
래 놓고 들어갔더라 쿠네.

들어가니께네로 개가 그리 막 그석을 보고 막 짖더라 캐. 막 환장을 하
고 짖더라 캐. 그래서,

"저게 뭐이냐?"

고 싼께,

"아무것도 아니다."

이러쿰서 그걸 한께, 고걸 지고 산을 넘어 오니께 산실님이(산신령이) 딱 앉아가지고, 산 옆에 질에 밑둥에 딱 앉아서, 산실님이 딱 와서 딱 요래갖고 쳐다보고 앉았더래요. 꼬리를 살살살살 흔들먼서. 그럼서 (청중 : 호랑이다.) 하모, 그런께 산신령.

그래 인제 앉아서 그석한께 참 우리 아버지는 전에 아버지가 좀 대가 실했거든요. 그래논께, 수염이 검실검실하고 키가 팔대장승 겉은 양반이 그랬는데, 그 딱 앉아갖고 담배를 한 대 내갖고 딱 푼께네로 고마 사르륵 꼬리를 치고 가삐더라고.

담배가 제일이라 캐. (조사자 : 아하, 호랑이가 그래.) 어, 담배를 푼께네로 담배연기에 사르르륵 돌아가시더라 캐. 그래갖고 그게 제일로 담배 그게 고마 언제라도 담배를 갖고 산에 겉은 데 가야 된다 캐. 담배연기 그기 제일이라.

풀국새 노래

자료코드 : 04_08_FOS_20120117_PKS_KGH_0001
조사장소 : 경상남도 산청군 금서면 매촌리 신풍마을 경로당
조사일시 : 2012.1.17
조 사 자 : 박경수, 박기현, 정혜란, 권경원, 정나겸
제 보 자 : 강귀호, 여, 74세
구연상황 : 조사자가 청중들에게 <종지기 돌리는 노래>를 유도하였으나, 잘 아는 사람
이 없었다. 다시 '풀국 풀국' 하며 노래도 있지 않느냐고 하면서 제보자에게
불러보라고 하자 제보자 선뜻 나서서 불렀다. 제보자가 큰소리로 "풀국 풀국"
하며 부르는 소리에 청중들이 모두 놀라면서도 웃었다. 산비둘기 소리를 듣고
흉내내어 부르는 노래이다.

풀꾹 풀꾹 풀꾹
제집죽고8) 자석죽고9)
서답10)빨래 누가할꼬
풀꾹 풀꾹 풀꾹

모심기 노래(1)

자료코드 : 04_08_FOS_20120117_PKS_KGH_0002
조사장소 : 경상남도 산청군 금서면 매촌리 신풍마을 경로당
조사일시 : 2012.1.17
조 사 자 : 박경수, 박기현, 정혜란, 권경원, 정나겸

---

8) 계집 죽고.
9) 자식 죽고.
10) '개짐'의 방언. 개짐은 여성이 월경할 때 샅에 차는 물건. 주로 헝겊 따위로 만든다.

제 보 자 : 강귀호, 여, 74세

구연상황 : 조사자가 길쌈할 때 부르던 노래를 유도하였으나, 제보자는 길쌈노래에 관해서는 잘 모르는 모양인지 "모심는 노래 해볼까?" 하고 다음 모심기 노래를 불렀다. 그러나 메기는 소리만 하고 말았다.

이논에다가 모를심어 천석만석 널아주소[11]

모심기 노래(2)

자료코드 : 04_08_FOS_20120117_PKS_KGH_0003

조사장소 : 경상남도 산청군 금서면 매촌리 신풍마을 경로당

조사일시 : 2012.1.17

조 사 자 : 박경수, 박기현, 정혜란, 권경원, 정나겸

제 보 자 : 강귀호, 여, 74세

구연상황 : 바로 앞에 부른 '모심기 노래'가 끝나고, 제보자는 "또" 하더니 생각나는 노래를 계속 이어서 불렀다.

서마지기~라 논빼미가~ 반달만큼 남았구나

제가무슨~도 반달인가~ 초생달이 반달이지

모심기 노래(3)

자료코드 : 04_08_FOS_20120117_PKS_KGH_0004

조사장소 : 경상남도 산청군 금서면 매촌리 신풍마을 경로당

조사일시 : 2012.1.17

조 사 자 : 박경수, 박기현, 정혜란, 권경원, 정나겸

제 보 자 : 강귀호, 여, 74세

구연상황 : 조사자가 "물꼬철철" 하며 부르는 노래도 있지 않느냐고 하자, 제보자는 "옛날 노래 다 아네?" 하면서 부르지 않으려고 하자, 조사자가 "저희는 부를 줄

---

11) 늘려 주소.

은 몰라요."라고 하며 노래하기를 부탁하자, 제보자가 다음 노래를 불렀다.

물꼬철철~도 실어놓고~ 주인한량 어데로갔소~
주인한량 첩의나집에 놀러갔네

모심기 노래(4)

자료코드 : 04_08_FOS_20120117_PKS_KGH_0005
조사장소 : 경상남도 산청군 금서면 매촌리 신풍마을 경로당
조사일시 : 2012.1.17
조 사 자 : 박경수, 박기현, 정혜란, 권경원, 정나겸
제 보 자 : 강귀호, 여, 74세
구연상황 : 조사자가 "이달크고 저달크면"이라는 가사를 언급하자, 제보자는 "그 참, 이
달크고 저달크면 구시월에 열매연다 하나? 영화본다 하는가? 아따, 모르겠다.
한번 해볼게. 그라면."이라고 하면서 다음 노래를 부르기 시작했다.

땀북땀북~도 밀수제비~ 사위상에 다올랐네
어머님도 그말마소 일했다고 건져줬소

방귀타령

자료코드 : 04_08_FOS_20120117_PKS_KGH_0006
조사장소 : 경상남도 산청군 금서면 매촌리 신풍마을 경로당
조사일시 : 2012.1.17
조 사 자 : 박경수, 박기현, 정혜란, 권경원, 정나겸
제 보 자 : 강귀호, 여, 74세
구연상황 : 조사자가 "시아버지 방구는 무슨 방구"라고 하며 부르는 방귀타령도 있지
않느냐고 하니까, 제보자가 들어보기는 하였으나 잘은 모르는 듯 노래로는 하
지 않고 말로 읊조려서 구연하였다. 끝부분에 가서는 청중의 도움을 받았다.

시아버지 방구는 호령방구

(조사자 : 시어무이?)

시어머니 방구는 밉상방구

또 저게,

시누 방구는 연지방구

시동상 방구는 뭐라 캤노? 시동상 방구는 모르겄다 그마. (조사자 : 다음에 며느리는?)

며느리 방구 도둑방구

그래밖에 몰라. (청중 : 신랑 방구는?) (조사자 : 신랑 방구는?) (청중 : 신랑 방구는 유독방구) [머쓱해하면서] 유독빵구? 유독빵구라 캤나? (청중 : 유독빵구.) 어? (청중 : 유독방구라 캤다 쿠네.)

노랫가락(1) / 그네 노래

자료코드 : 04_08_FOS_20120117_PKS_KGH_0007
조사장소 : 경상남도 산청군 금서면 매촌리 신풍마을 경로당
조사일시 : 2012.1.17
조 사 자 : 박경수, 박기현, 정혜란, 권경원, 정나겸
제 보 자 : 강귀호, 여, 74세
구연상황 : 조사자가 "수천당 세모진"이'라고 부르는 노랫가락을 불러보라고 하자 제보
자가 바로 다음 노래를 시작하였다. 본래 노랫가락보다 노래 가사를 한 줄 더
붙여서 불렀다. 노래를 다 부른 뒤에 청중들이 잘 부른다고 탄성을 지르며 손
뼉을 쳤다.

방아깨비 놀리는 노래

자료코드 : 04_08_FOS_20120117_PKS_KGH_0014
조사장소 : 경상남도 산청군 금서면 매촌리 신풍마을 경로당
조사일시 : 2012.1.17
조 사 자 : 박경수, 박기현, 정혜란, 권경원, 정나겸
제 보 자 : 강귀호, 여, 74세
구연상황 : 조사자가 옛날에 여치를 잡아서 방아찧는 시늉을 하는 모습을 보고 부르는
        노래가 있지 않느냐고 물으며 제보자에게 불러보라고 하자 부른 것이다.

    여치야 여치야
    올개방아 찧이라
    올비싸래기 줄게

파랑새요

자료코드 : 04_08_FOS_20120117_PKS_KGH_0015
조사장소 : 경상남도 산청군 금서면 매촌리 신풍마을 경로당
조사일시 : 2012.1.17
조 사 자 : 박경수, 박기현, 정혜란, 권경원, 정나겸
제 보 자 : 강귀호, 여, 74세
구연상황 : 청중 한 사람이 "'새야새야 파랑새야'라는 노래 첫 소절을 부르자, 제보자가
        그 노래를 듣고 따라하면서 "저기 지금 노래하네. 저기 가봐라."라고 했지만,
        조사자가 처음부터 다시 듣고 싶다는 부탁에 본인이 다시 노래를 시작하였다.

    새야새야 파랑새야 녹디낭게 앉지마라
    녹디꽃이 떨어지몬 청포장사 울고간다

모심기 노래(5)

자료코드 : 04_08_FOS_20120117_PKS_KGH_0016
조사장소 : 경상남도 산청군 금서면 매촌리 신풍마을 경로당
조사일시 : 2012.1.17
조 사 자 : 박경수, 박기현, 정혜란, 권경원, 정나겸
제 보 자 : 강귀호, 여, 74세
구연상황 : 조사자가 "다풀다풀 다박머리"를 언급하자, 말로 그 가사를 읊조리는 제보자
에게 길게 늘여서 노래로 불러달라고 하자, 제보자가 노래를 시작하였다.모심
기 노래로 부른 것이다.

다풀다풀~도 타박머리~이 해다진데~이 어데가노~
저건네라 울어머니~이 산소등에 젖먹으로 나는가요~

모찌기 노래

자료코드 : 04_08_FOS_20120116_PKS_KGS_0001
조사장소 : 경상남도 산청군 금서면 화계리 화산마을 화산경로당
조사일시 : 2012.1.16
조 사 자 : 박경수, 박기현, 정혜란, 권경원, 정나겸
제 보 자 : 김갑순, 여, 72세
구연상황 : 다른 제보자가 <모심기 노래>를 부르는 것을 듣고 스스로 해보겠다고 말
을 한 후 다음 <모심기 노래>를 불렀다. 중간에 박삼순 제보자가 함께 가
창했다.

들어내세 들어나내세~ 이못자리를 들어내세
나뭇가락 세가락에~헤 날~랜듯이 들어내세

풀국새 노래

자료코드 : 04_08_FOS_20120116_PKS_KGS_0002
조사장소 : 경상남도 산청군 금서면 화계리 화산마을 화산경로당
조사일시 : 2012.1.16
조 사 자 : 박경수, 박기현, 정혜란, 권경원, 정나겸
제 보 자 : 김갑순, 여, 72세
구연상황 : 다른 제보자가 이 노래를 부르자 제보자도 해보겠다고 한 뒤 다음 이 노래
를 불렀다. 기억이 잘 나지 않았는지 노래를 부르다가 청중에게 "그러는 기
가?"라고 확인을 하자 청중이 이어지는 노래를 읊듯이 불렀다.

풀국새야 울지마라~
소년과부 심해난다

그라는 기가? (청중 : "심해날기 뭐있는고 살로가몬 그뿐이지" 그기 끝
이라.)

모심기 노래

자료코드 : 04_08_FOS_20120116_PKS_KGS_0003
조사장소 : 경상남도 산청군 금서면 화계리 화산마을 화산경로당
조사일시 : 2012.1.16
조 사 자 : 박경수, 박기현, 정혜란, 권경원, 정나겸
제 보 자 : 김갑순, 여, 72세
구연상황 : 조사자가 '다풀다풀'로 시작하는 모심기 노래를 해달라고 요청하자 제보자가
부른 것이다. 박삼순 제보자가 "타박머리"부터 같이 불렀다. 노래가 끝난 다
음 간단히 노래에 대한 설명을 붙이기도 했다.

다풀다풀 타박머리 해다진데 어데가노
울어머니 산소등에 젖먹으로 나는가네

베짜기 노래

자료코드 : 04_08_FOS_20120117_PKS_KGS_0001
조사장소 : 경상남도 산청군 금서면 수철리 수철마을 수철마을경로당
조사일시 : 2012.1.17
조 사 자 : 박경수, 정규식, 이현주, 서민진, 박소영
제 보 자 : 김기식, 남, 76세
구연상황 : 조사자가 그동안 이야기를 많이 들었으니 아는 옛날 노래를 불러달라고 하였다. 제보자는 여성들이 흔히 부르는 다음 노래를 조사자의 요청이 끝나자마자 불렀다.

오늘도 하심심하여
배틀이나 놓아볼까
낮에짜면은 일광단이요
밤에짜면은 야광단이라
일광단 야광단 다짜서 모아
정든님 와이싸스를 지어줄까

모심기 노래

자료코드 : 04_08_FOS_20120117_PKS_KGS_0002
조사장소 : 경상남도 산청군 금서면 수철리 수철마을 수철마을경로당
조사일시 : 2012.1.17
조 사 자 : 박경수, 정규식, 이현주, 서민진, 박소영
제 보 자 : 김기식, 남, 76세
구연상황 : 조사자가 제보자에게 모심기도 했느냐고 물었다. 제보자는 옛날에 모심기 많이 했다고 했다. 조사자가 모심기 노래를 불러달라고 요청하자 제보자가 한 가락 해보겠다며 다음 노래를 불렀다. "이달팔월에"부터는 가사를 추정하여 부른 것이다.

모야모야 노랑모야 언제커서 열매가열래~에

이달크고 저달크면 이달팔월에 열매가열끼다

화투타령

자료코드 : 04_08_FOS_20120117_PKS_KGS_0003
조사장소 : 경상남도 산청군 금서면 수철리 수철마을 수철마을경로당
조사일시 : 2012.1.17
조 사 자 : 박경수, 정규식, 이현주, 서민진, 박소영
제 보 자 : 김기식, 남, 76세
구연상황 : 조사자가 화투를 치면서 부르는 화투타령을 불러달라고 하자, 제보자가 다음
          노래를 불렀다.

정월솔가지 솔솔한마음

이월매조에 맺었구나

삼월사꾸라 산란한마음이

사월흑사리 허송하고

오월남촌 나비가날아

유월목단에 걸앉았네

칠월홍돼지 홀로난머리에

팔월공산에 달솟았네

구월국화 굳었던마음이

시월단풍에 뚝떨어졌네

청춘가(1)

자료코드 : 04_08_FOS_20120117_PKS_KMI_0001
조사장소 : 경상남도 산청군 금서면 수철리 수철마을 수철마을경로당

조사일시 : 2012.1.17

조 사 자 : 박경수, 정규식, 이현주, 서민진, 박소영

제 보 자 : 김무임, 여, 74세

구연상황 : 조사자가 누군가 청춘가를 알면 불러달라고 하였다. 청중들이 제보자를 추천
하였다. 제보자는 선뜻 노래를 불렀다. 청중들은 박수를 치며 "좋다" 하거나
명창이라고 칭찬을 하며 즐거워하였다.

노자~ 좋구나이여 젊어서 놀아라~아

늙고야 뱅(병)들면 좋~다 못노나니가~

우리가 요라다 가이어 죽어지며느~언

어느 친구가 좋~다 날찾아 오것나

청춘가(2)

자료코드 : 04_08_FOS_20120117_PKS_KMI_0002

조사장소 : 경상남도 산청군 금서면 수철리 수철마을 수철마을경로당

조사일시 : 2012.1.17

조 사 자 : 박경수, 정규식, 이현주, 서민진, 박소영

제 보 자 : 김무임, 여, 74세

구연상황 : 조사자가 제보자에게 더 불러보라고 하자 자신이 또 해보겠다고 하며 노래
를 불렀다. 청춘가를 기억나는 대로 연속해서 세 소절을 불렀다.

정든님은 오시는데이여 인사를 못해서~어

행주처매 입에물고 좋~다 입만 빵긋하니~이

부러진 몽딩이~여 그물장 하여도~오

나오는 신명을 좋~다 가둘수가 있느냐~아

은반지 찐손에다가이여 옥술잔을 들고서~어

잡으시오 먹으시오 좋~다 권주가 한다네~에

남녀연정요 / 낚시 노래

자료코드 : 04_08_FOS_20120117_PKS_KSN_0001
조사장소 : 경상남도 산청군 금서면 매촌리 신풍마을 경로당
조사일시 : 2012.1.17
조 사 자 : 박경수, 박기현, 정혜란, 권경원, 정나겸
제 보 자 : 김순남, 여, 89세
구연상황 : 조사자가 조사의 취지를 간단히 설명을 하고 옛날 노래 중 기억나는 것이
있으면 불러달라고 부탁하자, 제보자는 선뜻 "노래 부르라고? 옛날 노래밖에
모르는데?" 하면서 가사를 읊조렸다. 조사자가 노래로 다시 불러달라고 하자,
제보자는 바로 다음 노래를 불렀다.

남산위에 남도령아

진사밑에 김도령아

산천초목 다베어도

조족댈랑13) 비지마라

올캐우고14) 내년을키와

낚싯대를 낚을라네

낚으면은 능사가되고

못낚으면 상사되고

능사상사 고를맺아

풀지두룩만15) 살아보세

모심기 노래

자료코드 : 04_08_FOS_20120117_PKS_KSN_0002

---

13) 일반적으로 "오죽(烏竹)대랑"이라고 부른다.
14) 올해 키우고.
15) 풀리도록만.

조사장소 : 경상남도 산청군 금서면 매촌리 신풍마을 경로당

조사일시 : 2012.1.17

조 사 자 : 박경수, 박기현, 정혜란, 권경원, 정나겸

제 보 자 : 김순남, 여, 89세

구연상황 : 제보자 본인이 부른 노래가 끝나자마자, 청중들의 반응에 흥이 올랐는지 이
내 바로 다음 노래를 부르기 시작했다. 노래가 끝나고, 제보자는 노래에 대한
해석을 간단하게 붙였다.

땀박땀박 수제비는 사우상에 다올랐네

아버님도 그말씀마소 일한다고 건지었소

야야 며늘아 그말씀 말아라

서마지기 논빼미로 자빠지게 내가맸네

[웃음] 사우(사위) 상에 다 오르고, 일한 시아바이한테는 저저 저 아배
잔테는 말국만 떠주거든. 그래 그 노래가 나왔다고요.

사발가

자료코드 : 04_08_FOS_20120117_PKS_KSN_0003

조사장소 : 경상남도 산청군 금서면 매촌리 신풍마을 경로당

조사일시 : 2012.1.17

조 사 자 : 박경수, 박기현, 정혜란, 권경원, 정나겸

제 보 자 : 김순남, 여, 89세

구연상황 : 제보자가 흥이 올라서 스스로 "아니 놀지는 못하리로다"를 반복하다가 뒤의
가사를 청중들에게 물으며 대화를 나누고 있었다. 그 상황에서 조사자가 "석
탄백탄 타는데"를 한 번 해보라고 하자, 제보자가 바로 다음 노래를 불렀다.
그러나 가창하자 말자 가사를 바로 기억하지 못해 청중의 도움을 받아 불렀
으나 불완전하게 불렀다. <사발가>로 불렀으나 마지막 소절에서 <창부타
령> 곡조로 바꾸어 불렀다.

석탄백탄 타는데 요내가슴

(청중 : 연기만 폴폴.)

　　연기는풍풍 나는데

　　한품의 사랑도 몰라주네

　　　얼씨구 좋네 지화자나 좋다

　　　거드렁 거리고 놀다가세

베짜기 노래

자료코드 : 04_08_FOS_20120116_PKS_KWGM_0001

조사장소 : 경상남도 산청군 금서면 특리 특리마을 특리경로당

조사일시 : 2012.1.16

조 사 자 : 박경수, 정규식, 이현주, 서민진, 박소영

제 보 자 : 김월고만, 여, 81세

구연상황 : 제보자는 <베짜기 노래> 가창 도중에 술을 한 잔 먹어야 베가 잘 나온다고 농담으로 말했다.

　　배틀을놓세 배틀을놓세

　　옥난간에다 배틀을놓세

　베 나오대. 술 한 잔 안 묵어논께.16)

　　낮에낮잠엔 일강단이요17)

　　밤에밤잠에 월강단이라18)

　　일강단 월강단 다짜놔가지고

　　서방님의 상해를19) 지어볼까

---

16) 베가 나오는데 술 한 잔이 나오지 않느냐는 뜻으로 말함.
17) 일광단(日光緞)이요.
18) 월광단(月光緞)이요.
19) 서방님의 상의(上衣)를.

얼씨구 좋다 절씨구
이베를 짜서 뭣하노

그럼 고만침 하고 놔둬라.

모심기 노래

자료코드 : 04_08_FOS_20120116_PKS_KWGM_0002
조사장소 : 경상남도 산청군 금서면 특리 특리마을 특리경로당
조사일시 : 2012.1.16
조 사 자 : 박경수, 정규식, 이현주, 서민진, 박소영
제 보 자 : 김월고만, 여, 81세
구연상황 : 청중이 노래 첫 머리를 불러주자 곧바로 따라 불렀다. 약간 가쁜 숨을 쉬면서
도 <모심기 노래>를 불렀다.

서마지기 논빼미가~아 반달같이 내나가네
제가~무슨 반달이고~호 초승달이 반달이지

다리세기 노래

자료코드 : 04_08_FOS_20120116_PKS_KWGM_0003
조사장소 : 경상남도 산청군 금서면 특리 특리마을 특리경로당
조사일시 : 2012.1.16
조 사 자 : 박경수, 정규식, 이현주, 서민진, 박소영
제 보 자 : 김월고만, 여, 81세
구연상황 : 제보자는 직접 서로 마주 보고 다리를 끼우고 노는 일명 '용낭거리' 놀이를
하는 시늉을 하며 노래를 불러 주었다. 손으로 번갈아서 다리를 짚으며 노는
놀이를 설명해주었다. 한 번 부른 후 다시 반복해서 불렀다. 두 번째 부르는
노래가 첫 번째 가사와 약간 달라서 모두 전사를 했다.

이거리 저거리 갓거리
진주망건 도망건
짝바리 희양건
도래줌치 사리영
윷도윷도 잘난윷
하늘에올라 제비콩
똘똘몰아 장독간
호매이하나 깽이하나
정지문에 털꺼덕
아가아가 불떠오이라
성하고나하고 담배를묵자

이거리 저거리 갓거리
진주맹건 도맹건
짝바리 희양건
도래줌치 사리영
윷도윷도 잘난윷
하늘에올라 제비콩
똘똘몰아 장독간
호매이하나 깽이하나
정지문에 털꺼덕
징캥

아기 어르는 노래 / 금자동아 옥자동아

자료코드 : 04_08_FOS_20120116_PKS_KWGM_0004

조사장소 : 경상남도 산청군 금서면 특리 특리마을 특리경로당

조사일시 : 2012.1.16

조 사 자 : 박경수, 정규식, 이현주, 서민진, 박소영

제 보 자 : 김월고만, 여, 81세

구연상황 : 다른 제보자가 앞에서 자장가를 부르고 나서 다른 가사로 중얼거리는 걸 듣고 노래로 해주길 부탁했다. 손자 어를 때 쓰는 노래라고 설명했다.

> 금자동이 옥자동이 만첩산중 보배동이
> 은을주고 너를사나 돈을주고 너를사나

시집살이 노래

자료코드 : 04_08_FOS_20120116_PKS_KWGM_0005

조사장소 : 경상남도 산청군 금서면 특리 특리마을 특리경로당

조사일시 : 2012.1.16

조 사 자 : 박경수, 정규식, 이현주, 서민진, 박소영

제 보 자 : 김월고만, 여, 81세

구연상황 : 시집살이 노래로 기억나는 것이 있는지 물었더니 제보자가 다음 노래를 했다. 노래 후에 시집살이 이야기와 젊은 시절 이야기를 했다.

> 성아성아 사촌성아
> 시집살이 어떻더노
> 시집살이 좋더마는
> 질칸같은 챗독안에
> 쌀퍼내기 정애렵고
> 동글동글 수박식기
> 밥퍼내기가 정애렵고
> 중우벗은 시아재비
> 말하기가 정애렵고

하소쿠까 해라쿠까
말하기가 어렵대요

모심기 노래(1)

자료코드 : 04_08_FOS_20120116_PKS_KHY_0001
조사장소 : 경상남도 산청군 금서면 특리 특리마을 특리경로당
조사일시 : 2012.1.16
조 사 자 : 박경수, 정규식, 이현주, 서민진, 박소영
제 보 자 : 김해영, 남, 76세
구연상황 : 제보자는 처음에 좀 부끄러워 했지만, 조사자의 거듭된 요청에 다음 노래를
불러 주었다. 힘찬 목소리로 잘 불러 주었다.

방실방실도 웃는님은 못다보고 해다졌네
오늘밤이야 얼른새면 새는날로 보련마는

모심기 노래(2)

자료코드 : 04_08_FOS_20120116_PKS_KHY_0002
조사장소 : 경상남도 산청군 금서면 특리 특리마을 특리경로당
조사일시 : 2012.1.16
조 사 자 : 박경수, 정규식, 이현주, 서민진, 박소영
제 보 자 : 김해영, 남, 76세
구연상황 : 제보자의 목소리가 커서 모두 즐겁게 들었다. 노래를 부른 후 청중들에게 못
줄을 넘겨야 한다고 하면서 마무리했다.

저건네라도 술집에처녀 말끝마다 술내가나네
술집의사위가 되었으면 술잘먹고 돈잘쓸걸

또 줄이야 줄 넘기고.

베틀 노래

자료코드 : 04_08_FOS_20120116_PKS_KHY_0003
조사장소 : 경상남도 산청군 금서면 특리 특리마을 특리경로당
조사일시 : 2012.1.16
조 사 자 : 박경수, 정규식, 이현주, 서민진, 박소영
제 보 자 : 김해영, 남, 76세
구연상황 : 조사자가 제보자에게 다른 노래가 더 없는지 물어보자, 제보자는 "더 해줄까"
라고 하고는 다음 노래를 불러 주었다. 노래를 마치자 청중들이 모두 "잘한
다"고 하며 박수를 치면서 칭찬했다. 주로 여성들이 부르는 노래인데 남성인
제보자임에도 잘 불렀다.

하늘에다가 베틀을채려

구름잡아 잉애걸고[20]

보리나무 보디집에[21]

알그닥잘그닥 잔잇겠네

조구마는[22] 시누아기

따박따박 걸어오면

성아성아 올케성아

그베짜서 뭣할거고

서울가신 너오래비

버선짓고 행건짓지[23]

버선우에 중침을놓아

행건우에다가 상침놓아

저게오는 저선비야

---

20) 잉아 걸고.
21) 바디집에.
22) 조그만.
23) 행전 짓지. 행건은 '행전'의 방언. 행전은 바지나 고의를 입을 때 정강이에 감아 무릎
아래 매는 물건.

모심기 노래(3)

자료코드 : 04_08_FOS_20120116_PKS_PSS_0003
조사장소 : 경상남도 산청군 금서면 화계리 화산마을 화산경로당
조사일시 : 2012.1.16
조 사 자 : 박경수, 박기현, 정혜란, 권경원, 정나겸
제 보 자 : 박삼순, 여, 73세
구연상황 : 제보자는 앞의 노래를 부른 후 바로 이어서 다음 노래를 불렀다.

이산저산 양산이고개 점심광우리 떠나가네
야야친구야 같이나가세 요내점심 다되였네

다리세기 노래

자료코드 : 04_08_FOS_20120116_PKS_PSS_0004
조사장소 : 경상남도 산청군 금서면 화계리 화산마을 화산경로당
조사일시 : 2012.1.16
조 사 자 : 박경수, 박기현, 정혜란, 권경원, 정나겸
제 보 자 : 박삼순, 여, 73세
구연상황 : 앞선 제보자가 <다리세기 노래>를 부르고 나서 이 제보자가 우리는 어릴 적
        에 조금 다르게 불렀다고 해서 조사자가 어떻게 부르는지 불러달라고 요청했
        다. 청중 일부가 따라 불렀다.

이거리 저거리 갓거리
진주맹근 도맹근
짝발이 해양근
조래줌치 사리육
육도육도 전라육
당산에 먹갈았다
콕 찍었다 판

양산도

자료코드 : 04_08_FOS_20120116_PKS_PSS_0005
조사장소 : 경상남도 산청군 금서면 화계리 화산마을 화산경로당
조사일시 : 2012.1.16
조 사 자 : 박경수, 박기현, 정혜란, 권경원, 정나겸
제 보 자 : 박삼순, 여, 73세
구연상황 : 조사자가 <노랫가락>을 불러달라고 요청했는데, 제보자가 다음 <양산도>를
불렀다. 김갑순, 이가매 제보자도 함께 불렀다. 청중이 장구를 치면서 흥을 돋
우었고, 제보자는 박수를 치면서 노래를 불렀다.

에헤이여~~~
청춘만 되거라 소년만 되~~라
몇백년 살아도 청춘만 되~~라

또 있다.

또있다~ 니가죽고 내가살면 열녀가 되~~나
한강수 깊은물에 빠져나 볼~~까
　　어야 둥개디여라 그래도 못놓겄~네~
　　능지를 하여도 내가놓을수 없~~다

에헤이여~~~
이산저산 도라지꽃은 바람에 풀풀 놀~~고
우리같은 청춘은 여게서 놀~~고
　　어여라 두여라 나못놓겄~네
　　능지를 하여도 내가 못놓겄~네

에헤이여~~~
알이잘잘 끓는다 알이잘잘 끓~~는
열두폭 치맷자락 알이잘잘 끈~~다

어여라 두여라 나못놓겄~네
능지를 하여도 내가 못놓겄~네

도라지타령

자료코드 : 04_08_FOS_20120116_PKS_PSS_0006
조사장소 : 경상남도 산청군 금서면 화계리 화산마을 화산경로당
조사일시 : 2012.1.16
조 사 자 : 박경수, 박기현, 정혜란, 권경원, 정나겸
제 보 자 : 박삼순, 여, 73세
구연상황 : <양산도>를 부르고 난 후 다음 노래를 갑자기 불렀다. 앞선 노래 구연 때와
마찬가지로 김갑순, 이가매 제보자도 함께 불렀다.

도라지 도라지 도~라지 심심산천에 백도라지
한두뿌리만 캐여도 대바구니 반석만 하는구나
    에헤야 에헤야 에헤야 어야라 난다 지화자자 좋다
    네가 내간장 스리살짝 다 녹는다

산나물을 캘거나~ 개울창 나물을 캘거나
이웃집 총각을 다리고 소풍 도리도리를 갈거나
    에헤용 에헤이용 에헤용 어여라 난다 지화자 좋~다
    네가 내간장 사리살살 다녹는다

사발가

자료코드 : 04_08_FOS_20120116_PKS_PSS_0007
조사장소 : 경상남도 산청군 금서면 화계리 화산마을 화산경로당
조사일시 : 2012.1.16

조 사 자 : 박경수, 박기현, 정혜란, 권경원, 정나겸
제 보 자 : 박삼순, 여, 73세
구연상황 : <도라지타령>을 부른 후 바로 이어서 다음 노래를 불렀다. 후렴은 <도라지
타령>의 후렴을 그대로 불렀다.

　　　석탄백탄 타는데 연기만퐁~퐁 나고요
　　　요내가슴 타는데는 연기도짐도 안나네
　　　　　에혜용 에혜용 에혜용 어여라 난다 지화자자 좋다
　　　　　네가 내간장 스리살살 다녹힌다

이청저청 형지청에

자료코드 : 04_08_FOS_20120116_PKS_PSS_0008
조사장소 : 경상남도 산청군 금서면 화계리 화산마을 화산경로당
조사일시 : 2012.1.16
조 사 자 : 박경수, 박기현, 정혜란, 권경원, 정나겸
제 보 자 : 박삼순, 여, 73세
구연상황 : 조사자가 노랫가락을 불러보라고 했지만, 제보자는 다음 노래를 부르겠다고
하면서 노래를 부르기 시작했다. 노래는 창부타령 곡조로 불렀다.

　　　이청저청 형지청에 제비동동 우리형부
　　　붓을놓고 유리잔에 금청주를 주시걸랑
　　　젓어보고 잡으세요
　　　아가아가 처지아가27) 그노래 한분을 더해봐라

　　　이청저청 형지청에 제비야동동 우리야형부
　　　꽃을놓고 유리잔에 금청주를 주시걸랑
　　　젓어보고 잡으세요

---

27) 처자 아가.

제알았소 제알았소 처갓집 뒷문에 비상술 해논줄 제알았소
만덕순아 짐챙기라 나의갈길이 어바쁘다
송금순아 어~나오이라 한잔술에 둘이죽자

모심기 노래(4)

자료코드 : 04_08_FOS_20120116_PKS_PSS_0009
조사장소 : 경상남도 산청군 금서면 화계리 화산마을 화산경로당
조사일시 : 2012.1.16
조 사 자 : 박경수, 박기현, 정혜란, 권경원, 정나겸
제 보 자 : 박삼순, 여, 73세
구연상황 : 다른 제보자가 <풀국새 노래>를 부른 후 조사자가 제보자에게도 불러달라고
요청하자 바로 다음 노래를 불렀다. 모심기 노래로 불렀다.

풀국새여 울지를마라 소년과부 심해난다[28]
심해야날것이 제무엇이냐 살로가면 그만이지

모심기 노래(5)

자료코드 : 04_08_FOS_20120116_PKS_PSS_0010
조사장소 : 경상남도 산청군 금서면 화계리 화산마을 화산경로당
조사일시 : 2012.1.16
조 사 자 : 박경수, 박기현, 정혜란, 권경원, 정나겸
제 보 자 : 박삼순, 여, 73세·김갑순, 여, 72세
구연상황 : 제보자가 앞의 노래에 이어서 바로 이 노래를 불렀다. 받는 부분은 김갑순
제보자가 불렀다.

물꼬는철철 물흘리놓고 주인한량 어데갔소

---

28) 심화(心火) 난다.

거 뭐이고?

[김갑순 가창]

　　문에전복을 에와나들고[29] 첩의방에 놀러가네

모심기 노래(6)

자료코드 : 04_08_FOS_20120116_PKS_PSS_0011
조사장소 : 경상남도 산청군 금서면 화계리 화산마을 화산경로당
조사일시 : 2012.1.16
조 사 자 : 박경수, 박기현, 정혜란, 권경원, 정나겸
제 보 자 : 박삼순, 여, 73세
구연상황 : 제보자는 앞의 노래를 부른 후 바로 다음 노래를 불렀다.

　　까막깐치는 재를야물고~ 잔솔밭에~이 자로가네
　　울의님은 어디를가고~호 자로들줄 모르는고

시집살이 노래

자료코드 : 04_08_FOS_20120116_PKS_PSS_0012
조사장소 : 경상남도 산청군 금서면 화계리 화산마을 화산경로당
조사일시 : 2012.1.16
조 사 자 : 박경수, 박기현, 정혜란, 권경원, 정나겸
제 보 자 : 박삼순, 여, 73세
구연상황 : 다른 제보자가 구연을 하는 동안 혼자 한참을 생각하고 난 후 노래를 불러
　　　　　보겠다고 먼저 나서서 구연을 했다.

　　태산이 높다한들

---

29) 에워 들고.

함양산청 물레방아는 솔나무 둥글동 솔나무 학붕살

삼팔삼십이 서른두칸 물레방아는 물을안고 돌~~고

요내야 청춘은 여게서 돈~~다

아야 디여라 딩거들어라 아못놀겄~~네~

열놈이 죽어져도 놀수가 없~~다

청춘가

자료코드 : 04_08_FOS_20120116_PKS_LGM_0002

조사장소 : 경상남도 산청군 금서면 화계리 화산마을 화산경로당

조사일시 : 2012.1.16

조 사 자 : 박경수, 박기현, 정혜란, 권경원, 정나겸

제 보 자 : 이가매, 여, 73세

구연상황 : 조사자가 노래를 잘 부른다고 칭찬을 하면서 <청춘가>를 불러달라고 요청하
자 제보자가 바로 이 노래를 구연했다.

청춘 하늘에~에~ 잔별도 많고서~어~

요내 가슴~에~에 수심도 많구~나~

노자 좋구나~아 젊어서 놀아요~~

늙고 병이들면은 좋~다 놀수가 없구나

김선달네 맏딸애기

자료코드 : 04_08_FOS_20120116_PKS_LGM_0003

조사장소 : 경상남도 산청군 금서면 화계리 화산마을 화산경로당

조사일시 : 2012.1.16

조 사 자 : 박경수, 박기현, 정혜란, 권경원, 정나겸

제 보 자 : 이가매, 여, 73세
구연상황 : 조사자가 노래를 잘 부른다고 칭찬을 하면서 혹시 이런 노래도 부를 수 있
느냐고 하자 제보자가 이 노래를 불렀다. 하지만 뒷부분은 자세히 모른다고
하고 구연을 마무리했다.

김선달네 몰딸애기 하잘났다고 말만듣고
한분을가도 못볼레라 두분을가여도 못볼레라
삼세번 선보러간께
삼세칸 마리끝에 날보라고 끌앉았네

숨이 가빠서 못하겠다. [잠시 숨을 돌린 후]

가르매를 볼라거든 잔비둘기가 기간듯이
눈썹이라 볼라거든 세붓으로만44) 기린듯이
니삭시라45) 볼라거든 당사실로만 엮은듯이
애당목버선 접버선에 칼짝신을 벗다신고
배루벽도 치마에다 범나부주름을 잡아입고

숨이 가빠서. 또,

애당목저구리 접저구리

명지저구리 애당목으로 또 나간다. 명지저구니, 또 무슨? 고름인데, (조
사자 : 명지저고리 고름인데.) 무슨 저고리 고름인데 그것도 잊어비렀어
봐. (청중 : 자지고름 다라입고.) 응. 자지고름(자주고름) 다라(다려) 입고.

_____

44) 세붓, 즉 가는 붓으로 그린 듯이.
45) 네 색시라.

노랫가락 / 나비 노래

자료코드 : 04_08_FOS_20120116_PKS_LGM_0004
조사장소 : 경상남도 산청군 금서면 화계리 화산마을 화산경로당
조사일시 : 2012.1.16
조 사 자 : 박경수, 박기현, 정혜란, 권경원, 정나겸
제 보 자 : 이가매, 여, 73세
구연상황 : 제보자가 다음 노래가 생각이 났다고 하면서 부른 것이다.

    나비야 청산을 가자 노랑나비야 너도가자
    가다가 저무시걸랑 잎에붙어서 잠자고가세
    잎속이 불편하거든 요내품에서 잠자고가세

청춘가

자료코드 : 04_08_FOS_20120116_PKS_LGM_0005
조사장소 : 경상남도 산청군 금서면 화계리 화산마을 화산경로당
조사일시 : 2012.1.16
조 사 자 : 박경수, 박기현, 정혜란, 권경원, 정나겸
제 보 자 : 이가매, 여, 73세
구연상황 : 조사자가 <청춘가>도 할 수 있겠느냐고 하자 제보자가 바로 다음 노래를 불
       렀다.

    물레야 돌아라~아 가락아 돌아라
    함께큰 친구야 좋~다 한골로만 모아라~아

잠자리 잡는 노래

자료코드 : 04_08_FOS_20120116_PKS_LGM_0006
조사장소 : 경상남도 산청군 금서면 화계리 화산마을 화산경로당

조사일시 : 2012.1.16
조 사 자 : 박경수, 박기현, 정혜란, 권경원, 정나겸
제 보 자 : 이가매, 여, 73세
구연상황 : 앞서 제보자의 구연이 끝나자 조사자가 혹시 잠자리를 잡을 때 부르는 노래
　　　　　도 아느냐고 물어보자 제보자가 바로 다음 노래를 불렀다.

　　　잠자라 잠자라
　　　멀리멀리 가몬 죽는다
　　　가짓게46) 붙어라
　　　붙은자리 붙어라
　　　붙은자리 붙어라

시집살이 노래

자료코드 : 04_08_FOS_20120117_PKS_LCI_0001
조사장소 : 경상남도 산청군 금서면 매촌리 신풍마을 경로당
조사일시 : 2012.1.17
조 사 자 : 박경수, 박기현, 정혜란, 권경원, 정나겸
제 보 자 : 이춘임, 여, 76세
구연상황 : 조사자가 '시집살이노래'를 불러달라고 하자, 제보자는 처음만 알고 끝을 모
　　　　　른다면서 노래도 잘 못한다고 망설였다. 그러면 아는 데까지 말로 읊조리기만
　　　　　해도 된다고 하자, 청중 중 한명이 노래를 시작하여 제보자가 뒤따라 부르며
　　　　　노래로 구연했다.

　[청중이 먼저 "성아성아 사촌성아"를 가창할 때, "사촌성아"부터 제보
자가 부름]

　　　성아성아 사촌성아
　　　시접살이가 어떻더노

---

46) 가까이에.

좋기사도 하지만은

중우벗은47) 시아자비48)

말하기도 정애럽대49)

동글동글 밥식기에50)

밥담기도 정애럽대

두루두루 두름판에51)

수저놓기도 정애럽대

모심기 노래

자료코드 : 04_08_FOS_20120116_PKS_LPN_0001
조사장소 : 경상남도 산청군 금서면 특리 특리마을 특리마을회관
조사일시 : 2012.1.16
조 사 자 : 박경수, 정규식, 이현주, 서민진, 박소영
제 보 자 : 이필년, 여, 84세
구연상황 : 제보자가 노래를 갑자기 시작하는 바람에 녹음을 하지 못했다. 다시 제보자
에게 노래를 불러줄 것을 요청해서 제보자가 다음 노래를 불렀다. 노래를 마
치자 청중들이 잘한다고 칭찬을 하며 박수를 쳤다.

오늘해가도 다졌는가~아 골골마중도 연기가나네

울의님은도 오데가고~오 연기야날줄을 모르는고

(청중 : 아이구 잘한다. 술 한잔 무야 되겠다.) [일동 박수]

---

47) 중의(中衣) 벗은. 중의는 남자의 여름 홑바지로 고유어로 '고의'라고도 함.
48) 시아주버니.
49) 정말 어렵대.
50) 밥 식기(食器)에.
51) 둥글게 생긴 판. 흔히 '도래판'이라고도 함.

모심기 노래

자료코드 : 04_08_FOS_20120117_PKS_LJS_0001
조사장소 : 경상남도 산청군 금서면 금서면 수철리 수철마을 수철마을경로당
조사일시 : 2012.1.17
조 사 자 : 박경수, 정규식, 이현주, 서민진, 박소영
제 보 자 : 임정섭, 남, 78세
구연상황 : 조사자가 옛날에 모심기를 할 때 부른 노래를 불러 달라고 했다. 그러자 모
심기 할 때 불렀던 노래는 많았는데 기억이 잘 나지 않는다고 한 후 다음 노
래를 불렀다. "오늘 해가"부터는 김기식 씨가 먼저 불렀는데, 후반부에 제보
자도 함께 노래를 불렀다.

모야모야 노랑모야 너언제커서 열매열래

이달커고 훗달커서 내훗달에 열매열래

오늘해가 다졌는가 골골마다 연기나네

도라지타령

자료코드 : 04_08_FOS_20120117_PKS_LJS_0002
조사장소 : 경상남도 산청군 금서면 금서면 수철리 수철마을 수철마을경로당
조사일시 : 2012.1.17
조 사 자 : 박경수, 정규식, 이현주, 서민진, 박소영
제 보 자 : 임정섭, 남, 78세
구연상황 : 박옥순이 먼저 <도라지타령>을 부른 후 바로 이어서 제보자가 부른 것이다.

도라지 캐러 간다고~오 요리팽계52) 조리팽계를 하더니라

총각죽은 무덤에~에 삼오제53) 지나로54) 가노라

---

52) 요리 핑계.
53) 삼우제.
54) 지내러.

노들강변

자료코드 : 04_08_MFS_20120117_PKS_KSN_0001
조사장소 : 경상남도 산청군 금서면 매촌리 신풍마을 경로당
조사일시 : 2012.1.17
조 사 자 : 박경수, 박기현, 정혜란, 권경원, 정나겸
제 보 자 : 김순남, 여, 89세
구연상황 : 조사자가 제보자가 부른 <사발가> 다음에 기억나는 게 또 있으면 불러달라
고 하자, 제보자가 "기억이 나야 부르지." 하더니 다음 노래를 불렀다. <노들
강변>은 1934년 오케레코드사에서 신불출 작사, 문호월 작곡, 박부용 노래로
음반으로 발매되어 널리 알려진 신민요이다. 이후 작사자와 작곡자를 잊은 채
경기민요의 한 가지로 애창되는 노래가 되었다.

노들강변 봄버들 휘휘늘어진 가지에다가
무정세월 한허리를 칭칭돌려서 맺어나볼까
　　에헤요~옹 데헤요~옹 저기저물만 흘러흘러서 가노라

멋쟁이 노래

자료코드 : 04_08_MFS_20120116_PKS_PSS_0001
조사장소 : 경상남도 산청군 금서면 화계리 화산마을 화산경로당
조사일시 : 2012.1.16
조 사 자 : 박경수, 박기현, 정혜란, 권경원, 정나겸
제 보 자 : 박삼순, 여, 73세
구연상황 : 제보자가 스스로 노래를 불러보겠다고 나선 후 이 노래를 불렀다. 노래 구연
이 끝이 난 후 클 때 배운 노래라고 덧붙였다. 유행가에 해당하는 것으로 보
이는데 정확한 출처를 알 수 없어서 그대로 채록했다.

당신에게 주실라고 맨든수건을
길을가다 땀을닦아 미안합니다
아~ 천만에 말씀이요
처마를 둘러입고 악수를 하니
꽃같은 처녀가 사랑이야기라요
모자는 비틀어져도 삼베모자요
양복은 떨어져도 세로바지라
할로 오케 유 남버원
호박겉은 요낯에다 분을바르고
하루저녁 이십만원 문제도없다

2. 삼장면

증편 한국구비문학대계 ● 경상남도 산청군 ②

▌조사마을

경상남도 산청군 삼장면 대포리 후천마을

조사일시 : 2012.1.18
조 사 자 : 박경수, 정규식, 이현주, 서민진, 박소영

대포리(大浦里)[한벌, 한불, 德山洞]는 삼장면이 산청군으로 합병된 1906
년 당시 면소재지였다. 지리산 무제치기폭포(치밭목) 쪽에서 흐르는 장당
천(壯堂川)과 합류하는 세 갈래 물이 모인 곳에 위치하였으므로 큰 물, 큰
뻘이라는 뜻으로 대포(大浦)라 했다고 한다. 옛날 마을 이름을 '부리'라
한 것으로 보아서 한불은 큰 마을의 뜻일 수도 있다. 마을 앞에 울창한
솔숲인 섬배기(섬)가 있어 여름철이면 피서객이 붐빈다. 본래 진주군 삼장
면의 지역으로서 조선 제26대 고종 광무 10년(1706)에 산청군 삼장면에

편입되었고, 1914년 3월 1일 행정구역 폐합에 따라 황점동, 대상동의 일부 지역을 병합하여 대포리라 하였다.

조사자 일행은 이 마을에 1월 18일(수) 12시 20분경에 도착을 하였다. 마을 어른들이 모여 있는 경로당을 찾지 못하던 중에 동네 이장과 전화 통화를 하여 이야기를 많이 안다는 조말순 할머니(여, 75세)가 부근에 산다는 정보를 확보한 후 할머니댁으로 향했다. 마침 제보자는 댁에 있었다. 그곳에서 조사를 시도하여 약 1시간 정도 진행했다.

조말순 할머니를 대상으로 한 조사를 마친 후, 면사무소를 방문하여 마을의 경로당과 이야기를 잘하는 분을 탐문하자 부면장이 직접 조사자 일행을 후천경로당으로 안내해 주었다. 그곳에서 이복순 할머니(여, 77세)와 조화순 할머니(여, 76세)를 만나 조사를 하였다. 이 경로당에서는 1시 50분경에 조사를 시작하여 약 1시간 40분간 조사를 진행하였다. 특히 조화순 할머니는 유능한 제보자로서 민요와 설화에 관한 다양한 구연 목록을 가지고 있었다. 민요 6편과 설화 10편을 구연해 주었다.

이 마을의 주요 제보자는 조말순 할머니와 조화순 할머니이다. 조말순 할머니는 민요 <모심기 노래> 3편과 <부자 과부에게 장가 든 머슴>, <손자 보려다 수제비 망친 할머니>, <부잣집 사위가 된 머슴>, <참새 구워 장가든 총각> 등 설화 5편을 구연하였으며, 조화순 할머니는 <진주 난봉가>, <각설이타령>, <다리세기 노래>, <모심기 노래> 등 민요 6편과 <백여우 여동생을 피한 오빠>, <처녀귀신 면해준 머슴>, <시어머니를 길들인 대찬 며느리>, <강피 훑을 팔자의 부인>, <까치 구해주고 목숨 구한 선비 / 까치의 보은> 등 설화 10편을 제공하였다.

이 마을의 조사를 마친 시간은 3시 30분경이었다. 조사자 일행은 다음 조사지인 삼장면 대하리 대하마을로 향했다.

경상남도 산청군 삼장면 대하리 대하마을

조사일시 : 2012.1.18

조 사 자 : 박경수, 정규식, 이현주, 서민진, 박소영

대하리(臺下里)[대아래, 대하]는 본래 진주군 삼장면에 속했던 지역이다. 조선 정종 때 이 마을의 선비 조영훈이 국상이 나면 뒷산의 읍궁대(泣弓 坮)에 올라서 곡(哭)을 하였는데, 그 대(坮) 밑에 있는 마을이라 하여 대하 리라 일컫게 되었다고 한다. 조선 고종 광무 10년(1906)에 산청군 삼장면 에 편입되었고, 1914년 3월 1일 행정구역 폐합에 따라 다간동과 대포동, 황점동의 각 일부와 시천면의 사리 일부 지역을 병합하여 대하리라 하였 다. 들이 넓어 풍요로운 마을로 알려져 있다.

조사자 일행이 이 마을을 조사한 날은 1월 18일(수)이다. 같은 날 후천 마을을 조사 한 후 바로 이어서 대하마을을 조사하였다. 이 마을의 경로

당에는 노인들이 3명이 있었는데, 조사자 일행을 반기지 않는 눈치를 보였다.

조사자 일행은 3시 40분경에 이 마을에 도착하여 반기지 않는 눈치에도 불구하고 조사를 시작하였다. 최복임(여, 63세) 할머니와 유윤임(여, 79세) 할머니 두 분으로부터 민요와 설화를 약간 조사하였다. <대감 아들과 내기하여 장가간 머슴>, <고쟁이 훔쳐 입고 장가간 머슴>, <벙어리로 오해 받은 며느리>, <길 잘못 내서 망한 내원사>, <손님이 끊겨 망한 부잣집> 등 설화와 <모심기 노래> 1편을 조사하였다.

조사는 약 1시간 10분 정도 진행되었으며, 조사를 마친 시간은 5시 경이었다. 이 마을의 조사를 끝으로 조사자 일행은 1월 18일의 일정을 마무리하고 숙소로 향했다.

경상남도 산청군 삼장면 평촌리 평촌마을

조사일시 : 2012.1.18
조 사 자 : 박경수, 박기현, 정혜란, 권경원, 정나겸

삼장면 평촌리(平村里)는 본래 진주군 삼장면에 속했던 지역이다. 옛날 평촌에서 홍계리를 거쳐 대원사로 들어가는 길목의 왼쪽에 삼장사라는 큰 절이 있었는데, 삼장사가 임진왜란으로 소실되고 탑만 남아 있었으므로 탑동이라 했다가 그 뒤 행정구역 개편으로 지금의 평촌으로 이름이 바뀌었다. 현재 평촌리에는 평촌과 새터 두 마을이 있는데, 광무10년(1906)에 지금의 산청군 삼장면에 편입되었고, 1914년 3월 1일 행정구역 폐합 때 신기동, 죽전동을 병합한 뒤 이 지역의 들이 넓다고 하여 평촌이라 했다고 한다.

조사자 일행이 홍계리 조사를 마치고 평촌리 평촌마을에 도착한 때는 1월 18일(수) 오후 3시경이었다. 마을 경관을 둘러보니 설명과 같이 마을

04_08_FOT_20120118_PKS_YYI_0002 벙어리로 오해 받은 며느리
04_08_FOT_20120118_PKS_YYI_0003 길 잘못 내서 망한 내원사
04_08_FOT_20120118_PKS_YYI_0004 손님이 끊겨 망한 부잣집
04_08_FOS_20120118_PKS_YYI_0001 모심기 노래

이귀순, 여, 1939년생

주 소 지 : 경상남도 산청군 삼장면 홍계리 상촌마을
제보일시 : 2012.1.18
조 사 자 : 박경수, 박기현, 정혜란, 권경원, 정나겸

이귀순은 산청군 금서면 평촌리 하양마을
에서 2남 3녀 중 넷째로 태어났다. 본관은
경주이고 택호는 하양댁이다. 교육은 받지
못했으며 19살에 7년 전 작고한 남편과 결
혼하여 현재까지 삼장면 홍계리 상촌마을에
서 살고 있다. 슬하에 2남 4녀를 두었으며
현재는 홀로 거주하고 있다. 과거에 농사를
지었으며 현재는 소일거리 삼아 조금씩 하
고 있다. 특별히 종교는 갖고 있지 않다. 제보자가 구연한 자료는 자랄 때
어른들로부터 들은 것이라고 했다.

제공 자료 목록
04_08_FOS_20120118_PKS_LKS_0001 아리랑

이문인, 여, 1938년생

주 소 지 : 경상남도 산청군 삼장면 홍계리 상촌마을
제보일시 : 2012.1.18
조 사 자 : 박경수, 박기현, 정혜란, 권경원, 정나겸

이문인은 산청군 산청읍 묵곡리 자실마을에서 2남 2녀 중 막내로 태어났다. 본관은 칠성이고 택호는 죽전댁이다. 교육은 받지 못했으며 19살에 49년 전 작고한 남편과 결혼했다. 12년 전부터 삼장면 홍계리 상촌마을에 살고 있으며 창원에 몇 년 간 거주했다. 슬하에 3남 1녀를 두었고 큰아들이 마산에서 사무직을 하고 있다. 현재 상촌마을에서 큰며느리와 살고 있다. 과거에 농업에 종사하였고 종교는 불교다. 제보자가 구연한 자료들은 어릴 때 형님으로부터 배웠다고 했다.

제공 자료 목록
04_08_FOS_20120118_PKS_LMI_0001 다리세기 노래
04_08_FOS_20120118_PKS_LMI_0002 아기 어르는 노래 / 불매소리
04_08_FOS_20120118_PKS_LMI_0003 부모 그리는 노래
04_08_FOS_20120118_PKS_LMI_0004 타박네 노래

이복순, 여, 1936년생

주 소 지 : 경상남도 산청군 삼장면 대포리 후천마을
제보일시 : 2012.1.18
조 사 자 : 박경수, 정규식, 이현주, 서민진, 박소영

이복순은 병자생 쥐띠이다. 산청군 삼장면 대하리 대하마을에서 1남 4녀 중 셋째로 태어났다. 본관은 경주이고, 택호는 편대댁이다. 18세에 대포리 후천마을로 시집을 온 후 지금까지 살고 있다. 12년 전 작고한 남편과의 사이에서 2남 2녀를 두었고, 현재 마을에는 제보자 혼자 거주하고 있다. 큰딸은 대전으로 시집을 가고, 작은딸은 근처 신안면에 살고 있으며, 큰아들은 박사까지 공부하여 원자력연구소에 연구원으로 있다고 했

다. 작은아들은 독일회사에 다니고 있다고
했는데 경로당 할머니들이 자식농사를 잘
지었다고 칭찬했다.

예전에는 주로 농사를 지었고, 지금도 농
사를 짓고 있다. 불교를 믿으며 학력은 초등
학교 4년 중퇴이다.

조사가 시작되자 잘 모른다 하고 자신의
이야기는 녹음하지 말라며 소극적인 태도를
보였으나 조화순씨가 이야기를 풀어 놓으니 함께 참여하여 알고 있는 이
야기를 구술하고 노래도 불러 주었다. 민요는 <풀국새 노래> 1편을 불러
주었고, 이야기는 <제삿밥을 정성을 다해 차려야 하는 이유>, <부인 때
문에 효를 다하지 못한 효자> 등 설화 2편을 구술하였다. <제삿밥을 정
성을 다해 차려야 하는 이유>는 자신의 경험을 이야기한 것이고, <부인
때문에 효를 다하지 못한 효자>는 아들이 어릴 때 보던 전래동화책에서
보았다며 구술한 것이다.

제공 자료 목록

04_08_FOT_20120118_PKS_LBS_0001 제삿밥을 정성을 다해 차려야 하는 이유
04_08_FOT_20120118_PKS_LBS_0002 부인 때문에 효를 다하지 못한 효자
04_08_FOS_20120118_PKS_LBS_0001 풀국새 노래

이점이, 여, 1911년생

주 소 지 : 경상남도 산청군 삼장면 홍계리 동촌마을
제보일시 : 2012.1.18
조 사 자 : 박경수, 박기현, 정혜란, 권경원, 정나겸

이점이는 산청군 시천면 중산리에서 1남 3녀 중 장녀로 태어났다. 본관
은 경주이며 택호는 새내댁이다. 19세 때 삼장면 홍계리 동촌마을로 시집

을 와서 지금까지 살고 있다. 약 17년 전
작고한 남편과의 사이에 2남 4녀를 두었고,
현재는 큰며느리와 손자와 같이 생활하고
있다.

예전에는 농사를 지었으나, 현재는 나이
가 많아서 따로 일을 하는 것은 없다. 제보
자는 불교를 믿으며 학력은 무학이다.

제보자는 조사자의 유도에 의해 기억을
더듬어 <모심기 노래> 5편을 이어서 불렀다. 그중 두 곡은 뒷소리까지
정확히 기억하지 못했다. 제보자가 부른 <모심기 노래>는 시집을 와서
마을 어른들이 일하면서 부르는 것을 듣고 알게 된 것이라고 했다.

제공 자료 목록
04_08_FOS_20120118_PKS_LJI_0001 모심기 노래

정순이, 여, 1939년생

주 소 지 : 경상남도 산청군 삼장면 평촌리 평촌마을
제보일시 : 2012.1.18
조 사 자 : 박경수, 박기현, 정혜란, 권경원, 정나겸

정순이는 산청군 삼장면 평촌리 평촌마을
에서 1남 4녀 중 셋째로 태어났다. 본관은
해주이고 택호는 덕동댁이다. 교육은 받지
못했고 20살 되던 해에 결혼했다. 남편은
한국전 참전 용사로 6년 동안 국군에 복무
했다. 슬하에 2남 3녀를 두었는데 장남과
같이 살고 있다. 옛날에 산죽대(대나무) 장

사를 했고, 현재는 콩, 감 등을 재배하며 농업에 종사하고 있다. 불교를 종교로 삼고 있다. 제보자가 구연한 자료는 어린 시절 어른들로부터 배운 것이라고 했다.

제공 자료 목록
04_08_FOS_20120118_PKS_JSJ_0001 노랫가락

조말순, 여, 1938년생

주 소 지 : 경상남도 산청군 삼장면 대포리 후천마을
제보일시 : 2012.1.18
조 사 자 : 박경수, 정규식, 이현주, 서민진, 박소영

조말순은 무인생으로 호랑이띠이다. 산청
군 삼장면 대포리 후천마을에서 2남 3녀 중
셋째로 태어났다. 본관은 창녕이고 택호는
동촌댁이다. 16세에 결혼하여 슬하에 4남 1
녀를 두었고, 남편은 작고한 지 몇 해 되었
다. 홍계리 동촌마을로 시집을 가서 자식을
낳고 20년 살다가 30년 전에 다시 이 마을
로 왔다.

현재 마을에는 제보자 혼자 거주하고 있다. 셋째 아들이 근처에 살면서
수시로 다니러 오고, 다른 자식들은 객지로 나가 산다고 했다. 예전에는
주로 농사를 지었고, 지금도 농사를 조금 짓고 있다. 종교는 없으며 학력
은 무학이다.

조사팀이 방문했을 때 아궁이에서 불을 때고 있었다. 몇 년 전 조사에
도 참여했는데 뭣 하러 또 조사를 하냐며 처음에는 조사자 일행을 반기지
않았다. 그러나 본격적으로 조사가 시작되자 알고 있는 노래와 이야기들

을 유쾌하고 재미나게 구연해 주었다. 조사는 아궁이 옆에서 이루어졌다.

　<모심기 노래>를 여러 번에 걸쳐 불렀고, <부자 과부에게 장가든 머슴>, <손자 보려다 수제비 망친 할머니>, <부잣집 사위가 된 머슴>, <참새 구워 장가든 총각> 등 설화 5편을 구연했다. <모심기 노래>는 모를 심으면서 불렀고, 이야기는 어릴 때 어른들에게 들어서 알게 된 것이라고 했다.

제공 자료 목록

04_08_FOT_20120118_PKS_JMS_0001 호랑이를 형님 삼아 잘 살게 된 사냥꾼
04_08_FOT_20120118_PKS_JMS_0002 부자 과부에게 장가든 머슴
04_08_FOT_20120118_PKS_JMS_0003 손자 보려다 수제비 망친 할머니
04_08_FOT_20120118_PKS_JMS_0004 부잣집 사위가 된 머슴
04_08_FOT_20120118_PKS_JMS_0005 참새 구워 장가든 총각
04_08_FOS_20120118_PKS_JMS_0001 모심기 노래(1)
04_08_FOS_20120118_PKS_JMS_0002 모심기 노래(2)
04_08_FOS_20120118_PKS_JMS_0003 모심기 노래(3)

조점이, 여, 1938년생

주 소 지 : 경상남도 산청군 삼장면 홍계리 상촌마을
제보일시 : 2012.1.18
조 사 자 : 박경수, 박기현, 정혜란, 권경원, 정나겸

　조점이는 산청군 시천면 사리 양당마을에서 2남 5녀 중 첫째로 태어났다. 본관은 창녕이고 택호는 양당댁이다. 교육은 받지 못했으며 19살이 되던 해에 1년 전 작고한 남편과 결혼하여 삼장면 홍계리 상촌마을로 오게 되었다. 슬하에 3남 4녀를 두었는데, 모두 타지에서 거주하고 있다. 과거부터 농

사를 지으며 살고 있다. 제보자가 구연한 자료는 처녀 시절 마을 어른들로부터 배운 것이라고 했다.

제공 자료 목록

04_08_FOT_20120118_PKS_JJI_0001 절바위의 유래
04_08_FOS_20120118_PKS_JJI_0001 모심기 노래(1)
04_08_FOS_20120118_PKS_JJI_0002 모심기 노래(2)
04_08_FOS_20120118_PKS_JJI_0003 모심기 노래(3)
04_08_FOS_20120118_PKS_JJI_0004 모찌기 노래
04_08_FOS_20120118_PKS_JJI_0005 청춘가(1)
04_08_FOS_20120118_PKS_JJI_0006 사발가
04_08_FOS_20120118_PKS_JJI_0007 양산도
04_08_FOS_20120118_PKS_JJI_0008 시집살이 노래
04_08_FOS_20120118_PKS_JJI_0009 화투타령
04_08_FOS_20120118_PKS_JJI_0010 청춘가(2)
04_08_FOS_20120118_PKS_JJI_0011 노랫가락 / 봄배추 노래

조화순, 여, 1937년생

주 소 지 : 경상남도 산청군 삼장면 대포리 후천마을
제보일시 : 2012.1.18
조 사 자 : 박경수, 정규식, 이현주, 서민진, 박소영

조화순은 정축생 소띠이다. 산청군 삼장면 대포리 후천마을에서 7남 2녀 중 셋째로 태어났다. 본관은 창녕이다. 태어나서 지금까지 이 마을에서 살고 있다. 택호는 동장댁이다. 19세에 같은 마을의 이상수 씨와 결혼하여 슬하에 1남 6녀를 두었다. 자식들은 모두 다른 지역으로 출가하였다. 현재 남편과 함께 살고 있다.

예전에는 주로 농사를 지었고, 지금도 농사를 조금 짓고 있다. 학력은 초등학교 졸업이다. 딸만 여섯을 낳다가 절에 가서 백일기도를 드리고 아들을 얻은 후로 불교를 믿는다고 했다.

몇 년 전 조사에 참여했던 경험이 있어서
인지 이번 조사에도 적극적으로 참여했다.
유능한 화자라는 것을 알고 찾아가 이장께
부탁하여 경로당으로 모셨다. 노래를 부르
다가도 관련 이야기가 생각나면 자발적으로
민담을 구연하기도 하고, 반대로 민담을 구
연하다 노래를 부르기도 하였다. 나이가 들
어 잊어버려서 많이 기억하지는 못하지만
지금도 밤에 잠이 안 오면 홀로 노래를 하곤 한다고 했다.

　<진주난봉가>, <각설이타령>, <다리세기 노래>, <모심기 노래> 등
민요 6편을 불렀으며, <백여우 여동생을 피한 오빠>, <처녀귀신 면해
준 머슴>, <시어머니 길들인 대찬 며느리>, <강피 훑을 팔자의 부인>
등 설화 10편을 구술했다. 민요와 설화는 자라면서 마을 어른들에게 들어
서 알기도 하고 일을 하면서 배우기도 한 것이라고 했다.

제공 자료 목록
04_08_FOT_20120118_PKS_JHS_0001 정성을 다하는 제사에 가는 귀신
04_08_FOT_20120118_PKS_JHS_0002 백여우 여동생을 피한 오빠
04_08_FOT_20120118_PKS_JHS_0003 처녀귀신 면해준 머슴
04_08_FOT_20120118_PKS_JHS_0004 강피 훑을 팔자의 부인
04_08_FOT_20120118_PKS_JHS_0005 하늘이 내는 효부 효자
04_08_FOT_20120118_PKS_JHS_0006 바위에 빈 덕분에 남편 살린 부인
04_08_FOT_20120118_PKS_JHS_0007 시어머니 길들인 대찬 며느리
04_08_FOT_20120118_PKS_JHS_0008 까치 구해주고 목숨 구한 선비 / 까지의 보은
04_08_MPN_20120118_PKS_JHS_0001 귀신이 있다고 생각하는 이유
04_08_MPN_20120118_PKS_JHS_0002 아래가 째지거나 위가 째진 자식들
04_08_FOS_20120118_PKS_JHS_0001 진주난봉가
04_08_FOS_20120118_PKS_JHS_0002 시집살이 노래 / 양동가마 노래
04_08_FOS_20120118_PKS_JHS_0003 다리세기 노래

04_08_FOS_20120118_PKS_JHS_0004 모심기 노래(1) / 앵두 노래
04_08_FOS_20120118_PKS_JHS_0005 모심기 노래(2)
04_08_MFS_20120118_PKS_JHS_0001 각설이타령

최복임, 여, 1950년생

주 소 지 : 경상남도 산청군 삼장면 대하리 대하마을
제보일시 : 2012.1.18
조 사 자 : 박경수, 정규식, 이현주, 서민진, 박소영

　최복임은 경인생으로 호랑이띠이다. 함양군 서상면 도천리 도천마을에
서 1남 4녀 중 차녀로 태어났다. 본관은 경주이다. 24세에 결혼하여 산청
군 삼장면 대하리 대하마을로 왔으며, 자식은 2남 3녀를 두었다. 자식들
은 모두 객지에 나가 살고 있다.

　결혼을 하고 얼마 동안은 진주에서 직장생활을 하였다. 마을에는 내외
가 함께 거주하고 있으며, 지금은 농사를 짓고 있다. 종교는 불교이고, 학
력은 가정 형편이 좋지 않아 초등학교밖에 못 나왔다고 했다.

　조사자들을 많이 경계하고 본인을 드러내기를 꺼려서 사진 찍기를 거
부했다. 다행히 조사 시 목소리만 녹음되는 것이라 하니 조사에는 응했다.
구술한 자료는 <대감 아들과 내기하여 장가간 머슴> 한 편이다. 성적인
단어의 언급을 많이 쑥스러워했다.

제공 자료 목록
04_08_FOT_20120118_PKS_CBI_0001 대감 아들과 내기하여 장가간 머슴

홍점오, 여, 1939년생

주 소 지 : 경상남도 산청군 삼장면 평촌리 평촌마을
제보일시 : 2012.1.18
조 사 자 : 박경수, 박기현, 정혜란, 권경원, 정나겸

홍점오는 함양군 서상면 상남리에서 4남 3녀 중 막내로 태어났다. 본관은 남양이며 택호는 상남댁이다. 현재의 거주지에서 50년간 거주했고 교육은 받지 못했다. 17살이 되던 해에 지금의 남편과 결혼하여 2남 3녀를 두었다. 현재 남편과 둘이 거주하고 있다. 과거에 농사를 지었으며, 종교로 불교를 믿고 있다.

제공 자료 목록

04_08_FOS_20120118_PKS_HJO_0001 모심기 노래
04_08_FOS_20120118_PKS_HJO_0002 시누이 노래
04_08_FOS_20120118_PKS_HJO_0003 울어머니 날 설 적에

고쟁이 훔쳐 입고 장가간 머슴

자료코드 : 04_08_FOT_20120118_PKS_YYI_0001
조사장소 : 경상남도 산청군 삼장면 대하리 대하마을 대하경로당
조사일시 : 2012.1.18
조 사 자 : 박경수, 정규식, 이현주, 서민진, 박소영
제 보 자 : 유윤임, 여, 79세
구연상황 : 회관에 들어서니 할머니들끼리 앉아서 담소를 나누고 있었다. 처음에는 이야
기도 모르고 노래도 할 줄 모른다고 했으나, 조사자가 머슴이 처녀를 꾀어 장
가간 이야기를 풀어 놓으니 제보자가 비슷한 이야기라며 구술했다.
줄 거 리 : 과년한 처녀가 시집을 못 가고 있었다. 처녀가 홀로 누워 신세한탄을 하고
있었는데, 그것을 머슴이 지나가다가 들었다. 그날 밤 처녀가 속고쟁이를 머
리 위에 놓고 자는데, 머슴이 살짝 들어와 고쟁이를 훔쳐 갔다. 다음 날 아침,
머슴이 처녀의 고쟁이를 입고 노래를 부르며 힘차게 보리타작을 했다. 그리
하여 둘이 보통 사이가 아님이 사람들에게 소문이 나 처녀는 머슴에게 시집
을 갔다.

옛날에 머슴을 데리갖고 보리타작을 아적에(아침에) 하는데, 인자 과인
찬(과년한) 처녀가 인자 장 시집을 몬 가고 있는 기라. 시집 갈 나가 늦었
는데 시집이 가고 접은(싶은) 기라. 그 사람은 그때라도 시집이 가고 접는
가 모르지. 우리들은 시집이 뭐인고 살았는데.

그래 누우, 인자 딱, 그 꼬장중우로(고쟁이로) 벗어서 윗목 저따다가 딱
문 우에다가 머리 우에다 놓고 자는데, 머슴이 고마 저 그 소리를 들었는
기라. '아이고이, 딴 사람은 다 시집을 갔는데 나는 시집도 몬 가고 이래
가 살아갖고 우짜겄노.' 싶어서 군말을 하고 누웠는데, 살짝 들어와서 꼬
장중우 그거를 가가서 지가 끼이 입었는 기라, 머슴이. 끼어 입고 보리타
작을 벽에 놓고 막 "탱택." 보리타작을 하면서로,

"작은처남 큰처남 사촌처남 여기 저기 때리라, 이카 디카 때리라."

얼마나 지가 신이 났기에 보리타작 하면서,

"이카 디카 때리라. 여기 저기 때리라. 내 중우라 입었더니 지(자기) 중우로 입었구나."

그 처녀의 중우로 갖고 가서 그래가 입어갖고 그 처녀가 딴 데 시집도 몬 가고, 그리 머슴한테로 가더래요.

(조사자 : 잠자리 같이 안 하몬 그거 저 어째 바까(바꾸어) 입겠는교.) 하모. 몬 하지. 그래가지고 머슴은 나가 많애. 그래갖고 그 처녀로 집에 그 진처녀로 따갖고 시집을, 장개로 가 살더라 캐.

(조사자 : 아, 재주가 있네.) 하모. (조사자 : 몰래 그 꼬장중우로 훔치가지고 지가 입었네.) 응. 그래 마마 신이 나가 아이끼라(아닌게 아니라) 아직에 뭐 보리타작을 억수로 잘 하더래.

"이카 디카 때리라. 여기 저기 때리라. 큰처남 작은처남 여기여기 때리라."

그래갖고 그 우째 처녀하고 그 결혼을 해가 살더라 캐.

벙어리로 오해 받은 며느리

자료코드 : 04_08_FOT_20120118_PKS_YYI_0002
조사장소 : 경상남도 산청군 삼장면 대하리 대하마을 대하경로당
조사일시 : 2012.1.18
조 사 자 : 박경수, 정규식, 이현주, 서민진, 박소영
제 보 자 : 유윤임, 여, 79세
구연상황 : 적극적으로 나서는 제보자가 없어서 조사자가 시집살이와 관련된 이야기가
        없느냐고 물었다. 제보자가 가만히 있다가 갑자기 다음 이야기가 생각났는지
        구술하기 시작했다. 이야기를 마치고 제보자가 시집올 때도 어머니가 벙어리
        삼 년, 귀머거리 삼 년을 살라고 했다 하였다.

줄 거 리 : 시집을 가는데, 어머니가 몽돌을 싸서 주면서 몽돌이 말을 하면 말을 하라고
당부했다. 그 가르침대로 벙어리 삼 년, 귀머거리 삼 년으로 육 년을 살았다.
시댁 식구들은 그런 며느리를 벙어리로 오해하여 소박을 했다. 가마를 타고
친정으로 쫓겨 가다가 산 고개에서 꿩 한 마리가 푸드덕 날아올랐다. 그것을
본 며느리가 <꿩 노래>를 불렀다. 그제야 며느리가 벙어리가 아니라는 것을
알고 도로 집으로 데려가서 잘 살았다.

시접을(시집을) 와서 사는데, 시집을 보냄서로 몽돌로 싸서 농 밑에 딱
여줌서,

"이 몽돌로 말로 하몬 니가 말로 하고, 몽돌로 말 안 하걸랑 말로 하지
마라."

쿠는 기라. 말로 하고 인자 입다지로 하몬 몬 살 끼라고. 어른들 말하
는데 대카로(대꾸를) 하면 몬 산다꼬. 인자 그리, 버버리 삼 년, 귀 삼 년
을 사라 캤어. 귀먹은 살림, 버버리 살림을 삼 년을 삼, 귀먹은 삼 년, 버
버리 삼 년을 육 년을 사라 캤는데, 그리 육 년을 살자 쿤께네 시집에서
너무 답답해 몬 살 것는 기라.

데꼬(데리고), 그래 참 친정에 보내줄라고 가매(가마)로 타고 데꼬 가는
데 꿩이, 그 가매 타고 가는 산고개에 꿩이 '퍼더덩' 하면서 장꿩이 날라
가더래요. 그래 하는 말이, 그 안에서, 가매 안에서,

"끄꺼등 퍼더덩 저 꿩을 잡아서 살찌고도 맛있는 데는 시아바씨 주고지
야(주고 싶고). 꽥꽥 지른 저 모가지 시어마니 주고지야. 덮어지던 두 날
개는 우리 님을 주고지야. 흘겨보자 두 눈깔은 시누년을 주고지야."

또 뭐 시동상은 뭐이더라?

"흘겨보자 두 눈깔은 시동상을 주고지야. 썩고 썩은 저 창자는 내나 묵
고 썩어지자."

그 안에서 그러쿠대래요. 그래 버버리 아이라꼬 도로 덕고(데리고) 와
서 살더래요, 그 사람들이.

그런, 그런 그석도 옛날에 있었어요.

길 잘못 내서 망한 내원사

자료코드 : 04_08_FOT_20120118_PKS_YYI_0003
조사장소 : 경상남도 산청군 삼장면 대하리 대하마을 대하경로당
조사일시 : 2012.1.18
조 사 자 : 박경수, 정규식, 이현주, 서민진, 박소영
제 보 자 : 유윤임, 여, 79세
구연상황 : 조사자가 빈대 때문에 망한 절 이야기가 없느냐고 물었더니 제보자가 그런
          얘기는 들어 본 적이 없고, 내원사가 망한 이야기는 안다고 해서 청해 들었
          다. 한참 절에 다닐 때 절에 가서 스님에게 들은 것이라 했다. 청중들도 한마
          디씩 거들어가며 들었다.
줄 거 리 : 내원사는 장군들도 사는 아주 성(盛)한 절이었다. 내원사 가는 길의 개머리덤
          이라는 곳에는 사람이 겨우 다닐 정도로 좁은 길이 있었는데, 그 길을 어느
          도사가 지나가면서 보니 절터가 너무 좋고 절이 성할 것 같았다. 심술이 난
          도사는 장군들에게 술을 마시고 개머리덤을 파서 다른 쪽으로도 길을 내야
          절이 더욱 성할 것이라고 했다. 도사가 시킨 대로 술을 마시고 개머리덤을
          파서 길을 냈더니 절이 망해버렸다. 지설(地說)에 의하면 길을 내고 나니 고
          양이가 길을 잡아먹는 형국이 되어 망한 것이다. 길을 내고 나서 절에 불이
          났는데, 불을 끄려고 물을 날라도 물이 절에까지 이르지 못하고 떨어져 버렸
          다. 결국 내원사는 불에 타서 망했다. 지금은 다시 탑도 세우고, 보수를 해서
          절이 다시 운영되고 있다.

　　내원사 절에 여게 지금 절이 지금 성해가 살거든. 옛날에, 옛날에 절
그거 안 망해서. 인자 그 괴머리덤이라 쿠는 데가 있어요. 그 건너에, 물
건네. 덤이라 쿠는 데가, 질(길)이, 사람이 제우(겨우) 대닐 정도로 질이,
그 산 질이 있었어.

　　그리 대니는 그기 있고, 이짝으로는 그 전에는 도함으로 건니가는 질은
없었고, 옛날에는. 고 고리 덤으로만 대니는 질이 있었는데. 그 장군들이

인자 절에 그 살면서 참 절이 성하고 잘 되는 기라예, 절이.

절이 잘 되는디, 무슨 도사가 와갖고 본께, 그 절터가 너무 좋고 절이 잘 된께네 심사가 났는 기라. 그래,

"이 저게 술로, 그 장군들이 술로 그 장군 술 해놓고 뭄서로(먹으면서) 그 괴머리덤을 파서 없애라."

쿠더라 캐. 없어야 저게 그 절이 더 성하고 그럴 끼라고. 질로 없애야 절이 성하지 질이 있시몬, 아, [말을 바꾸어] 질이 나몬 저게 거가 성할 끼고 질이 없, 있시몬 안 된다 쿠더라 캐. 없시몬.

그 에나는(본래는) 질이 없어야 되는 덴데. 이리 절로 가는 질은 없고 이리 내원만 가는 질이 있어야 되거든. 그때 괴머리덤이.

그래 그 소리를 듣고, 그래가 질로 없애야 되것다 싶어서 참 장군들이 술로 묵고 술로 장군술로 해놓고 뭄서로 지금 비가 오몬 거게 놋종기(놋 그릇 종지) 소리가 난다고 그 전설이 있어예. 그 놋그릇을 담가놓고 술로 떠 묵우사가지고.

그래 인자 그 질로 내고난께네, 장군들이 질로 파가, 절에 건니가는 질로 내고난께네 고마 절이 망하는 기라.

절은 저게 그 지설(地設)인데, 괴머리덤이라 쿠는 데, 괴이가(고양이가) 가서 질로 잡아묵는 택이라. 그란께 그 절이 망했는 기라. 그 질로 안 냈시몬 괘않을(괜찮을) 낀데.

그래갖고 불이 나가지고 인자 불로 끌라고 막 싹 대들께네 내원 물로 퍼대몬 절이 장디이(잔등에, 산등성이에) 그, 거하는 데 거 뭐이고, 도함으로 물이 턱 떨어지고. 도함에서 물로 퍼지면은 내원 가는 질에 떨어졌비고, 그 절에는 한 개도 안 맞더라 쿠는 기라.

그래갖고 그 도사 그 말 듣고 절이 싹 망했어. 질 그거 남서로. 옛날에 절이 억수로 잘 됐디라(되었더라) 카대. 쪼깨낸 절이라도 잘 됐다 캐.

그래가 물로 퍼지몬 내원에 가서 맞고 장대에서 퍼지몬. 내원에서 퍼지

만 이쪽에 와서 맞고. 그 불타는 그 절에는 한 개도 안 맞더라 쿠는 기라. 그래가 싹 망해삐고. 그래가 그 절이 묵었을 때이라예. 묵고 그 탑도 지금 어그러진 탑 그걸 지금 세아가(세워서) 보수로 해가 살거든. 옛날에 탑이 있었는데.

그 절 망햄서로, 그래갖고는 인자 저게, 인자는 성해요. 또 새로 그 내나 그 탑 그걸 새로 보수를 해가 그 그때 묵은 절이, 저 탑이 안주(아직) 있어요. (조사자 : 내원사 말고 안자?) 내원사예. (조사자 : 내원사예?) 하모. (조사자 : 옛날 그 돌탑 없어진 거 다시 세웠는가?) 그래. 그거 보수한 기라.

손님이 끊어져서 망한 부잣집

자료코드 : 04_08_FOT_20120118_PKS_YYI_0004
조사장소 : 경상남도 산청군 삼장면 대하리 대하마을 대하경로당
조사일시 : 2012.1.18
조 사 자 : 박경수, 정규식, 이현주, 서민진, 박소영
제 보 자 : 유윤임, 여, 79세
구연상황 : 내원사가 망한 이야기를 하고 나서, 조사자가 부잣집이나 절이, 손님이 너무 와서 망한 이야기도 있지 않느냐고 물어 청했다. 제보자가 손님이 끊어 절이 망한 얘기는 모르고 손이 끊어져 부잣집이 망한 이야기는 안다며 구연하였다.
줄 거 리 : 손님이 많은 부잣집이 있었다. 항상 손님이 많으니 안주인이 손님들을 대접하려니 너무 귀찮았다. 어떻게 하면 손님이 오지 않을 수 있는지를 물었더니 날마다 재를 치고 머리를 빗으라고 했다. 그 말대로 하였더니 손님이 끊어지면서 집도 망해버렸다.

옛날 부잣집이 손이 너무 끓고, 부잣집 캐도 참 뭐 부잣집에는 손끝으로 살고 없는 하인들은 발끝으로 산다꼬 말이 있다 아이예.

그래가 인자 참 끓이(끓여) 낼 건 없고 노인들은 아랫방 거어 있음시로

온 손은 다 모이들고 그런께네, 얼마나 귀찮고 그석하던지,

"우쩨서 손이 좀 작게 오고 살까냐고? 손이 와서 살까냐?"

산께네, 그래,

"조금조금 재로 치고 패일패일 머리 빗고 그리 하몬 인자 손이 작게 온다."

쿤께네, 참 그리 한께네 살림이 싹 망해삐께 손이 안 오더라 안쿠요. 하모. 부잣집에, 옛날 부잣집이. 손이 끓으면 사람도 끓고 손도 끓고 해야 부잣집이지. 사람이 안 오면 무슨 부자가 있소.

제삿밥을 정성을 다해 차려야 하는 이유

자료코드 : 04_08_FOT_20120118_PKS_LBS_0001
조사장소 : 경상남도 산청군 삼장면 대포리 후천마을 후천경로당
조사일시 : 2012.1.18
조 사 자 : 박경수, 정규식, 이현주, 서민진, 박소영
제 보 자 : 이복순, 여, 77세
구연상황 : 조말순 할머니와 같이 몇 년 전 조사에도 적극적으로 참여한 조화순 할머니를 만나러 경로당으로 갔다. 찾아온 취지를 얘기하고 귀신 이야기를 하나 해달라 했더니 옆에 있던 제보자가 자기 이야기는 녹음은 하지 말고 듣기만 하라하면서 이 이야기를 했다.
줄 거 리 : 제사를 지내고 나서 꿈을 꾸었는데, 할아버지가 나와 제삿밥에 구렁이를 올려놨다고 나무라셨다. 놀라서 깨어 부엌으로 가서 밥을 살펴보았더니 정말로 밥 위에 머리카락이 얹혀 있었다. 조상이 우리 눈에는 보이지 않지만 다 보고 계시므로 제사는 정말 정갈한 마음으로 정성을 다해야 한다.

옛날에 부모를 인자 세상을 베리몬 제사를 안 모십니까? 제사를 모시는 데 이 참 음석같은(음식 같은) 건 참 정갈하게 해야 되거든.

그라몬 옛날에는 우리 죽어서도 머리캐이(머리카락이) 없어 좀 간간이 진(긴) 머리도 있지만 들어가몬 아무리 좋은 음석도 보면 좀 안 좋거든.

그 음석에 들어가곤. (조사자 : 그렇지예. 그렇지예.)

차라리 뭐 참 거한 거 같으몬 되는데, 머리카락 겉은 거 참 안 좋아. 머리띠로 대이도. 그렇는데, (청중 : 귀신 눈에는 그기 구래이로(구렁이로) 비이는 기라.) 하모. 그런께 인자, 제사상에 내가 인자 거하게 해 참 저녁때 채리났는데, 그 집에 꿈을 꾸께네, 제사를 모시고 나서. 꿈을 꾸께네로 저 웃대 할아버진가 그거는 모르겠고. 그래 와가지고 하시는 말씀이 꿈에 선몽을 댔어. 나도 그거 어른한테 들은 소린데, 그래갖고,

"너거, 너거가 우째 했걸래 내 저 저게 내 밥그르다(밥그릇에다) 구리를 얹어놨네?"

일캤거든. (조사자 : 응, 꿈에.) 응. 그래서 인자 놀래서 그 인자 밥을 담으면 한 그릇은 우에다 높은데 얹거든. 얹고 있다가 내라가 그 밥을 인자 물 감아 먹거든. 누구 집 없이 그거는 제사 모신 분은 다 그래. 교회 믿는 사람들은 그거 필요없지만은도. 그래서 인자 참 어떤,

(청중 : 키큰 며느리 볼라고. 그래 높은 선반에 올리났어.)

응. 어떤 씻어서 인자 참 묏비(제삿밥)는 한 그릇 비비(비벼) 무뻤고, 인자 한 그릇 있는데 그 묏비 인자 조사를 한 기라. 왜 우리 저저 어른이, 부모들이 저러쿠시는고 싶어서. 참 머리캐락이 솜털로 해가 딱 우에 얹혀 있더래요.

그래갖고 조상이 없다 소리도 못하고, 있다 소리도 못하고. 그래 분명히 조상은 있는 기다 이래갖고, 인자 어른들이 뭐이다가 제삿밥이 다하몬 마음을 정직하이 묵고 깨끗이 해라. 눈에, 너거 눈에는 안 보이도 그 사람들이 다 우에서, 이리 떠대니든 밑에 다 보이고 다 하기 때문에 벌로(일부로, 성의없이) 하면 안 된다고 어른들이 그래 시킸는 기라.

부인 때문에 효를 다하지 못한 효자

자료코드 : 04_08_FOT_20120118_PKS_LBS_0002
조사장소 : 경상남도 산청군 삼장면 대포리 후천마을 후천경로당
조사일시 : 2012.1.18
조 사 자 : 박경수, 정규식, 이현주, 서민진, 박소영
제 보 자 : 이복순, 여, 77세
구연상황 : 조화순 할머니가 '하늘이 낸 효부 효자'의 구연을 마치니 가만히 듣고 있던
　　　　　 제보자가 아들이 보는, 전래동화책에서 본 이야기라며 다음 이야기를 했다.
줄 거 리 : 어느 효자의 어머니가 병이 들었다. 도사가 나타나 개를 천 마리 구해서 먹
　　　　　 이면 병이 나을 수 있을 것이라 하여 동네 개를 구해다 먹였다. 999마리의
　　　　　 개를 먹고 딱 한 마리가 남았는데, 그날 효자의 부인이 남편이 개를 어떻
　　　　　 게 구해오는지 궁금하여 몰래 엿보았다. 밤이 되니 남편이 집 뒤의 담을 넘
　　　　　 어가 책을 펴고 주문을 외더니 산신령(호랑이)으로 변해 개를 잡아오는 것이
　　　　　 었다. 그런 남편이 무서워서 부인은 책을 불에 태워 없애버렸다. 남편이 아버
　　　　　 지 묘에 가서 호랑이인 채로 죽어버렸다.

　　옛날에 저게 부모한테 너무너무 호도했어(효도했어). 이분이. 너무너무
호도해갖고 참 인자 이래가 사는데, 고마 부모가 뱅이(병이) 들어뺐어. 그
래 뱅이 들었는데, 어느 도사가 하는 말씀이,

　　"저 자네 그렇게 부모한티, 저저 효잔데, 내 시킨대로 할래?"

　　이라거든. 그런께네로,

　　"한다."

　　캤거든.

　　"뭐인 짓이라도 우리 부모한테 좋다 쿠먼은 한다."

　　캤거든. 그래논께네 안자,

　　"그건 참 어럽운데(어려운데)."

　　쿤께,

　　"어럽어도 꼭 한다."

　　캤거든.

"그라몬 개로 천 마리로 구해라."

쿠는 기라. (조사자 : 개를 천 마리로?)

"개로 천 마리로 구해다 해 믹이라."

쿠는 기라. 부모를 해 믹이라고. 뭐 온 동네 옆에 삼 이우지(이웃에) 마 개로 씨를 몰라뻬는 기라. 그런게 옆에서 뭐 난리날 것 아입니꺼? 하루 저녁 나면 개가 없어지뻬고, 하루 저녁 자면 개가 없어지뻬고, 자꾸 개가 없어진께데로.

그래갖고 인자 한 마리 딱 구하몬 딱 되는디, 그래 자기 마누래 본께로 한밤중 되몬 가모 영감이 가서 개로 한 바리 마당에 툭 떨어트리고, 또 또 마 개로 한 마리 갖다 툭 떨어뜨리고 갖다 자꾸 떨어뜨리거든. 그래 마누래가 막, 그 마누래 안 될라고 그리 된 기라. 그래갖고 마누래가 막 얏봔(엿본) 기라. 얏을 봤는데,

(조사자 : 얏, 무슨 네?)

밤에 나가서 그란께, 인자 신랑 나간 걸 얏을 봤어 인자. 멀리 가서 인자 (조사자 : 엿보네.) 하모. 뒷 조사를 한 기라. 그래 가만히 본께노로 집 뒤에 돌아가더마는 밭이나 담을 뛰어가더마는 요런 책을 내는 기라.

'조 놈의 책을 내가지고 뭐하는 긴고?' 가만히 들은께, 고 책을 갖고 주문을 외우는 기라. 주문을 외우더만 큰 산신령이 되이뻬(돼버려). 저거 신랑이. 산신령이 되는디, (청중 : 그래 인자 개를 잡아와 날랐네.) 응. 그래가 개로 마 온 동네 개로 씨로 마르는 기라. 그래 그래가 또 주문을 외우면 고마, 고마 또 생떼 같은 사람이 되이뻬.

그래 자기 집에 방에 들어간께네 대체 그라몬 안 무섭것나 그제? 그래가지고 언자 들어온께네로, 이 부인이 안 되겠다서(되겠다 싶어서), '그래 내 저 책을 없애뻬리야지 안 된다.' 싶어서 마 책을 갖다 불에 태아뻬렀어.

그래 이, 인자 개를 또 잡아 또 왔는디 마당에 붙이놓고 본께 담을 넘

어 오는데 책이 없거든. 그렇게 아바이 묏등에 가서 고마 벅수로 넘고 죽어삤어.

그래갖고 죽은께, 죽은 그거 몬 벗고, 몬 벗고 호랭이가 돼가 고 앞에 묏등, 산소에서 죽어삤어. 그렇게 마누래 혼자 딱 고대로 돼삤어. 그렇게 마누래가 안 봐야 될 낀데 고것만 가 오몬 자기는 큰 거식이 되고, 난주(나중에) 큰 거식이 될 낀디 마누라 때문에 조지삤어.

호랑이를 형님 삼아 잘 살게 된 사냥꾼

자료코드 : 04_08_FOT_20120118_PKS_JMS_0001
조사장소 : 경상남도 산청군 삼장면 대포리 후천마을 후천경로당
조사일시 : 2012.1.18
조 사 자 : 박경수, 정규식, 이현주, 서민진, 박소영
제 보 자 : 조말순, 여, 75세
구연상황 : 『산청의 민담집』에서 조말순 할머니가 구연한 자료들을 확인하고, 제보자의 집을 방문하였다. 조사자들이 방문했을 때 아궁이에서 불을 때고 있었는데, 처음에는 바쁘다고 이야기하기를 거부했다. 조사자의 거듭된 요청에 마침내 이야기를 하기 시작했다. 다음 이야기는 조사자가 호랑이 얘기 하나 해 달라고 했더니 구술한 것이다. 어릴 때 어른들에게 들은 것이라 했다.
줄 거 리 : 옛날 산골에 홀어머니와 아들이 살고 있었다. 아들이 사냥을 하여 먹고 살았는데, 하루는 사냥을 하다 호랑이가 나타나 아들을 잡아먹으려 하였다. 아들이 기지를 발휘하여 호랑이에게 잃어버린 형님을 만났다며 반기고, 어머니가 먹을 것이 없어 돌아가시겠다고 말했다. 호랑이가 그날부터 어머니와 동생을 위해 온갖 짐승들을 잡아다 주었다. 아들은 기지로 호식당할 위기를 면하고 어머니와 함께 그 짐승들을 양식으로 먹고 잘 살았다.

옛날에 저 산골에 어마이하고 아들하고 살았는데, 아무것도 없어, 물기(먹을 것이). 물 기 없어가지고 인자 만날 아들이 인자 저 사냥을 하로 댕기는 기라.

그래 댕기는디, 그래 사냥 하로 갔는디, 아이고, 참 호래이를 만냈거든. 말 큰 호래이가 참 불호래이가 그 나타나갖고 자물라 쿤단 말야, 이 사람을. 그래 그 인자 그 사냥 하로 가서 꾀로 낸 기라.

"아이고, 고마 형님 오이(어디) 갔다 인자 나타났느냐고? 아이고 어머이가 여 아무것도 물 것도 없고 그래가 뭐, 그래갖고 굶어서 다 죽것다."

고 언자 그 언자 그 사냥꾼이 글(그렇게) 캤거든. 그란께네 자물라 카다가 호랭이가 참 가만히 앉아가 있다가 생각을 한 기라. 그래 안 자묵고 그래 집에 도로 돌아왔어.

그래 인자 그날 저녁에 늪우잔께네 큰 산돼지를 한 바리 잡아갖고 그래 인자 주 그 마다다(마당에다) 집어 떤졌더라 쿠대. (조사자 : 어어, 호랑이가?) 호래이가 인자 갖다가 인자 저거 옴마(엄마) 인자 해주라꼬. 그래 그래갖고 그 질로 그래갖고 또 노루도 잡아다주고, 뭐 산짐승을 잡아서 인자 물 거를 대주는 기라. 호랭이가.

그래가 묵고 그래 잘살았다고 내나 그렇거든. 내나 그런 얘기 해줬제.

부자 과부에게 장가든 머슴

자료코드 : 04_08_FOT_20120118_PKS_JMS_0002
조사장소 : 경상남도 산청군 삼장면 대포리 후천마을 후천경로당
조사일시 : 2012.1.18
조 사 자 : 박경수, 정규식, 이현주, 서민진, 박소영
제 보 자 : 조말순, 여, 75세
구연상황 : '호랑이를 형님 삼아 잘 살게 된 사냥꾼' 이야기를 구술한 후 이어서 조사자가 재주로 부자 과부에게 장가든 머슴 이야기가 있지 않느냐고 물었더니 다음 이야기를 시작했다. 어렸을 때 어른들에게 들은 이야기라 하였고 이야기를 마치고는 싱겁다고 웃었다.
줄 거 리 : 한 머슴이 부자 과부에게 장가를 가기 위해 꾀를 내었다. 그 집에 머슴살이를 하러 가서는 새경은 필요 없고, 밥만 먹여주고 초가 떨어지지 않도록 대

어 달라고 하였다. 그러고는 몇 달을 밤마다 촛불을 켜 놓고 있었는데, 과부가 궁금하여 머슴의 방을 몰래 엿보았다. 그랬더니 머슴이 촛불을 켜 놓고 옷을 모두 벗은 채 자고 있었다. 몰래 얼마 간 지켜보던 과부가 마음이 동하여 머슴과 접촉을 하게 되었다. 결국 머슴은 부자 과부에게 장가들어 과부의 재산까지 차지하여 잘 먹고 잘 살았다.

옛날에 부자가 참 부자더라 캐. 부잔디, 그 과부로 아무도 몬 꼬우는(꾀는) 기라 고마. 꼬을 사람이 몬 꼬우는 기라. 그래 한 사람이 가만히 생각을 하고 있다가, 머슴살이로 몬 구하는 기라 그 집에. 겁이 나서.

그래 인자 한 사람이, '아이 그라몬 내가 가야 되겠다.'고. 그래 가가지고 인자 과부한테 이러쿤께네,

"내는 새경도 필요도 없고 고마 일만 하고 밥만 미주고(먹여주고), 초 한 달에, 초 그기나 저저 안 떨어지고, 안 떨어지도록 잇아도라."

캤다 쿠대. 잇아도라 그란께네, 참 뭐 새경도 안 받을라 쿠제 그 비미(오죽) 좋나. 그 인자 과부가, 그래가 인자 촛불로, 인자 초만 대도라 캤거든. 마, 초마 안 떨어지구로. 그래 인자 '무슨 일이고?' 싶어서 인자 초를 대주는 기라.

그래 인자 저녁마다 인자 촛불로 써놓는 기라. 밤새도록 날새도록까지. 그래 한 달 가고 두 달 가고 과부가 궁금한 거 아인가베. 불만 써놓고 저 뭐 하는고 싶어사서. 그래가 인자 과부가 하루 저녁 디다본(들여다본) 기라. [웃음]

인자 뭐하는고 싶어사서 불만, 촛불만 대도로코 그래 한께네, 서너 달 있다 디다본께네, 그래 옷을 할딱 해벗고 촛불만 당-그라이 써놓고, 그래가 누우자더라 쿠대.

그래 뭐 그래가 인자 한 달 가고 두 달 가고 그란께, 이상시럽운까네(이상스러우니까) 인자 과부가 인자 접촉할 꺼 아인가베. 인자 그 머슴을. 그래가 인자, 그래가 인자 저 과부를 고마 꼬아냄깄어(꾀어 넘겼어). 그

머슴이. 그래갖고 부자로 그리 잘 사더란다. 거서. 그 머슴 들어가지고. 그 재산 싹 다하고, 그 마누래 삼고, 그래가 잘 살았다 쿠대.

우리도 쪼깰(조그만 할) 때 들었어, 내도. (조사자 : 머슴이 머리를 잘 썼네.) 머리 잘 썼지. 하모. 새경도 필요도 없다 캤거든. 초마 고마 대도라 캐, 촛불만. 초만. 그래가 들었제. [웃음]

손자 보려다 수제비 망친 할머니

자료코드 : 04_08_FOT_20120118_PKS_JMS_0003
조사장소 : 경상남도 산청군 삼장면 대포리 후천마을 후천경로당
조사일시 : 2012.1.18
조 사 자 : 박경수, 정규식, 이현주, 서민진, 박소영
제 보 자 : 조말순, 여, 75세
구연상황 : '꾀를 내어 부자 과부한테 장가 든 머슴'이야기를 하고 나서 바로 이어서 생각난 듯 이 이야기를 하셨다.
줄 거 리 : 좀 모자란 아들 하나를 둔 할머니가 아들을 장가보냈는데, 아무리 기다려도 손자를 볼 기미가 없었다. 하루는 아들이 머슴들에게 가서 아이가 생기는 법을 배워 와서 그날 저녁 부인과 함께 자는데, 그것을 보고 할머니는 드디어 손자를 보겠구나 싶어 너무 좋았다. 수제비를 끓이면서 아들 내외의 합궁을 지켜보다 밀가루 반죽을 엉뚱한 곳에 뜯어 넣었다.

할마이가 독신 아들을 돓어(두었어). 그래가 인자 며느리를 봤는디, 이전에는 뭐 참 반피(바보) 아이가 사람이. 그놈의 손자를 봐야 될낀데 이놈의것 세사(세상에) 손자 볼 기미가 있나. 반피가 되논께 그 그석할 줄도 모르고. 그래가 오이 인자 머슴들한테 가가지고, 인자 오이 그래가 그 우찌 그랬는가 알았는가 어쨌는공.

그래갖고 아레 청때(점심 때), 그 저녁 때, 둘이 그래 누우자더란다. 며느리하고 저저 아들하고. 그래 이 할마이가 수제비를 해갖고 인자 밀가루

정성을 다하는 제사에 가는 귀신

자료코드 : 04_08_FOT_20120118_PKS_JHS_0001
조사장소 : 경상남도 산청군 삼장면 대포리 후천마을 후천경로당
조사일시 : 2012.1.18
조 사 자 : 박경수, 정규식, 이현주, 서민진, 박소영
제 보 자 : 조화순, 여, 76세
구연상황 : 이복순 할머니가 <제삿밥을 정성을 다해 차려야 하는 이유>를 구연하고 나
　　　　　서 조사자가 제보자에게도 귀신 이야기를 요청했다. 기억이 잘 나지 않는다
　　　　　하였으나 금방 기억해내고 다음 이야기를 했다.
줄 거 리 : 큰아들은 못 살고 작은아들은 잘 살았다. 큰아들이 제사를 모시기가 어렵게
　　　　　되자 작은아들이 제사를 가져갔다. 제삿날이 되어 작은아들은 제사상을 거하
　　　　　게 차려놓고 지내고, 큰아들은 조기 한 마리에 물 한 그릇을 놓고 소박하게
　　　　　지내지만 정성을 다했다. 조상은 정성을 다하는 큰아들 집에 가서 제사를 받
　　　　　고 큰아들을 잘 살게 도와주었다.

　　귀신은 있다 소리도 몬 하고 없다 소리도 몬 해요. 없다 소리도 몬 하
고 있다 소리도 몬 하고. 그래도 좀 우리들 느낌에 귀신은 있긴 있는가
보래요. 함(아무렴) 있긴 있어.

　　뭐꼬 아들, 큰아들은 못 살고, 작은 아들은 억수로 잘 사는데, 그래 인
자 제사로 인자 작은집에서 잘 산께네 모시(모셔) 갔어.

　　제사를 모시 갔는데, 작은아들은 억수로 잘 산께네 막 소 잡아놓고 거
룩하게 그리 막 지내고. 그래서 인자 제사를 뺏기고난께네노 큰집에서 큰
아들이 좀 마음이 아프거든.

　　한날 저녁에 인자 자기는 인자 도치(도끼)로 장작을 패갖고, 벌이갖고,
인자 참 조구(조기) 한 마리 사다가 그래갖고 인자 참 제사를 지냈는데,
그것도 인자 아무것도, 옛날에는 뭐 물 까(먹을 것이) 있었나.

　　그래논께네 인자 도치 그런 게 있어야, 뭣이고 뭐꼬 장작을 패갖고 제
사 장을 봐가 올낀데, 도치 그 놈을 싹싹 갈아가꼴랑은 옛날에는, 요새는
저 저게 양푼이고 뭐 그렇지마는 옛날에는 통, 옛날에 통 안 있나 와? (조

사자 : 응-.) 장군도 통이고. 통에 그따다 물 한 그릇썩 갖다놓고, 그걸 탁 이리 걸치 놓고. 아무것도 마 밥도 해 놓을 끼 없고, 이래서 그걸 인자 이 래 해놓골랑은 절로 한 기라. 제사를 지낸 기라.

제사를 지낸께노, 참 정신(정성)이 지극하면, 찬물 한 그릇 떠놔도 정신 지극한 데 거 와서 자시는 기라. 아무리 마이(많이) 억수로 채리놔도 정신 이 부실하몬 제삿밥 안 자시오. 산사람도 내나 안 그렇소? 마 내 마음에 서 우러나야 뭣이고 부모도 그렇지, 뭐 건성으로 뭐 잘한다꼬 이래갖고는 맘이 안 끌리는 기거든.

이런께노 그래 참 그래 해준께노 귀신이 있어가꼴랑은 거 없는 큰아들 로 갖다 도와가지고 잘 사더라 캐.

(조사자 : 음, 아, 그렇구나. 그러면 작은집에서 제사 지내도 그 정성을 안 들였던 모양이네?) 정성 안 들이지, 하모. 아무래도 있다고 (조사자 : 많이하고 또 다르네.) 하모, 많이만 해놓고 마 이리이리 한께노.

그래갖고 (조사자 : 그쪽으로 안 갔네?) 하모, 그래갖고 인자 제사 모시 몬 인자 이리 저 저게 맨 뒤에 인자 바깥에다가 그석을 그거 안 놓소? (청중 : 물밥을.) 물밥을. 그 인자 옆에 인자 친구들이 온대요. 친구들이 오 몬 인자 그 같이 인자 무라꼬. 그래 인자 물밥 겉은 그런 걸 바깥에다 인 자 부어놓고.

백여우 여동생을 피한 오빠

자료코드 : 04_08_FOT_20120118_PKS_JHS_0002
조사장소 : 경상남도 산청군 삼장면 대포리 후천마을 후천경로당
조사일시 : 2012.1.18
조 사 자 : 박경수, 정규식, 이현주, 서민진, 박소영
제 보 자 : 조화순, 여, 76세

구연상황 : 조사자가 풍수 이야기라든지 원수는 관상 보면 안다는 이야기, 여우 이야기 등이 있지 않느냐고 하면서 이야기를 유도를 했다. 제보자가 여우가 낮에는 사람이고 밤중에 벅수를 넘는 이야기가 있다고 해서 처음부터 제대로 구연을 해달라고 요청하였다. 전설에 있는 이야기라고 했다.

줄 거 리 : 어느 집에 아들 삼형제와 딸 하나가 있었는다. 살다보니 부모님도 없어지고, 오빠 둘도 없어졌다. 백여우인 여동생이 모두 잡아먹었다. 막내 오빠가 몰래 숨어서 여동생을 지켜보다가 여동생이 백여우라는 것을 알게 되었다. 오빠는 동생이 자신마저 잡아먹으려 한다는 것을 알고 아주 멀리 이사를 가서 자손을 퍼뜨려서 살았다.

옛날에 저 저게 딸 하나고 아들 삼형제로 키왔는데, 딸은 하나가 되는 께 인자 금이야 옥이야 이래 키았는데, 이래저래 살다보몬 오래비가 없이 지삐리. 저거 오빠가 없어지삐리. 없어지삐리고 그래 인자 삼형젠데 둘로 자무뺐어요.

낮으로는, 낮으로는 사람이라. 딱 한밤중 넘어가몬 딱 나가가 지킨 기라 그게. 저 저 저거 하나 남은 저거 저 오래비가. 인자 딱 인자 딱 밤중에 딱 나가서 사사살살 따라간께노 이리 벅수를 이리 넘더만은 고마 백야시 여우가 되더라요.

그런께네 저거 오래비인가 숨어가 가삐고 없는데, 밤에 없거등? 그래, 싹 오몬 고마 또 지 동생이라 고마.

고마 오몬 고마 옷을 싹 고마 딱 동생겉이 고마 그래가 뷔고, 한밤중 넘으몬 또 나가가 그래 저 오메 저거 아버지 다 자묵고 저거 오래비 둘이 다 잡아묵고 하나 남았는데, 하나 그기 인자 그래갖고 그거만 놔두고, 인자 딸 그거만, 저 뭐 동생 그거만 놔두고 천리 막 이사를 가가지고 그래 인자 종자로 퍼자가(퍼뜨려서) 살았어요.

옛날에는 백야시가, 요새는 백야시가 없지만은 옛날에는 백야시가 있었어.

처녀귀신 면해준 머슴

자료코드 : 04_08_FOT_20120118_PKS_JHS_0003
조사장소 : 경상남도 산청군 삼장면 대포리 후천마을 후천경로당
조사일시 : 2012.1.18
조 사 자 : 박경수, 정규식, 이현주, 서민진, 박소영
제 보 자 : 조화순, 여, 76세

구연상황 : '까치 구해주고 목숨 구한 선비' 이야기를 하고 나서 제보자가 두꺼비와 지
　　　　　네가 싸운 이야기가 있지 않느냐고 했더니 모른다 하고, 바로 다음 이야기를
　　　　　구술하였다.
줄 거 리 : 홍수가 나서 처녀가 물에 휩쓸려 죽었다. 머슴 하나가 처녀가 알몸이 되어
　　　　　물가에 걸려 있는 것을 보고 따뜻한 곳에 뉘어 놓고 관계하였다. 그런 다음
　　　　　양지바른 곳에 묻어 주었다. 처녀 몸을 면해주고 양지에 묻어 주니 처녀의
　　　　　혼이 그 보답으로 머슴을 부자로 잘 살게 해주었다.

　옛날에 인자 저 또 저저 대수가 졌는데, 물에 인자 떠내려가거든 아가
씨 저저 처녀. 머리가 넝청하이 떠내리가는데 고마 물에 다 뜯기갖꿀랑
싹 고마 다 뜯기뺐어.

　다 뜯기갖고 고마 알몸이 돼가 있는 기라. 알몸이 돼갖고 인자 섬에 떠
내리가도 인자 물에 빠져논께 저편에 다 이리 저 저게 걸리가 있거든.

　그래 옛날에는 넘의집 머슴 그거 뭐 지 집 건성이나 하고 장개나 갔나.
그래 인자 그 아가씨로 디다보다가 양달에 갖다 놓골랑은 그 인자, 그래
하문(한 번) 면해줬어. 처녀귀신을 면해주논께노, 그래 인자 좋은 데 가서
파가지고 인자 양달에 가서 묻어줬다고.

　그기 은혜 해가지고 지 처자로 면해줬다고, 처자줬다고 은혜로 해가지
고 그리 부자가 되더라요.

　그런께네 처녀가 처녀로 죽으몬 평생에 저 저게 뭣이고 처녀로 돼가
있다 아이가. 처녀로 돼가 있는데, 그 총각이, 총객이 가서 죽은 몸이라도
갓 죽어논께로, 그런께노 한 번 그거로 해갖고랑은 처녀몸을 면해준 기라.
면해줘논께노 그래 인자 양달에 갖다 묻어줘놓고. 은혜로 해가지고 그리

잘 살더래요.

강피 훑을 팔자의 부인

자료코드 : 04_08_FOT_20120118_PKS_JHS_0004
조사장소 : 경상남도 산청군 삼장면 대포리 후천마을 후천경로당
조사일시 : 2012.1.18
조 사 자 : 박경수, 정규식, 이현주, 서민진, 박소영
제 보 자 : 조화순, 여, 76세
구연상황 : 시집살이 노래를 부르고 나서 자연스럽게 이어 이 이야기를 구연하였다.
줄 거 리 : 공부만 하는 남편과 강피를 훑어 먹고 살던 부인이 있었다. 부인은 가난을 못 참고 도망을 가고, 남편은 계속 열심히 공부를 하여 마침내는 감사가 되었다. 어사화를 쓰고 내려오다가 멀리 들에서 강피를 훑고 있는 도망간 부인을 보았다. 부인이 종이라도 좋으니 데려가라 하였으나 남편이 뿌리치고 말을 타고 가버렸다. 부인은 나막신을 신고 쫓아가다 어딘가에 엎어져서 죽고 말았다.

옛날에는 저저 진사 감사 인자 이기제? 그래 뭣이고 사시[四時]로 공부만 하고 있는 기라. 남편이. 자기는 비가 와서 가서 참 '갱 너르고 책 너른 들에 갱피 훑는 저 부인아' 일캤는데(이렇게 했는데), 그래 인자 가서 인자 피로 훑어가지고, 뭐 옛날에는 물 끼(먹을 것이) 없었거든.

부자집이 인자, 부자집이 인자 논에 가서 피 그거 내삔다 아이요? 피 요놈을 훑어가 와가지고 집에 와서 볶아갖고 갈아가 죽을 끼리(끓여) 주면 그걸 묵고 신랑이라 쿠는 사람들은 사시로 앉아 공부만 하는 기라.

이리 공부만 하고 있은께노 하리는(하루는) 피로 훑어온게 비가, 소내기가 와가지고 피 덕석이 싹 다 떠내려가삤어. 싹 떠내려가삐도 또 공부만 하고 있는 기라. 그래논께 마 이기 각시가 마 도망을 가삤어. '저기 신랑 바래갖고는 내가 몬 살겠다.' 쿠면서.

인자 가뼜는데, 이 사람 공부를 해가지고, 옛날에 벼슬 아이요? 가서 인자 참 뭐 그 뭐꼬, 이래 막 씌고[63] 큰 벼슬 해가 왔는 기라. 저저 공부를 해가지고 인자 뭣이고? (조사자 : 과거 급제해서.) 하모. 과거 급제해가지고 인자 그래가 온께노, 말로 타고 인자 과거 급제해가 온께노, 히떡 치다 본께노 인자 '너른 들에 참 갱피 훑는 저 부인아.' 인자, 너른 들에 인자 갱피를 훑어 담거든. 담은께노 그래, 그래 인자 저거 마누래보고 글캤어 (그렇게 했어). 뭐꼬?

"간 디 족족 갱피 훑는 저 부인아, 니는 간 디 족족 갱피 훑나? 나는 진사 감사 내 해가 온다."

이러큰께네,

"두 벌 종도 내갈라요, 세 벌 종도 내갈라요."

따라갈라고 인자 붙이거든. 그런께네,

"세 벌 종도 내사 싫고, 네 벌 종도 내사 싫은께 니는 니대로 가라."

쿠고 그래가 오더라요. [웃음]

(청중 : 나막신을 신고 따라갈라 쿠데. 따라가다가 엎어지 죽어뼸어. 나막신을 신어가 따라갈 수가 있나. 이리이리 가는데. 옛날에 우리 나막신을 봤거든. 나막신이 있었거든. 그걸 신고 걸어간께 말 탄 사람을 따라갈 수가 있나. 그래 가다가 그 사람을 엎어지 죽어뼸어.)

하늘이 내는 효부 효자

자료코드 : 04_08_FOT_20120118_PKS_JHS_0005
조사장소 : 경상남도 산청군 삼장면 대포리 후천마을 후천경로당
조사일시 : 2012.1.18
조 사 자 : 박경수, 정규식, 이현주, 서민진, 박소영

---

63) 과거에 급제한 사람이 쓰는, 어사화를 꽂은 복두를 말함.

제 보 자 : 조화순, 여, 76세

구연상황 : 제보자가 이 마을에 효부 효자 얘기가 있느냐고 물었다. 이 마을에는 없다
하고 잠시 생각하더니 이 이야기를 해주었다.

줄 거 리 : 홀아버지를 모시고 사는 아들이 있었는데 아버지가 병에 걸렸다. 인삼을 구
하면 병이 나을 것인데, 추운 겨울이라 인삼을 구할 도리가 없었다. 산신령이
나타나 인삼 있는 곳을 일러 주어 인삼을 찾아 부모에게 먹여 병을 낫게 하
였다.

효부효자는, 부모한테 효부효자는 호랭이도 안 물어가요. 부모한테 효
부효자는. (조사자 : 무슨 이야기가 있는가예?) 이야기 있지, 그거는.

부모한테 효부효자는 뭣이고 호랑이도 뭣이고 그거로 인자 인삼겉은
걸 구해로 갔거든.

인자 저거가 아부지가 인자 몸속에 병이 들어갖고, 병이 들어가 있는
데, 그래 그 오동지 섣달에 가서 그 인삼을 어디 가서 구해가 올끼고.

그래도 인자 응강(워낙) 효부가 돼 놓으면 저저, 거기 인자 산신령이라
쿠까, 딱 도와줘.

그래갖고 오이(어디) 가서 꽃이나 피가 있든가, 뭣을 나무가, 거석[巨石]
이 서가 있던가 하몬, 가서 그걸 따가 와보몬, 저 저게 뭐고? 녹용, 뭣이
인삼, 하모 산삼. 산삼 그거로 해 믹이면(먹이면) 낳고 이리 해요.

부모한테 효부효자는 하늘에서 만들지, 내 마음만으로는 안 된다. 하늘
에서 만들어.

바위에 빈 덕분에 남편 살린 부인

자료코드 : 04_08_FOT_20120118_PKS_JHS_0006

조사장소 : 경상남도 산청군 삼장면 대포리 후천마을 후천경로당

조사일시 : 2012.1.18

조 사 자 : 박경수, 정규식, 이현주, 서민진, 박소영

제 보 자 : 조화순, 여, 76세

구연상황 : 이복순 할머니가 <부인 때문에 효를 다하지 못한 효자>를 마치기가 무섭게
제보자가 이어서 다음 이야기를 구술하였다.

줄 거 리 : 가난한 집의 딸이 밥을 얻어먹으러 다니며 살았다. 늘 밥을 얻으러 가는 길
에 돌에 절을 하며 배부르게 살 수 있게 해달라고 기도하였다. 시간이 흘러
성장하여 처녀가 되어 중매가 들어와 시집을 갔다. 신랑은 탄광에서 일을 하
는 사람이었다. 하루는 도사가 지나가면서 각시를 보고 혀를 차며 곧 신랑이
죽을 것이라고 했다. 부인은 무슨 일이라도 할 테니 남편을 살릴 방법을 알
려 달라고 하였다. 도사는 부인에게 정해진 날짜에 옷을 모두 벗고 지붕에
올라가 춤을 추라고 했다. 도사가 시키는 대로 하였더니 신랑이 탄광에서 일
하다가 각시를 때려죽인다고 나오는데, 나오자마자 탄광이 무너졌다. 탄광에
있던 사람들은 다 죽고 신랑만 살아남게 되었다. 도사는 부인이 기도했던 돌
이 변신한 것이었다.

옛날에 저저게 아무것도 없이 사는데, 아무것도 없는 기라. 밥을, 밥을
못, 옛날에는 그리 했거든. 그래 밥 얻으러 가면서 돌팍에(돌멩이에) 쪼깨
난 아가 밥 얻으러 가면서 그 돌팍에다 딱 절로 하고 가는 기라.

'내 밥만, 좀 배부르도록 좀 해도라.'고 돌팍에다 이리 기도로 드리고,
가서 밥 얻어와서 저거 주메, 저거 아버지로 갖다 미고, 이리 갖다 미고
하는데, 그래 인자 좀 어북(제법) 능청하이 처녀가 되거로 컸는데, 그래
중매가 들어왔어요.

중매가 들어 와가지고 아가 그리 되논께 곱게 컸제. 곱게 커갖고 중매
가 들어 와가지고 참 시집을 갔는데, 그냥 짧이묵그로는 갔는데, 그래 옛
날, 요새도 그 탕(탄광) 칼 끼다 아매(아마). 탕. 탕. 탕 캤는데 인자 들어
가 저거 신랑이 들어가서 인자 그 벌이는데, 그래 한 분은 도사가 지나가
면서 쎄를(혀를) 끌끌 차거든. 저저 그 각시를 보고. 그래,

"와 그라냐?"

이러쿤께노,

"아무 날 아무 시에 저게 뭣이고, 죽을 끼라."

쿠드라 캐. 신랑이. 신랑이 죽을 낀데, 그래 그라몬 고마 이래 막 발로 갖다 맹그러뜨리면서는, 거머 잡으면서는,

"내가 무슨 짓이라도 다 할낀께노, 우리 신랑만 살리도라."

이러 쿠더란다. 그런께네 인자 그 도사가,

"그건 애럽은데요(어려운데요)."

쿠면서는 안 갈차줘요.

"오만 짓을 내가 다 해도 우리 신랑만 살리주몬 내가 한다."

고 해논께노, 그 인자 방구(바위) 그기 도사가 돼서 인자 나타난 기라. 방구 그기. 그래갖고 인자 물은께노 그래 인자,

"아무 날 아무 시에, 몇 시에 할딱해서 벗고 옷 한 가지도 입지 말고 벗고."

옛날에 그 지붕 아이요? 지붕.

"짚을 가지이 지붕에 한 몰라이(꼭대기에) 올라가서 춤을 너불너불 추라."

쿠거든. 그걸 우찌 할끼고. 세상에. 새파란 각시가.

그래도 인자 신랑 살릴 욕심으로, 신랑 살릴 욕심으로 참 그 시간 딱 돼서 옷 할딱해서 벗골랑은 올라가 춤을 춘께네, 옆에 인자 신랑 친구가 보고 그 탕에 들어가가지고, 쫓아들어가가지고 뭣이고,

"너거 각시가 미쳐갖골랑은, 미쳐갖고 임막 저저 지붕에서 춤을 추고 있는디."

그런께,

"요놈의 계집년을 직인다."

쿠면서는 그 탕 캐는 그걸 갖고 쫓아 나온 기라. 저 인자 저거 마누라 직인다꼬. 쫓아나온께노 쫓아나오자마자 탕 그기 확 무너져가꼴랑은 그래 가 신랑이 살았는 기라.

(조사자 : 그 큰 돌이 인자 그……) 하모. 무너져버리갖고 그 안에 든

사람 다 죽고, 그 사람은 저거 각시 때리직이러 나오고. 싹 나오고 난께노 확 무너져가 그 안에 든 사람 다 죽고. 아무더라도, 아무 이만한 바우라도 정신을 쓰몬(쓰면, 들이면) 복이 오는 기라.

시어머니 길들인 대찬 며느리

자료코드 : 04_08_FOT_20120118_PKS_JHS_0007
조사장소 : 경상남도 산청군 삼장면 대포리 후천마을 후천경로당
조사일시 : 2012.1.18
조 사 자 : 박경수, 정규식, 이현주, 서민진, 박소영
제 보 자 : 조화순, 여, 76세
구연상황 : <시집가던 삼일만에> 노래를 부르고 나서 시집살이의 어려움을 얘기하였다. 그러다가 시어머니가 독해도 대만 차면 잘 살 수 있다며 이 이야기를 구연하였다.
줄 거 리 : 며느리 셋을 쫓아낸 독한 시어머니가 있었다. 다시 아들을 장가보내려 하니 딸을 주려고 하는 집이 없었는데, 어느 집에서 딸이 그 집에 시집을 간다고 했다. 시집을 갔더니 들던 대로 시어머니가 흉악하여 며느리가 시어머니를 길들이기 위해 꾀를 내었다. 시아버지와 남편이 있는 자리에선 시어머니를 깍듯이 모시고 없는 자리에선 밥도 안주고 못되게 굴었다. 시어머니가 남편과 아들에게 일러도 며느리를 셋이나 쫓아낸 이력이 있는지라 시어머니 말을 곧이듣지 않았다. 그렇게 시어머니를 일주일을 굶기고, 며느리는 남편에게 닭 한 마리를 잡아 달라 하여 한 상 차려 시어머니에게 들고 가서 절을 하고는 그동안 잘못했다고 용서를 구하였다. 시어머니도 며느리 손을 잡으며 자기가 잘못했다하여 이후로는 서로 다독거려가며 잘 살았다.

옛날에, 있는 집이, 있는 집에는 시어마이 참 독했거든. 독한 사람들은. 며느리 서이를 쫓았어. 서이를 쫓아삐리논께노 그 고을에서는 장개를 몬 보내 아들로. 소문이 나갖고.

그런께네 인자 중매가 들어왔는 기라. 인자 저저 딸 있는 집에, 중매가 들어와가지고 그래 저 한께노 아바이하고 어마이하고는,

"그놈의 집구석 인자 딸 안 준다."

캤거든. 그런께 인자 딸이랑 딸이, 그때만 해도 좀 뭐 어리숙다 아이가. 그런께 딱 나와가지고 지가,

"그 집에 시집간다."

캤어요. 시집간다고 인자 시집을 갔거든 지가 간다 쿤께노.

시집을 갔는데 역시 이 시어매가 숭악한 기라. 영 밥도 주도 안 하고 얼매나 숭악하던지 고마 딱 뭐하면 쫓기나게 돼가 있는데, 그래서 시엄매하고 저거 신랑하고 인자 시아바이하고 있는 데는 흘러가듯이 하는 기라. 시어매한테.

흘러가듯이 해놓고, 딱 일하러 나가삔다 아이가? 인자 남자들은, 둘이 인자 영감하고 저 신랑하고, 인자 시아바이하고 신랑하고 일하러 나가고 나면 시어매를 디게(심하게) 돋가요. 디기 돋군는 기라. 디기 돋가놓으몬 또 인자 들어온다 아이가?

인자 밥 무로 들어 와갖고는 밥 자시라꼬 인자 같이 상을 봐 놓으몬 디게 돋가놔논께 성이 나논께노 물 수가 있나? 몬 묵는 기라. 시어매가 성이 나서,

"저년이 저 저게 날로 갖다가 너거 없일 때, 뭣이고, 니 서방 없고 영감 없을 때 날로 갖다가 올마나(얼마나) 비준을[64] 채우고 이란다."

쿤께네 곧이 안 알아듣는 기라. 며느리 서이 쫓아논께노. 곧이 안 알아들은께노 인자 살 판이라. 또 흘러가듯이 해놓골랑은 또 일하러 나가삐고 나몬 또 며느리 배알을 채우는 기라.

하나도 인자 밥을 인자 디비 물까 싶어서 밥, 쉰밥이 남아도 꾸중물에(구정물에) 다 들이부어삐리고, 시어매를 고마 이레를 굶긴 기라. 이레로. 이레로 딱 굶구고 난께노 인자 밥을 저 신랑더러 인자,

---

64) '화를'의 뜻인 듯함.

"저 저게, 닭을 큰 거로 한 바리 잡아라."

캐놓고, 그래 인자 뭣이고 삶고, 그놈을 삶아다가 꼬시다고(고소하다고) 코에 뭐, 안 굶어도 막 쌔리 안 빌이도 물(먹을) 판에 마. 쌔리 밥을 꾸들 꾸들하이 해가 한거썩(가득) 퍼다놓고 국도 한거썩 퍼다놓고 딱 문을 탁 열어놓고랑은 큰절로 하는 기라. 시어매한테다가.

"어무이, 제가 죽을 죄를 지있은께노 한 번만 용서 해 주이소."

이리 주니, 안 빌어도 묵을 판에, [일동 웃음] 안 빌어도 묵을 판 아이 요? 배지가[65] 고파 죽겄는데, 안 빌어도 물 판에. 그래도 적근 줄라고 그 래싸논께노. 그래 나와갖고 그때는 이래 손을 잡고,

"내가 잘못했다."

쿠면서는. 대만 차몬 살아요. 대만 차몬.

까치 구해주고 목숨 구한 선비 / 까치의 보은

자료코드 : 04_08_FOT_20120118_PKS_JHS_0008
조사장소 : 경상남도 산청군 삼장면 대포리 후천마을 후천경로당
조사일시 : 2012.1.18.
조 사 자 : 박경수, 정규식, 이현주, 서민진, 박소영
제 보 자 : 조화순, 여, 76세
구연상황 : 방귀 이야기를 하다가 조사자가 처음부터 다시 해보라고 요청하니, 제보자는 요즘 얘기를 잘 안 해서 기억이 안 난다고 했다. 잠시 기억을 더듬더니 과거 보러 가는 이야기를 꺼내서 이야기를 하게 되었다.
줄 거 리 : 한 선비가 과거를 보러 가다가 구렁이가 까치 새끼를 해치려는 것을 보았다. 활로 구렁이를 쏘아 죽여서 까치 새끼를 구했다. 다시 길을 가다 날이 저물 어 산 속의 한 집에 묵게 되었는데, 밤에 자다가 답답하여 일어나 보니 구렁 이가 선비의 몸을 칭칭 감고 죽이려 하였다. 살려달라고 하니 구렁이가 종이 세 번 울리면 살려 주겠다고 하였으나 깊은 산중에 종이 울릴 리가 없었다.

---

65) 뱃대지가. '뱃대지'는 '배'의 경상도 사투리.

그런데 종이 세 번 울렸다. 구렁이는 약속대로 선비를 살려 주었다. 아침이 되어 선비가 종이 울린 곳으로 가보니 까치가 머리로 종을 받아 울리고는 죽어 있었다.

과게(과거) 하러 가다가 뭣이고, 저 저게 옛날에는 과게로 걸어서 가는데, 산 속에 집이 한 채 있었어. 그 누우자거든. 누우잔께노 까치소리가 마 말도 몬하게 나는 기라.

[말을 바꾸어] 그 인자 저 과게 하러 가는데 인자 등짐을 지고 가고. 까치소리가 말도 몬 하게 나서 가본께노 구리가 막 까치새끼로 낳아가 있는데, 그 인자 자물라꼬 마 구리가 막 이런께네, 그래 그 사람이 활로 쏴가지고 구리를 직이뺐어.

구리를 직이삐논께노, 깐치가 인자 살아나갔다 아이요? 살아나갔는데 그 이튿날, 뭣이고 저저게 [옆의 이복순 할머니에게] 구리가 그런께 안 죽었걸랑 그랬제? 그래, 응? 말이 이러네.

(청중 : 그 사람이 과게 했는데, 과게 해서 서울 올라갔는데…….) 아이다. 과게는 안 가. 과게 안 가고 그 이튿날 잠자고 나올라 쿤께노 일어날라 칸께노 구리가 여여시 저게서, 여여시 저게서 감아갖고 요꺼지 요꺼지 요꺼징 모가지까징 올라온 기라.

구리가 그기 널쩌갖고. 요꺼징 감아가 올라와서 그래서 인자 묻는 기라. 물은께노 뭣이고,

"살리 돌라."

인자 빈께노, 구리가 인자 그러는 기라.

"저 저 당그라 맨 종을 갖다 세 번을 뚜디리라."

쿠는 기라.

"세 번을 뚜디리몬 닐로(너를) 살리주꾸마."

이라거든. 그기 인자 구리를 안 직있시몬 구리 그기 인자 하늘로 등천해 올라갈 낀데, 용이 돼 올라갈 낀데 고마 총을 맞은 기라, 그 저 활로

맞은 기라. 그래갖고 인자 총, 저 그 인자 종, 그석에 종을 세 번 뚜디리야 질로(저를) 살리준다 캤거든요.

　그런께노 한밤중에 종이 세 번을 딱 뚜디리는 기라. 그 종을. 세 번을 딱 뚜디린께노 그래 아적에 하다 그런께 살살 풀어갖고 구리는 나가고 아침에 나간께노 깐치 그기 세 번을 뚜디리가꼴랑은 그 널찌 죽어가 있더라요.

　그런께노 저저 없어, 짐승을 구하몬 은혜를 하고 사람을 구하몬 악음을 (음해를) 하는 기라.

대감 아들과 내기하여 장가간 머슴

자료코드 : 04_08_FOT_20120118_PKS_CBI_0001
조사장소 : 경상남도 산청군 삼장면 대하리 대하마을 대하경로당
조사일시 : 2012.1.18
조 사 자 : 박경수, 정규식, 이현주, 서민진, 박소영
제 보 자 : 최복임, 여, 63세
구연상황 : 유윤임 씨가 <고쟁이 훔쳐 입고 장가간 머슴> 이야기를 하고 나니, 제보자도 비슷한 이야기를 안다고 하였다. 이야기를 시작하려다 녹음하는 것에 대해 경계하고 머뭇거렸는데 주변인들이 괜찮다며 자꾸 권하자 구연을 시작하였다.
줄 거 리 : 양반 아들 셋과 머슴이 내기를 하였다. 내기는 머슴이 바느질 하는 예쁜 여자를 꾀면 머슴도 면해주고 논도 주고 살림도 차려주겠다는 것이었다. 그리하여 머슴이 바느질 하는 여자의 집에 가서 옷을 맞추겠다며 몸의 치수를 재어 달라고 했다. 치수를 재고 난 후 여자와 이런 저런 이야기를 나누고 헤어졌다. 머슴은 이야기를 나눌 때 가위를 방석 밑에 숨겨 놓고, 헤어지면서는 자신의 성이 '내'가이므로 내서방이라고 부르라 했다. 그렇게 머슴이 가고 난 후, 여자는 가위가 없어진 것을 알았다. 멀리 가고 있는 내서방을 불러 세워 '씹실개(가위) 어쨌느냐.'고 묻고, 머슴은 '놀던 자리, 하던 자리 밑에 있다.'고 소리쳤다. 대감집 아들 셋이 그 광경을 정자나무 밑에서 보고, 머슴이 바느질 하는 여인을 잘 꾀어 낸 것으로 생각하여 머슴과 바느질 하는 여인에게 살림

을 차려 주었다.

고 옛날에 양반 서이서(셋이서) 그 내기를 했는데, 양반집 아들 서이서 내기를 했는데, 그 저 바느질하는 그 여자가 하나 있었는데, 참 인물이 좋았더래요. 인물이 너무 좋았는데 그 참 그리 시집을 갔는가 못 갔는가 그거는 모리것고.

근데 인자 그 대감집에 아들 서이서 저 사람을 내가 가서 건, 거 해가지고 저 마누라 삼으면, 내기를 했더래요. 근데 그 양반집선 아무도 못 했더라대.

그런께네 머슴이 가만히 일하다가 덥어서(더워서) 인자 정자나무 밑에서 낮에 낮잠을 자고 있는데, 그 서이서 인자 대감집 아들 서이서 이야기를 하는데, 그 소리를 딱 듣고는 거서 딱 튀어 나와가지고,

"내가 그 여자를 갖다가 건드리면은, 내 마누라를 만들 수 있으면은 어떻게 하겠냐?"

쿤께네, 그 머슴 하인 그거 뭐야 저, 하인을 없애주는 거 뭐이고? (조사자 : 면해주고 응.) 응. '하인을 면해주고 논 얼마를 주기로 부잣집, 대감집 아들 서이서 논 얼마를 주면서 살림을 채리주겠다' 이리 됐어요.

"그래, 그러면은 오늘 오후에 한 분 해보자."

이래갖고 이 사람이 그 집에 놀러를 갔더래요. 그 바느질 하는 집에. 그래 가가지고는 옷을 갖다가,

"내가 옷을 한 벌을 맞추러 왔는데 내 몸을 재어 달라."

그런께네 인자 몸을 잴 것 아인가베? 그런께 베로 어떤 걸 가지고 내 옷을 인자, 자기는 꿍심이 있어가 장개 갈 때 입을라고 좋은 옷을 한 거야.

그래가 인자 '옷을 이런 베로 가지고 옷을 이렇게 해달라.' 이래놓으니까 몸을 이래이래 인제 재고 그랬는데, 재고 나서 그 방바닥에 자부동이

(방석이) 있는데, 그 밑에다가 가위를 딱 숨카 버렸어요. 그 머슴이.

가위를 딱 숨캤는데 그 가위를 전라도에서는 그, 가위라고 안 하고 씹실개라 칸대요. [웃음] (청중 : 제주도 사람이 글쿠대?) 아이 몰라, 제주돈가 전라돈가 씹실개라 그런대요 그 가위를.

그래가 가위 그거를 딱 자기가 인자 가만히 앉아 자부동, 인자 옷 맞추러 와 놓으니까 자부동 하나 내줬던가봐. 그러니까 그 자부동 깔고 앉았은께, 몸 재고 나서 물 한 잔 얻어먹고, 그래갖고 인자 가위 그거를 자부동 밑에 그다 딱 옇어놔 놓고 그래 이런저런 이야기를 하다가,

"그럼 나는 가네."

쿠고는. 양반 아들인 줄 알았겠지, 첨에는 머슴인 줄 모르고.

"나는 인제 가네, 내 옷이나 잘 맞춰 놓게."

쿠고는 나왔다는 기라.

나와는께네 저어 논다리 걸어가는 데다 대고, 아,

"저 성이 뭐이요?"

쿤께네,

"나는 성은 내가요. 성은 내가요."

그래 인자 그리 해놔논께네,

"저저 고마 내서방 이라꼬 부르면 돼요. 그래 옷을 맞추는데 그기다가 이름을 '내서방'이라꼬 적어 놔라."

그래 놔놓고는 인자 이리 와놔논께네, 한참 가고 나서 쫌 있다가 보니까 가위가 없더래요. 그러니까 이 인자 저 대감 아들 서이는 정자나무 밑에서 기다리고 있고. 근데,

"저기 가는 내서방, 내 씹실개 우쨌냐고?"

캤거든. [웃음] 뒤돌아 서가지고,

"응? 자네 씹실개? 아, 내 그 놀던 자리 밑에 있네."

그러쿤께네, (청중 : 씹실개 저게 허던 방석 밑에 있네.) 아니,

"처음에 노던 방석 밑에 있네."

쿤께네,

"야?"

쿤께네,

"아이고, 둘이 하던 방석 밑에 있다."

고 캤더라 쿠대. 그래논께네,

"예? 내서방 알았소."

쿠고 들어가더라 캐. 그런께네, 장군 서이서, [말을 바꾸어] 저 대감 아들 서이서 그 살림을 채리주었더래요. 그래가 잘 산다 쿠대. [웃음]

귀신이 있다고 생각하는 이유

자료코드 : 04_08_MPN_20120118_PKS_JHS_0001
조사장소 : 경상남도 산청군 삼장면 대포리 후천마을 후천경로당
조사일시 : 2012.1.18
조 사 자 : 박경수, 정규식, 이현주, 서민진, 박소영
제 보 자 : 조화순, 여, 76세
구연상황 : <정성을 다하는 제사에 가는 귀신>을 구술하고 나서 산에 가다 길을 잘못 들었을 때 아무 데서나 자면 훈기가 없지만 묘 옆에서 자면 훈기가 있어서 안 무섭다는 말을 했다. 그러다가 귀신이 있다고 믿게 된 자신의 경험을 이야 기했다. 제보자의 경험담이지만 신이체험담으로 가치가 있을 것 같아 채록하 였다.
줄 거 리 : 제보자는 딸 다섯을 낳고, 절에 가서 백일기도를 드린 후 아들을 낳았다. 자 라서 큰딸이 마산에 취직을 하고부터 교회에 나가기 시작했다. 마산에 반찬 거리를 갖다 주러 갔다가 그 사실을 알고 혹 불공드리고 낳은 아들에게 해가 미칠까 염려되어 교회에 나가지 말라며 성경책을 찢어버렸다. 딸은 말을 듣 지 않았고, 이후 다시 마산에 간 제보자는 또 성경책을 찢고 돌아왔다. 그러 던 어느 날 딸에게 전화를 하니, 담에 걸려 아파서 꼼짝없이 누워있다는 말 을 들었다. 부랴부랴 딸에게 가니 딸이 꿈에 수염이 긴 할아버지가 나타나서 '부모 말을 안 듣는 딸은 목을 밟아 죽여야 된다.'며 목을 자꾸 밟더라고 했 다. 그리고 그때부터 목에 담이 걸려 꼼짝 할 수가 없다고 했다. 제보자는 자 신이 말려도 안 되니 조상이 나타나서 나무란 것이라며 교회에 나가지 말라 고 했다. 딸이 교회에 나가지 않았더니 허리 통증이 사라졌다.

우리가 저 저게 내가 딸로 다섯을 놓고, 아들 여섯채 낳았거든.

여섯째 낳았는데, 우리 큰딸아가 저 저게 마산에 취직을 시기났는데, 아이 몇 달 만에 간께네 교회 가가지고 저 저게 성경책을 그때만 해도 돈 삼천원이믄 컸다. 올해 오십 몇 살인께노. 그 성경책 그걸 사다가 보 는 기라.

나는 인자 불교를 믿는데, 그래서 고마 쫙– 찢어버리고, 그 성경, 이거 니가 저 절에 가몬, 참 뭐고. 나는 불돈데(불교도인데), 니 동상을(동생을) 갖다가 여섯채 머스마 낳아갖고, 그 백일기도를 해가 그리 낳았거든. 석 달 열흘 백일기도 해 낳았는데,

"그거 저 저게 잘 못된다."

내가 이러쿤께네,

"지는 지고 내는 낸데, 교회 간께네 아무 저 저게 뭐 잘 시이지(시키지), 그러구로 시이지는 안 하더라."

쿠면서는 그래 믿는 기라. 믿어서 또 인자 쫙 찢어삐고 그거 쓰레기통 에 옇어삐고 인자 올라왔다.

인자 마산에 거 있고, 옛날이 돼논께네 촌에 올라와야 되고. 또 며칠 있다가 반찬이랑 또 해가 내려간께네 또 사서 보는 기라.

또 두 분째 쫙 찢어갖고랐더니(찢어버렸더니), 그때 돈은 컸십니대이. 이만한 성경책 거기. 쫙 찢어갖고 또 쓰레기통에 또 옇어놓고 와뺐어예.

와뺐는데, 또 부모 말로 안 듣고 또 그걸 사가지고 또 봐. 또 본께노, 그래 내 귀신이 있다고 본다. 그래 하리는(하루는) 저 저게 전화를 건께노, 그때는 이 휴대폰도 없었고, 인자 가정이 와 그 놓고 받제. 그래서 전화를 건께노,

"엄마, 내가 오늘 회사도 몬 나가고 담이 절리서 마 꼼짝도 못하고 있 다."

카는 기라.

"아, 그라모 병원에 가서 약을 지어 무라."

그리 캤거든. 그러쿤께네,

"엄마, 약을 지어 무도 안 낫아."

그런께네 우리 아기 아버지가 뭐 아들한테는 뭐 가시나 여섯 개 낳아 도 막 이래요. 한 번도 안, 내가 뭐라 쿠지.

"그러면 얼른 나가보라."

쿠대. 그래 인자 나간께노, 그래 꿈 이약을(이야기를) 하는 기라. 내가 첨부터 탁 걸쳐 앉아 있은께노.

"엄마, 엊지녁에 꿈을 꾼께네, 허헌(하얀) 할아버지가 수염이 지다라이 보-하이 옷을 입고 작대기로 딱 짚고 와서 '요런 요런 에미 말 안 듣는 요런 년은 모가지를 볼가진다.' 쿤다. 모가지를 자꾸 볿더라(밟더라)."

캐요. 이리.

"그라고 나서 고마 담이 절려가 꼼짝을 몬 한다."

카는 기라. 그래 약을 무도(먹어도) 무야겠고, 그래서 내가 그걸 글캤어.

"너거 할아버지가, 내가 말기도(말려도) 안 된께 너거 할아버지가 딱 글캤다(그렇게 했다). 니 그래도 교회 갈꺼가?"

한께, 그질로 안 간께 고마 낫아삐맀어요. 그래 내 귀신이 있다고 보지. (조사자 : 아하, 그것 참.) (청중 : 없다 소리는 못 해요.) 귀신이 있다고 보지. (청중 : 있어예.)

아래가 째지거나 위가 째진 자식들

자료코드 : 04_08_MPN_20120118_PKS_JHS_0002
조사장소 : 경상남도 산청군 삼장면 대포리 후천마을 후천경로당
조사일시 : 2012.1.18
조 사 자 : 박경수, 정규식, 이현주, 서민진, 박소영
제 보 자 : 조화순, 여, 76세
구연상황 : 조사자가 예전 조사 때 제보자가 했던 이야기 중 딸만 많이 낳다가 늦게 아들 하나 낳았는데 째보였다는 얘기가 있지 않느냐며 다시 한 번 이야기를 해 달라고 요청하였다. 어찌 알았느냐며 크게 웃고는 살고 있는 윗동네 사람의 이야기라며 구연을 시작했다.
줄 거 리 : 한 부인이 딸만 다섯을 놓고 마지막에 아들을 낳았는데 아들이 언청이 두 줄이었다. 그것을 보고 신랑이 아래가 안 찢어지면 위가 찢어지니 낭패라고 하

였다.

그거는 내나 우리 동네 저 우에 사람이라. 그 사람이 놓으몬 딸이고, 놓으몬 딸이고, 딱 여섯 개를 낳았는데, 마지막에 인자 아들을 하나 낳았거든.

아들로 놔놓은께노 디다본께노 꼬치는 달렸는데 째보, 두 째보라. 두 째보로 나란하게 요래요래 [손으로 입언저리에 째진 모양을 그리며] 올라갔어. 그런께노 아들 낳아서 좋기는 좋는데, 고마 이리 째져논께노 고마 저저 저그 그런께노 저거 아부지가 하는 말이, 요 저거 할마이는 억장이 무너져서, 그래도 재주가 있어. [웃음] 그래도 재주가. 장개는 인자 못 가도. 여따 짚으몬 된께노. 하모. 그래도 없이 살아요.

그래갖고 인자 신랑이라 쿠는 사람이 참 밑은 들시본께(들추어보니까) 꼬치는 달렸는데, 여가 째져가 있거든. '낭패는 낭패다. 아래 안 째지몬 우에가 째지고, 우에 안 째지몬 아래가 째지고.' [일동 웃음]

모심기 노래(1)

자료코드 : 04_08_FOS_20120118_PKS_KIY_0001
조사장소 : 경상남도 산청군 삼장면 홍계리 평촌마을 평촌경로당
조사일시 : 2012.1.18
조 사 자 : 박경수, 박기현, 정혜란, 권경원, 정나겸
제 보 자 : 강일연, 여, 73세
구연상황 : 조사자가 모심는 소리를 불러달라고 했지만 아무도 선뜻 나서서 부르는 이
가 없었다. 제보자에게 이 노래를 아느냐고 묻자 잠시 생각한 후 다음 노래를
불렀다. 청중들이 노래 중간에 손뼉을 치며 응대했다.

물끼는철철 흘어놓고 주인양반 어데를갔소
주인양반은 물흘어놓고 첩우야집에 놀러갔네

그래서 옛날에는 그래 불러쌌어.

모심기 노래(2)

자료코드 : 04_08_FOS_20120118_PKS_KIY_0002
조사장소 : 경상남도 산청군 삼장면 홍계리 평촌마을 평촌경로당
조사일시 : 2012.1.18
조 사 자 : 박경수, 박기현, 정혜란, 권경원, 정나겸
제 보 자 : 강일연, 여, 73세
구연상황 : 앞의 노래에 이어 조사자가 더 아는 노래가 없느냐고 하자 다시 잠시 생각한
뒤에 다음 노래를 불렀다.

아침이슬

시집살이 노래

자료코드 : 04_08_FOS_20120118_PKS_JJI_0008
조사장소 : 경상남도 산청군 삼장면 홍계리 상촌마을 상촌마을경로당
조사일시 : 2012.1.18
조 사 자 : 박경수, 박기현, 정혜란, 권경원, 정나겸
제 보 자 : 조점이, 여, 75세
구연상황 : 조사자가 시집살이 노래를 아느냐고 물으니 조금 있다가 다음 노래를 부르
기 시작했다.

성아성아 사촌성아
시접살이 우떻더노
시집살이 좋더마는
중우벗은 시아제비
말하기도 정애럽고

또, 또 뭐라 쿠는 기. [기억이 난 듯] 아,

동글동글 수박식기
밥담기도 정애럽대

화투타령

자료코드 : 04_08_FOS_20120118_PKS_JJI_0009
조사장소 : 경상남도 산청군 삼장면 홍계리 상촌마을 상촌마을경로당
조사일시 : 2012.1.18
조 사 자 : 박경수, 박기현, 정혜란, 권경원, 정나겸
제 보 자 : 조점이, 여, 75세
구연상황 : 조사자가 <화투타령>을 아느냐고 묻자 곧바로 다음 노래를 불렀다.

정월솔가지 속속히든정

이월매자에 맺아놓고

삼월사쿠라 산란한마음

사월흑사리 허송하네

오월난초 나는나비

유월목단에 춤잘춘다

칠월홍돼지 홀로나누워

팔월공산에 달솟았네

구월국화 푸르른잎은

시월단풍에 뚝떨어지고

동지섣달 서남풍에

처녀한쌍이 떠나간다

모리겄다. 안자 그기 끝이다. 섣달을 하몬 다 가는 기다.

청춘가

자료코드 : 04_08_FOS_20120118_PKS_JJI_0010
조사장소 : 경상남도 산청군 삼장면 홍계리 상촌마을 상촌마을경로당
조사일시 : 2012.1.18
조 사 자 : 박경수, 박기현, 정혜란, 권경원, 정나겸
제 보 자 : 조점이, 여, 75세
구연상황 : 조사자가 <청춘가>를 마지막으로 불러달라고 얘기하자 노래 가사를 되뇌더니 곧바로 구연을 하기 시작했다.

청솔나무 바람잘날이 없고요~오

달많은 요내심정 에~헤 수심잘날이 없고나

나를 버리고 가시는 님은

3. 생초면

증편 한국구비문학대계 ● 경상남도 산청군 ②

▎조사마을

경상남도 산청군 생초면 어서리 어서마을, 어서1구마을

조사일시 : 2012.2.9
조 사 자 : 박경수, 박기현, 정혜란, 권경원, 정나겸

  어서리(於西里)는 옛날 풍수지리설에 배설[船穴]이라고 하여 '늘비'라고
불렀고, 생초라 부르기도 했다 한다. 본래 산청군 초곡면 소재지로 초곡
면사무소가 있던 터가 남아 있고, 장터도 있다.

  1914년 3월 1일 행정구역 개편에 따라 고읍면의 강정을 편입하고, 초
곡면의 어외동과 합하여 어서리라 하고 생초면에 편입하였다. 남강유역에
위치하여 대부분 넓은 평지로 이루어져 있으며 화천소류지가 있다. 그 외
자연마을로는 강정, 포평이 있다. 강정마을은 어서리의 본 마을로 앞 강

가에 정자가 있었다 하여 강정이라 한다. 음천과 위천이 합류되어 삼각주를 이루는 강변마을로 경치가 좋고, 물이 깨끗하여 여름철에는 모래뜸질을 많이 한다. 이곳에는 3일, 8일에 서는 생초장이 있다. 포평마을은 갯들마을이라고도 하는데, 옛날에는 평민 이하의 노비들이 살고 있던 곳으로 천하게 부른 이름이며, 옹기 굽는 곳으로도 유명하다. 포평마을 뒷산에는 고대 귀족의 묘로 인정되고 있는 생초 고분군(古墳群)이 있다.

어서리는 생초면의 면소재지로 면사무소, 경찰지서, 우체국, 초중고등학교, 농협, 농촌지도소, 보건진료소, 생활체육센터, 복지회관 등이 있어 사람들의 이동이 많고 번화한 지역이다.

조사자 일행이 어서마을 회관에 도착한 것은 오후 3시경이었다. 마을회관은 각종 행정지소와 학교가 인접한 마을 가운데 위치하고 있었는데, 좁은 방에 10여 명의 노인들이 쉬고 있었다. 조사자가 조사 목적과 의의를 설명하자 흔쾌히 조사에 응해 주었다.

어서마을에서는 홍순이(여, 81세) 제보자가 민요 <모심기 노래>와 설화 <이상하게 곡하는 바보 사위>와 <도깨비와 씨름한 사람>을, 우근순(여, 72세) 제보자가 <모심기 노래> 2편을 제공해 주었다. 이 마을에서는 약 40분간 조사를 하였으나 민요나 설화를 제대로 구연할 수 있는 제보자가 없어 간단히 조사를 마친 후 인근의 어서1구 마을로 이동해서 보충 조사를 하였다.

어서1구마을은 어서마을 바로 남쪽에 인접해 있으며, 생초초등학교와 보건지소를 이웃하고 있는 곳이다. 조사자 일행이 어서1구마을 마을회관을 방문한 것은 오후 4시경이었다. 이 마을에서는 김점호(여, 83세) 제보자가 <시집살이 노래> 등 민요 2편과 <팥죽같이 흐르는 땀> 등 설화 7편을 구연하였다. 조사자 일행은 이곳에서 5시경 조사를 마치고 숙소로 이동하였다.

경상남도 산청군 생초면 월곡리 월곡마을

조사일시 : 2012.2.9
조 사 자 : 박경수, 박기현, 정혜란, 권경원, 정나겸

월곡리(月谷里)는 본래 산청군 생림면 지역이었는데, 큰산 밑에 위치한 마을로 다릿골 또는 월곡이라 하였다. 1914년 3월 1일 행정구역 폐합에 따라 내곡마을, 관지마을, 압수마을을 병합하여 월곡리라 해서 생초면에 편입되었다. 이 마을은 임란 때 동래 정정(鄭綎)이 최초로 들어와 살았는데, 산세가 달과 같고 형국이 월수(月樹)와 같아 동네 이름을 월곡이라 지었다고 한다. 내곡은 안쪽에 있다고 하여 내곡(內谷)이라 하였고, 관지 또는 황새몰은 내곡 서남쪽에 있는 마을로 안동 김씨가 250년 전에 터를 잡아 상량(上樑)을 하고 나니 황새가 상량에 앉아 자고 가서 관지(鸛旨)라 마을 이름을 지었다고 전해온다. 관지마을에는 또 고분군이 발견되었는

데, 월곡천 인근의 야산에 자리하고 있으며 4세기~6세기 중엽의 소가야
권의 유적이라고 한다. 압수마을은 옆산에 오리봉이라 일컫는 명당이 있
고 밑에 소(沼)가 있어 압수(鴨水)로 이름을 지었다고 한다. 월곡 북쪽에는
또 각시가 빠져 죽었다는 각시소가 있다.

조사자 일행이 월곡리 월곡마을회관에 도착한 것은 점심시간 직후인
오후 1시경이었다. 마을회관에는 13명 정도의 노인들이 있었는데, 조사자
가 조사 목적과 의의를 설명하자 좋은 일을 한다며 흔쾌히 조사에 응해
주었다.

이 마을에서는 노춘자(여, 72세) 제보자가 민요 <주치 캐는 처녀 노
래>를 불러 주었고, 전복남(여, 74세) 제보자가 설화 <전처 딸을 쫓아낸
계모> 등 3편과 민요 <다리세기 노래> 1편을 제공해 주었다. 또 민춘자
(여, 79세) 제보자가 <모심기 노래>, <노랫가락>, <비 노래> 등 모두
28편의 민요를 가창해서 조사자들을 놀라게 하였다.

조사는 약 1시간 30분가량 진행되었다. 이 마을을 조사한 후 2시 30분
경 다른 마을로 이동하였다.

경상남도 산청군 생초면 향양리 향양마을

조사일시 : 2012.2.8
조 사 자 : 박경수, 박기현, 정혜란, 권경원, 정나겸

향양리(向陽里)는 본래 산청군 초곡면 지역으로 새양골 또는 향양동이
라고 하였다. 1914년 3월 1일 행정구역 폐합에 따라 고촌마을, 어운마을,
장재마을을 합하여 향양리라 해서 생초면에 편입되었다. 마을이 생초면과
거창군 신원면의 경계를 이루고 있는 철마산(鐵馬山) 서남쪽에 위치해 있
는데, 철마산은 그 모양이 말잔등과 같이 생겼고 바위에 철마의 발자국이
남아 있다고 한다. 또 마을 인근에는 갈전산이 있는데, 산청군 북쪽 경계

에 위치하는 산으로 이곳에서 칡이 많이 생산되기 때문에 칡 갈(葛)자를 사용하여 이름이 지어진 것이라고 전해진다. 산 정상에서 북쪽으로 거창을 바라보는 전망이 뛰어나며, 덕갈산, 매봉산 등의 봉우리가 이어진다. 향양마을 남쪽에는 아이의 묘가 많다는 태사내맷골이라는 골짜기가 있다.

향양리는 대부분 낮은 산지와 평지로 이루어져 있으며, 넓은 향양들이 있고, 작은 천이 흐른다. 또 각 자연마을들을 이어주는 세실로가 마을 가운데로 나 있다. 향양리의 자연마을로는 향양마을과 고촌, 어운동 등이 있다. 향양마을은 가장 남쪽에 위치한 마을로 마을 앞으로는 작은 하천이 흐르며, 비교적 평탄한 지역에 위치한 마을이다. 고촌은 철마산 북쪽에 있는 마을로 고씨가 이룩했다 하여 고촌이라 한다. 그리고 어운동은 덕갈산 서남쪽에 있는 마을이다. 분성 배영모가 활을 쏘며 무술을 익힌 곳인 습사대가 있다.

조사자 일행이 향양마을에 도착한 것은 오후 2시경이었다. 마을회관 옆에는 회관과 별도로 농촌건강장수관이라는 곳이 있었는데, 조사는 그곳에서 이루어졌다. 비교적 넓은 방에 15명 정도의 노인들이 있었는데, 방 한쪽에는 메주를 보관하고 있었다. 조사자가 조사의 목적과 의의를 설명하자 반갑게 맞아주면서 조사에 적극 응했다.

　이 마을에서는 임영자(여, 84세) 제보자가 <시집살이 노래> 등 14편의 민요와 <여우가 되어 집안을 망하게 한 딸> 등 11편의 설화를 구연했으며, 권점분(여, 86세) 제보자가 <모심기 노래> 등 민요 3편, 이묘임(여, 75세), 배덕순(여, 73세) 제보자가 민요 1편씩을 제공했다. 또 임영규(남, 76세) 제보자가 <모심기 노래>, <성주풀이> 등 2편의 민요와 설화 <죽어도 탈 살아도 탈>을 제공했다. 그리고 이신남(여, 93세) 제보자가 민요 1편, 민분오(여, 78세) 제보자가 민요 1편과 설화 1편을 제공해 주었다. 조사자 일행은 약 3시간 30여 분의 조사를 마치고 5시 40분경 마을을 떠났다.

▌제보자

권점분, 여, 1927년생

주 소 지 : 경상남도 산청군 생초면 향양리 향양마을
제보일시 : 2012.2.8
조 사 자 : 박경수, 박기현, 정혜란, 권경원, 정나겸

　권점분은 함양군 수동면 도북리 도북마을
에서 2남 2녀 중 셋째로 태어났다. 본관은
안동이며 택호는 수동댁이다. 16세 때 4살
연상의 남편과 결혼하여 슬하에 2남 3녀를
두었다. 약 20여 년 전 남편이 작고하면서
현재 큰아들과 함께 생활하고 있다. 과거에
는 길쌈과 농사를 직업으로 가지고 일을 했
으며, 현재는 농사만 짓고 있다. 학력은 무
학이며, 기독교를 믿고 있다.

　제보자는 3편의 민요를 가창했는데, 일할 때 농사를 지으면서 자연스럽
게 알게 된 노래라고 했다.

제공 자료 목록
04_08_FOS_20120208_PKS_KJB_0001 모심기 노래
04_08_FOS_20120208_PKS_KJB_0002 노랫가락(1) / 마산서 백마를 타고
04_08_FOS_20120208_PKS_KJB_0003 노랫가락(2) / 나비 노래

김점호, 여, 1930년생

주 소 지 : 경상남도 산청군 생초면 어서리 어서1구마을
제보일시 : 2012.2.9

조 사 자 : 박경수, 박기현, 정혜란, 권경원, 정나겸

김점호는 산청군 시천면 내공리 춘해(가리골)마을에서 태어났다. 본관은 김해이다. 15세 때 결혼해 어서1구마을에서 68년간 살아왔다. 4남 1녀를 자녀를 두었는데, 자녀들은 모두 객지에 나가 살고 있다. 현재 남편과 함께 거주중이다.

예전에는 주로 농사를 지었고, 장사도 조금 했다. 학교를 다닌 적은 없으며, 불교를 믿고 있다.

제보자는 동작을 섞어가며 상황을 설명하였고, 차분하고 재미있게 구연하였다. 구연한 민요는 친정어머니에게서 배웠고, 설화는 동네 노인들이 하는 것을 듣고 알게 되었다고 한다.

제공 자료 목록
04_08_FOT_20120209_PKS_KJH_0001 팥죽같이 흐르는 땀
04_08_FOT_20120209_PKS_KJH_0002 강피 훑을 팔자의 부인
04_08_FOT_20120209_PKS_KJH_0003 지렁이국으로 시어머니를 봉양한 며느리
04_08_FOT_20120209_PKS_KJH_0004 세 과부를 차지한 머슴
04_08_FOT_20120209_PKS_KJH_0005 저승 갔다 온 사람
04_08_FOT_20120209_PKS_KJH_0006 우렁각시와 살게 된 홀아비
04_08_FOT_20120209_PKS_KJH_0007 딸의 재치로 망신을 면한 사람
04_08_FOS_20120209_PKS_KJH_0001 시집살이 노래
04_08_FOS_20120209_PKS_KJH_0002 부모 그리는 노래

노춘자, 여, 1941년생

주 소 지 : 경상남도 산청군 생초면 월곡리 월곡마을
제보일시 : 2012.2.9

조 사 자 : 박경수, 박기현, 정혜란, 권경원, 정나겸

노춘자는 일본에서 3남 2녀 중 막내로 태
어났다. 5살 때 산청군 오부면 내평리 내평
마을로 오게 되었다. 본관은 풍천이고 택호
는 연동댁이다. 17살 때 6년 전 작고한 남
편과 결혼하여 월곡으로 오게 되었다. 슬하
에 3남이 있고 모두 타지에서 거주하고 있
다. 지금까지 농사를 짓고 있다. 특별히 가
지고 있는 종교는 없다. 제보자가 구연한 자
료는 어릴 때 마을 어른들로부터 들은 것이라고 했다.

제공 자료 목록
04_08_FOS_20120209_PKS_NCJ_0001 주치 캐는 처녀 노래

민분오, 여, 1941년생

주 소 지 : 경상남도 산청군 생초면 향양리 향양마을
제보일시 : 2012.2.8
조 사 자 : 박경수, 박기현, 정혜란, 권경원, 정나겸

민분오는 산청군 오부면 내곡리 선양마을
에서 1남 3녀 중 셋째로 태어났다. 19세 되
던 해 2살 연상의 남편과 결혼을 하여 슬하
에 3남 2녀를 두었다. 자녀들은 모두 객지
에서 거주하고 있으며 마을에는 제보자와
남편이 함께 생활하고 있다. 과거에는 농사
를 지었으나 현재는 농사를 짓지 않고 있다.
진주에서 29년 정도 살았던 적이 있으며,

향양마을에는 8년 전부터 거주하기 시작했다.

제보자는 1편의 민요와 1편의 설화를 구연했다. 이야기의 경우 어릴 적 외할머니로부터 듣거나 배워서 알게 된 것이라고 했다.

제공 자료 목록

04_08_FOT_20120208_PKS_MBO_0001 팥죽같이 흐르는 땀

04_08_FOS_20120208_PKS_MBO_0001 노랫가락

민춘자, 여, 1934년생

주 소 지 : 경상남도 산청군 생초면 월곡리 월곡마을

제보일시 : 2012.2.9

조 사 자 : 박경수, 박기현, 정혜란, 권경원, 정나겸

민춘자는 산청군 삼장면 홍계리 상촌마을 에서 1남 2녀 중 맏이로 태어났다. 본관은 여흥이고 택호는 상촌댁이다. 초등학교를 중퇴했고 19살이 되던 해에 결혼하여 생초 면 월곡리 월곡마을로 오게 되었다. 남편은 2년 전 작고했다. 슬하에 3남 1녀를 두었고 현재 홀로 거주하고 있다. 과거에 농사를 지 었고 불교를 종교로 삼고 있다. 제보자가 구  연한 자료들은 시집 온 이후 품앗이를 하면서 동네 사람들에게 배운 것이 라고 했다.

제공 자료 목록

04_08_FOS_20120209_PKS_MCJ_0001 모심기 노래(1)

04_08_FOS_20120209_PKS_MCJ_0002 노랫가락(1) / 그네 노래

04_08_FOS_20120209_PKS_MCJ_0003 비 노래

04_08_FOS_20120209_PKS_MCJ_0004 노랫가락(2) / 정 노래

04_08_FOS_20120209_PKS_MCJ_0005 노랫가락(3) / 나비 노래

04_08_FOS_20120209_PKS_MCJ_0006 노랫가락(4)

04_08_FOS_20120209_PKS_MCJ_0007 사모요(思母謠)

04_08_FOS_20120209_PKS_MCJ_0008 달거리 표식 노래

04_08_FOS_20120209_PKS_MCJ_0009 풀국새 노래

04_08_FOS_20120209_PKS_MCJ_0010 검둥개 노래

04_08_FOS_20120209_PKS_MCJ_0011 댕기 노래

04_08_FOS_20120209_PKS_MCJ_0012 남녀연정요

04_08_FOS_20120209_PKS_MCJ_0013 모심기 노래(2)

04_08_FOS_20120209_PKS_MCJ_0014 시집살이 노래(1) / 사촌형 노래

04_08_FOS_20120209_PKS_MCJ_0015 청춘가(1)

04_08_FOS_20120209_PKS_MCJ_0016 모심기 노래(3)

04_08_FOS_20120209_PKS_MCJ_0017 잠 노래

04_08_FOS_20120209_PKS_MCJ_0018 첩 노래

04_08_FOS_20120209_PKS_MCJ_0019 의암이 노래

04_08_FOS_20120209_PKS_MCJ_0020 청춘가(2)

04_08_FOS_20120209_PKS_MCJ_0021 노랫가락(5) / 팔공산 노래

04_08_FOS_20120209_PKS_MCJ_0022 시집살이 노래(2) / 양동가마 노래

04_08_FOS_20120209_PKS_MCJ_0023 시집살이 노래(3) / 능금 노래

04_08_FOS_20120209_PKS_MCJ_0024 쌍가락지 노래

04_08_FOS_20120209_PKS_MCJ_0025 화투타령

04_08_FOS_20120209_PKS_MCJ_0026 못갈 장가 노래

04_08_FOS_20120209_PKS_MCJ_0027 남녀 이별 노래

04_08_FOS_20120209_PKS_MCJ_0028 사발가

배덕순, 여, 1939년생

주 소 지 : 경상남도 산청군 생초면 향양리 향양마을
제보일시 : 2012.2.8
조 사 자 : 박경수, 박기현, 정혜란, 권경원, 정나겸

배덕순은 1939년 산청군 생초면 향양리 향양마을에서 4남매 중 둘째로 태어났다. 본관은 분성이며, 택호는 행곡댁으로 불린다. 20세 되던 해 3살

연상의 남편 임영규와 결혼하여 슬하에 4남 1녀를 두었다. 과거부터 농사를 지으며 남편과 둘이서 생활하고 있다. 학력은 초등학교 중퇴이며, 불교를 믿어 가끔 절에 다닌다고 했다.

제보자는 민요 1편을 불러 주었다. 40대 때 마을어른들로부터 들어 알게 된 노래라고 했다.

제공 자료 목록
04_08_FOS_20120208_PKS_BDS_0001 노랫가락 / 그네 노래

우근순, 여, 1941년생

주 소 지 : 경상남도 산청군 생초면 어서리 어서마을
제보일시 : 2012.2.9
조 사 자 : 박경수, 박기현, 정혜란, 권경원, 정나겸

우근순은 산청군 생초면 어서리 하촌마을에서 6남 3녀 중 여섯째로 태어났다. 본관은 단양이다. 19세 되던 해 어서마을로 시집을 와서 계속 살고 있다. 6년 전 작고한 남편과의 사이에서 3남을 두었고, 현재 둘째 아들과 같이 거주하고 있다.

예전에는 주로 농사를 지었고, 지금도 여전히 농사를 짓고 있다. 학력은 무학이며, 따로 믿고 있는 종교는 없다.

제보자가 구연한 노래들은 시집을 와서, 모를 심을 때 마을 사람들로부

터 들으면서 배운 것이라고 했다.

제공 자료 목록
04_08_FOS_20120209_PKS_WGS_0001 모심기 노래(1)
04_08_FOS_20120209_PKS_WGS_0002 모심기 노래(2)

이묘임, 여, 1938년생

주 소 지 : 경상남도 산청군 생초면 향양리 향양마을
제보일시 : 2012.2.8
조 사 자 : 박경수, 박기현, 정혜란, 권경원, 정나겸

이묘임은 거창군 남상면 춘전리 내춘마을
에서 1남 5녀 중 넷째로 태어났다. 택호는
안내댁이다. 19세 되던 해 동갑인 남편과
결혼하여 생초면 향양리 향양마을로 왔으며
슬하에 3남 2녀를 두었다. 자녀들은 모두
객지에서 생활하며 마을에는 남편과 둘이서
생활하고 있다. 과거에는 농사를 지었으며
현재도 농사를 짓고 있다. 현재, 8년째 향양
마을의 부녀회장을 맡고 있다. 성격은 적극적이고 활달해 보였다. 학력은
초등학교 졸업이다.

제보자는 1편의 민요를 불렀는데, 어릴 때 친구들과 함께 부르면서 알
게 된 노래라고 했다.

제공 자료 목록
04_08_FOS_20120208_PKS_LMI_0001 노랫가락

이신남, 여, 1920년생

주 소 지 : 경상남도 산청군 생초면 향양리 향양마을
제보일시 : 2012.2.8
조 사 자 : 박경수, 박기현, 정혜란, 권경원, 정나겸

이신남은 산청군 생초면 노은리에서 1남 1녀 중 장녀로 태어났다. 택호는 노은댁이다. 15세 되던 해 생초면 향양리 향양마을로 시집을 와서 지금까지 생활하고 있다. 과거에는 농사를 지었으며 현재는 특별한 일을 하고 있지 않다. 학력은 무학이며 교회를 다닌다.

제보자는 1편의 민요를 불러 주었다. 어릴 적 어른들에게 들어서 알게 된 노래라고 했다.

제공 자료 목록
04_08_FOS_20120208_PKS_LSN_0001 남녀연정요

임영규, 남, 1937년생

주 소 지 : 경상남도 산청군 생초면 향양리 향양마을
제보일시 : 2012.2.8
조 사 자 : 박경수, 박기현, 정혜란, 권경원, 정나겸

임영규는 산청군 생초면 향양리 향양마을에서 5남 1녀 중 막내로 태어났다. 본관은 나주이다. 22세 때 결혼하여 슬하에 4남 1녀를 두었다. 부인은 배덕순 제보자이다. 자녀들은 모두 객지에서 생활하고 마을에는

부인과 둘이서 생활하고 있다. 과거에 농사를 지었으며 현재도 농사를 짓고 있다. 마을에서는 노인회장을 맡고 있다. 학력은 무학이나 어릴 적 선생님께 한학을 배운 적이 있다고 했다.

제보자는 2편의 민요와 1편의 설화를 구연했는데, 젊은 시절 선배님으로부터 듣거나 배워서 알게 된 것이라고 했다. 일어서서 적극적으로 구연을 하면서 청중들의 박수를 유도하는 등 분위기를 흥겹게 했다.

제공 자료 목록
04_08_FOT_20120208_PKS_IYG_0001 죽어도 탈 살아도 탈
04_08_FOS_20120208_PKS_IYG_0001 모심기 노래
04_08_FOS_20120208_PKS_IYG_0002 성주풀이

임영자, 여, 1929년생

주 소 지 : 경상남도 산청군 생초면 향양리 향양마을
제보일시 : 2012.2.8
조 사 자 : 박경수, 박기현, 정혜란, 권경원, 정나겸

임영자는 1929년 산청군 삼장면 유평리 유평마을에서 4남 2녀 중 둘째로 태어났다. 본관은 나주이며, 택호는 생초댁이다. 과거에 농사를 조금 짓기도 하였으나 현재는 특별한 일을 하지 않고 건강장수관에서 짚공예를 하면서 시간을 보내고 있다고 했다. 제보자는 한국전쟁 때 다리를 다친 이후로 지금까지 다리가 불편하여 장애인 등급을 받았다. 한쪽 다리를 아예 사용할 수 없기 때문에 휠체어를 타고 다닌다고 했다. 다친 다리 때문에 제대로 시집을 가지 못한 상태이며 향양마을에서는 혼자 생활하고 있다. 학력은 무학이다.

제보자는 마을에서 구비문학 제보에 유능한 사람으로 소문이 나 있는 상태였다. 과거에 조사한 자료를 토대로 제보자를 찾아 제보를 요청하자 상당 부분 기억하면서 조사에 큰 도움을 주었다. 제보자는 구연을 할 때 손동작을 사용했다. 목소리는 작았으나 조사자를 쳐다보면서 적극적으로 구연을 했다.

제보자는 15편의 민요와 11편의 설화를 구연했는데, 설화는 어린 시절 어머니로부터 듣거나 배워서 알게 된 것이며, 민요는 마을 어른들이 부르는 것을 듣고 알게 된 것이라고 했다. 특히, 민요의 경우 제보자 스스로 한 서린 삶이라고 생각을 해서 그런지 서사민요에 감정이입을 하여 가창하는 바람에 청중들의 눈물샘을 자극하기도 했다. 민요를 구연하면서 중간 중간 말로 설명을 하는 특징을 보여 주었다.

제공 자료 목록

04_08_FOT_20120208_PKS_IYJ_0001 여우가 되어 집안을 망하게 한 딸
04_08_FOT_20120208_PKS_IYJ_0002 강피 훑을 팔자의 부인
04_08_FOT_20120208_PKS_IYJ_0003 단칸방에서 나누는 사랑
04_08_FOT_20120208_PKS_IYJ_0004 팥죽같이 흐르는 땀
04_08_FOT_20120208_PKS_IYJ_0005 상사바위의 유래
04_08_FOT_20120208_PKS_IYJ_0006 첫날밤에 도망간 신랑과 재가 된 신부
04_08_FOT_20120208_PKS_IYJ_0007 죽어서 나비가 된 처녀 / 나비의 유래
04_08_FOT_20120208_PKS_IYJ_0008 도깨비와 씨름한 사람
04_08_FOT_20120208_PKS_IYJ_0009 자식 죽여 부모 병을 고친 효부 / 산삼동자
04_08_FOT_20120208_PKS_IYJ_0010 누운 자리가 명당
04_08_FOT_20120208_PKS_IYJ_0011 어사가 된 가난한 집 아들
04_08_FOS_20120208_PKS_IYJ_0001 진주난봉가
04_08_FOS_20120208_PKS_IYJ_0002 못갈 장가 노래
04_08_FOS_20120208_PKS_IYJ_0003 회심곡
04_08_FOS_20120208_PKS_IYJ_0004 저승 노래
04_08_FOS_20120208_PKS_IYJ_0005 보리타작 노래
04_08_FOS_20120208_PKS_IYJ_0006 창부타령(1)

팥죽같이 흐르는 땀

자료코드 : 04_08_FOT_20120209_PKS_KJH_0001
조사장소 : 경상남도 산청군 생초면 어서리 어서일구마을 경로당
조사일시 : 2012.2.9
조 사 자 : 박경수, 박기현, 정혜란, 권경원, 정나겸
제 보 자 : 김점호, 여, 83세
구연상황 : 조사자가 팥죽 둘러 쓴 이야기를 혹시 아느냐고 묻자, 구연자는 목을 좀 가다듬고는 이내 이야기를 시작했다.
줄 거 리 : 옛날 시아버지와 며느리만 사는 집이 있었다. 하루는 팥죽을 끓이는데, 며느리와 시아버지는 서로 먹고 싶었으나 말을 못하고 있었다. 며느리가 팥죽을 끓이다가 물을 뜨러가자 시아버지는 팥죽을 떠서 변소로 가서 몰래 먹고 있었다. 며느리도 물을 이고 돌아와서 보니 시아버지가 없자 몰래 팥죽을 떠서 변소로 가서 먹으려고 했다. 변소에서 며느리를 만난 시아버지가 놀라 팥죽 바가지를 머리에 썼다. 팥죽이 흘러내리는 것을 본 며느리가 무얼 하느냐고 묻자 시아버지는 땀이 팥죽같이 흐른다고 했다.

옛날에는 동지 팥죽을 끼렀거든(끓였거든). 그런데 이제 이 집에는 시어마시가 없고 시아비하고 메느리하고, 인자 그 또 메느리 신랑하고 그래 살았는가베.

그래가 퐅죽을 한 솥, 퐅죽을 한 솥 낋이는데 시아바이를 보고 이제 팥죽 솥에 불을 떼줘라 했어. 그런께 시아바이가 불 떼고 메느리는 이걸 휘휘 저으면서 시아바이가 어떻게 그기 묵고짚던공(먹고 싶든지) 저놈의 퐅죽을 갖다가 메느리만 없으면 내가 한 그릇 퍼가 가서 묵을 낀데, 메느리가 있은께 이제 그리도 못하고 주도록 바라고 있으이까 묵고접고.

그런데 또 메느리는 메느리대로, '아이고 시아바이 멀리(몰래) 이걸 쪼깨 먹었으면 좋겠는데.' 또 시아바이 때문에 못 먹는 기라.

그래가지고 인자 그러다가 이제 폽죽을 이리 끓여놓고, 메느리가 퍼도 안 하고 그래놓고, 옛날에 이 우물에 여다가 무웠잖아(먹었잖아)? 물을 이러 갔거든. 물을 이러 간께 시아바이가 '마 옳다 요때가 거시기다' 싶어갖고 폽죽을 한 바가치 퍼갖고 아무데도 가 묵을 데가 없는 기라.

그래 인자 화장실로 갔어. 요새는 화장실이지만 옛날에는 벤소(변소), 뭐 벤소라 쿠나? 아 호간, 호간. (조사자 : 호간 호간. 아, 호간에 갔지.) 하모 호간, 호간에 가서 앉아서 막 물라(먹을라) 쿤케, 메느리가 물을 한 동이고 오더마는 메느리도 폽죽을 한 바가치 퍼갖고 또 호간으로 오는 기라. 아 그런께네레 인자 시아바이가 이놈의 걸 갖다 마 어쩔 수도 없고 머리에다가 마 폽죽 바가지를 둘러쓴께, 폽죽이 이리 줄줄 흐르거든.

"아버님 그 뭐합니꺼?"

저는 폽죽을 한 바가치 들고 그런께,

"아이고, 야야 땀이 폽죽겉이 흐른다." [일동 웃음]

그래 그런 이야기 있어.

강피 훑을 팔자의 부인

자료코드 : 04_08_FOT_20120209_PKS_KJH_0002
조사장소 : 경상남도 산청군 생초면 어서리 어서일구마을 경로당
조사일시 : 2012.2.9
조 사 자 : 박경수, 박기현, 정혜란, 권경원, 정나겸
제 보 자 : 김점호, 여, 83세
구연상황 : 청중들이 제보자가 이야기를 잘한다고 하면서 이야기를 시작하면 3개는 해야 한다고 제보자를 부추겼다. 조사자가 강피를 훑는 부인 노래를 어디서 들어봤다고 하자, 제보자는 거기에 얽힌 이야기를 시작했다.
줄 거 리 : 옛날 늘 공부만 하는 선비가 있었는데, 부인이 강피를 훑어 연명을 했다. 하루는 비가 내려 말리던 강피가 물에 떠내려가는 데도 선비는 공부만 하고 있었다. 그것을 본 부인은 저 사람과 살 수 없다고 선비를 떠나 재혼을 했다.

열댓 살 묵는데, 하룻밤 자고나몬 말이, 부자라 그런께. 부잣집인데, 하룻밤 자고나몬 말이 한 마리 죽어삐리고, 또 하룻밤 자고 나몬 또 소가 한 마리 죽어삐리고, 또 하룻밤 자고 나몬 또 말이 죽고, 또 소가 죽고 자꾸 저녁마당 달마당 죽어삐리. 소가. 짐승이.

그래서 기중 큰애, 딸은 귀한께 예쁘고, 아들은 너이나 된께 고만 대수로 안 여겼는 기라. 큰아들한테,

"저 큰아들아, 니 오늘밤에 내 떡 한 시래이(시루) 쪄줄 텐께 밤에 누가 저게 소를 직이는고(죽이는가) 함 봐라. 지키 봐라."

이랬거든. 그래 참 그 아들이 저거 엄마 말 듣고 떡 한 시루 떡 이래 무가면서 인자 뭐시 소를 직이는고 싶어 가만히 쳐다본께, 동상이, 여동상이 아이 막 벅수로 해끗희끗 넘디만은 여우가 돼갖고, 소 똥꾸녁 푹 찔러가 간을 썩- 빼먹더레. 소는 턱 엎어져 죽고.

그래 인자 엄마한테 이야기를 했어.

"아이고 엄마 우리 뒤에 동상이 그래요."

그칸께,

"이놈우 자석 니 와 동생이 와 그런 줄 아나("그럴 리가 있나"의 뜻으로 말함). 니 가!"

카면서 쫓아내뺐어. 쫓기나삐렀어. 또 둘채 아들도 그랬어. 똑같이 마찬가지로. 또 참, 그런께 둘채 아들 그것도 똑같은 마찬가지로 얘기 하는 기라.

"아이고! 저거 동생이 그라더라."

"에이, 이놈의 새끼 너도 가라."

다 쫓아내삐렀어. (조사자 : 아- 부모가 딸 말만 듣네.) 딸만 최고라 마. 그래 아들이 다 쫓기나삐렀어. 다 쫓기나삐렀는데, 그래 저거 엄마 저 아배 있는데, 쫓기난 아들이, 쫓기난 아들 큰아들이 에데 가 쫓기나서 저- 어데 고생하고 살다가 집에 인자 고향에 한 번 가보고 싶어. 집에 가니까,

저거 엄매 저아바이도 다 죽고, 동생 그 하나만 있어. 저거 어매 다 죽고.

"아이고! 오빠 왔다. 오빠 왔다. 하이고 오빠 왔다. 이리 오소."

막 앉히놓고 막 밥이라꼬 주는 기 사람 살이고, (조사자, 청중 : 아이고!) 장이라고 주는 기 사람 피고 그렇더래. 그래 막 무서울 거 아이가. 무서워 가지고, '아이고, 나도 얼렁 피해가거 되겠다.' 생각뿐이라 그마. '나는 가야 돼, 얼렁 가야 되겠다.' 싶은 생각뿐이라. 그래서 동상한테,

"아이고 나는 이거 못 묵겠다. 아무 데 우리 소풀밭에 소풀 있지?"

"예 있습니다. 있습니다."

이라거든.

"그 소풀 좀 비갖고 내 반찬 좀 해 달라."

그런께,

"오빠 갈라고?"

(조사자 : 소풀 그기 요새 정구지지요?) 하모 정구지지 하모.

"하이고 그래 오빠 갈라꼬? 오빠 갈라꼬?"

그래 쌌는 기라. 그래서,

"안 가께. 내 가나 안 가나 볼라면은 저게 내 몸에 바늘 하나 탁 꽂압주몬 실이 졸졸졸 풀려온께 실이 안 땡기면 내 안간 줄 알아라."

이랬거든. 그래 그래놓고 방에 네 구석에다 똥을 세 무디기 노놓고, 그래 그마 바늘 빼놓고 가버렸어. [이야기하는 내용이 바뀌었다고 판단하고] 일이 말이 꺼꾸로 된다.

그래 저게 가버렸는데, 또 와 본께 없거든. 동생이 와본 없거든.

"하이구! 오빠 날 놔두고 갔다. 날 놔두고 갔다."

고 하면서 찾는 기라. 자기가 말을 타고 저-꺼정 가는데, 얼매나 그 가스나가 날래는지 말을 따라 오는 기라. 말을 따라온께 이 사람 피할 데가 없어. 오빠라 쿠는 사람이. 피할 데가 없어.

여기 올 적에 저게 마누래가 요만한 병을 시(세) 개를 주더래. 빙을(병

저게 막 약을 구해 씨고 막 하는 중에, 저게 중이, 대사 하나가 동냥하러 왔더라 캐. 동냥하러.

"동냥 좀 주소."

해서 왔는데, 그래 동냥을 좀 마이(많이) 퍼주민서(퍼주면서),

"아이고 저 시님(스님). 우리 아부님이 저런 뱅이 들었는데, 아무리 약을 써도 안 낫는데 저걸로 우찌 해야 낫으고요."

시님인테 물으니께, 시님 하는 말이,

"아이고, 어렵겠지만 내 시키는 대로 하몬 낫십니다."

카더라 캐. 그래서,

"아이고 머시든간 가리키만 주시요. 우리 아부님 병 낫으구로 가리키만 주시오."

카더라 캐.

"그라몬 저게 이 집에 저 핵, 서당 댕기는 학생, 저 공부하는 학생 있지요?"

묻더란다. 그래,

"있다."

꾼께네로.

"그 애를 삶아 믹이면 낫는다."

카더란다. 아들을 그런께, (조사자1 : 아, 아들이. 아 아들.) 아부지는, 시아부지가 뱅이 들어서 인자 할아버지한테는 손자고. 그 아들을 삶아 믹이몬 낫는다 카더라 캐.

(조사자 : 그래 삶아 믹있다 캅니까?) 참 그래 인자, 그래 저게 거서(그래서) 의논을 했어 인자. 부부간에 의논을 한께, 참 부부는,

"그렇지만은 아부지도 중하지마는 어찌 그 짓을 할거냐?"

카고. 또한 미느리는,

"아이고 놓으몬 자석, 그래 합시다."

커고, 그래 의논을 했는데. 그 이튿, 다음날 인자 아들 오몬 인자 고마 가매솥에 물을 퍼떡(빨리) 낋이. 솥에 인자 둥구리 불 때 놓고 물을 펄펄 끼리 아들 오몬 인자 눈 짝 감고 퍼대에 넣을라고. 물을 펄펄 끼리께네 그날 비가 부슬부슬 오더란다. 비가 온께네로 아들이 삿갓을 씌고 오더라 캐. 어데서 삿갓을 얻어갖고. 마 삿갓을 훼딱 걷어 제끼삐리고 아(아이) 보듬고 마 가매솥에 집어옇어삤어(집어넣어 버렸어). 집어옇고 뚜껑을 닫아삤어. 그래 펄펄, 마 아를 꼬았는(꾀었는) 기라. 아로 꼬아갖고 시아부지를 퍼다 주는 기라.

시아부지로 퍼다 준께, 참 그걸 먹고 마 땀을 줄줄 흘리고 마, 불툭 붉히고 아픈 데가 마 꾸덕꾸덕하이 낫고 그렇더란다.

그런께, 그 이튿 진짜 아들이 들오더란다. 진짜 아들이. (조사자1 : 진짜 아들이 또 들어왔습니까?) 어. 아들이 들오더라 캐. 그러니까 놀랠 거 아이가.

"아이구, 니가 와 인자 오노?"

헌께,

"비가 와서 친구 집에 자고 왔다."

카더란다. 그러던 기 동삼이라. (조사자1 : 동생을?) 동삼이라 동삼. 동삼, 동삼. 산삼. (조사자1 : 산삼예?) 그래 인자 복을 준 기라. (조사자2 : 아― 효부라서?) 하모 하모. 천시적으로 하늘에서 복을 내리 준 거라. 그래서 시아부지 병을 낫우더라 캐. (조사자2 : 애도 살겠네.) 하모 하모. 아는 비가 와서 친구 집에 자고 오고. 아를 고런 식으로 돌리고, 고거는 인자 아 겉이 보이게 하고, 참말로 저 사람이 진심인가 아인가 마음 짤아보는 (알아보는) 기라.

누운 자리가 명당

자료코드 : 04_08_FOT_20120208_PKS_IYJ_0010
조사장소 : 경상남도 산청군 생초면 향양리 향양마을 농촌건강장수관
조사일시 : 2012.2.8
조 사 자 : 박경수, 박기현, 정혜란, 권경원, 정나겸
제 보 자 : 임영자, 여, 84세
구연상황 : 조사자가 효자 이야기를 해달라고 요청하자 제보자가 그 이야기가 아니라면
　　　　　서 다음 이야기를 시작했다.
줄 거 리 : 어느 효자가 아버지가 아파서 의사에게 가도 상중이었고, 점쟁이에게 가도
　　　　　상중이었다. 아버지가 돌아가시자 명산도 없고 명당도 없다고 생각하고 산꼭
　　　　　대기에 가서 아버지 시신을 아래로 굴렸다. 굴러 가다가 한 군데 서는 자리에
　　　　　묻었는데, 그 자리가 삼정승 육판서가 나오는 자리였다.

　그분도 효잔데. 저게 저거 아부지가 아파서 의사한테 간께네로, 의사도
상복을 입고 있고, 점쟁이한테 간께네로 점쟁이도 뭐 부모가 죽었다 카더
나 어떻고. 또 어데 간께네로 어떻고.

　'에레이 이거 아무것도 아이다.' 싶은 마음에 전부 명산도 없고 아무것
도 아이다 싶어.

　저가 그 쿠메(자기가 그렇게 말하며) 고마 뭐 점쟁이한테 가 물을 필요
도 없고, 풍수한테 가서 물을 필요도, 풍수도 마 간께 두건을 씌고 앉았고
그렇더라 캐. 그래서 고마 저거 아부지 짊어지고 산만당(산꼭대기) 가서
굴리삤단다.

　굴리이 너르이 뚜굴뚜굴뚜굴 구부리 가다 한 군데 딱 서더란다. 자기
서는데 거가 딱 흙을 모아갖고 놓으께네로 삼정승 육판서가 나오더란다.

　그래 자기 자리 자기가 잡은 기라. 그런 얘기가 있대.

어사가 된 가난한 집 아들

자료코드 : 04_08_FOT_20120208_PKS_IYJ_0011

조사장소 : 경상남도 산청군 생초면 향양리 향양마을 농촌건강장수관

조사일시 : 2012.2.8

조 사 자 : 박경수, 박기현, 정혜란, 권경원, 정나겸

제 보 자 : 임영자, 여, 84세

구연상황 : 조사자가 이야기를 한 편 해주며 유사한 이야기를 유도하자 그건 잘 모르겠고 다른 이야기를 하나 하겠다고 말을 하고 다음 이야기를 했다.

줄 거 리 : 옛날에 아들을 키우며, 가난하게 사는 노파가 있었다. 아들의 이름은 조덕이었는데, 밥을 얻어다 노파를 먹이며 살았다. 노파의 큰집은 부자였으나 노파를 돕지 않았다. 하루는 큰집 아들이 과거를 보러가자 조덕이가 억지로 따라갔다. 서울에 도착한 조덕이는 사촌을 잊어버리고, 어느 집에 숨어 들어가 잠이 들었다. 다음날 그 집 주인은 조덕이가 있는 곳에 무지개가 서는 꿈을 꾸고, 조덕이를 발견했다. 이상하게 여긴 주인은 조덕이를 집에 거두어 글을 가르쳤다. 글을 익힌 조덕이는 과거에 급제하여 어사가 되고, 그 집 사위가 되었다. 그 사이 조덕이의 어머니는 조덕이가 죽은 줄 알고 슬퍼하고 있었으나 어사가 된 조덕이가 고향에 금의환향했다.

한집에, 한집에는 할매 하나가 아들 하나 딱 키우고, 저게 또 큰집 사촌인가 작은집 사촌인가, 사촌 큰집에는 잘 살고, 작은집에는 못 사더란다. 몬 살고. 그래서 장 몬 사는 할매 하나가 아들 하나를 데꼬(데리고), 장 밥을 얻어다 믹이(먹여). 저거 어매를. 장 바가지 들고 이 집에 와가,

"밥좀 주소."

옛날에는 그런 사람이 많았어. 지금은 없어도.

"밥좀 주소, 밥좀 주소."

얻어다 저거 어매를 얻어다 밥을 얻어다 믹이고 그래싸. 그래 저 사촌 집에를 간께 큰집에 사촌집에를 간께, 사촌이라는 기 넘만도 못해. 이름이 조덕이라. 얻어 먹는 애가 이름이 조덕인데.

"조덕이 온다 밥 치아라."

먹다가도,

"조덕이 온다 밥 치아라. 밥 치아라."

밥을 마 안 보이게 치아뻐더라 캐. 애나 참 저거 큰집에 와서는 밥 한숟가락 못 얻고, 딴 데 댕기마 밥을 얻어다 엄매 주고 주고 그래 쌌더라 캐.

근데 그래 한 분은 저거 큰집, 사촌 밥 치아라는 그 집 아들이 나라 저게 서울 과게 하러 베슬(벼슬) 따러 간다더라 캐. 베슬 따라 간다 한께네, 조덕이 이것도,

"엄마 행님 가몬 나도 갈 끼라. 행님 가몬 나도 갈 끼라."

그래 쌌터란다. 그래서,

"아이고 니가 어려워 우찌 갈래. 몬 간다. 몬 간다."

한께,

"꼭 따라 간다."

카더란다. 꼭 돌아간다 캐서 막 몬 가구로 막 저거 생(형)이라 카는 것도 오지 말라 쿠고 그래서, 생이라 카는 사람 말을 타고 가고, 지는 인자 걸어가는데 바로 따라간께, 얼마나 날래게 따라갔든지 생이라 카는 기 처다보고 저거 말 몰고 가는 종한테,

"저놈 잡아서 낭게에(나무에) 볼끈 묶어놓고 오이라."

그러 카더란다. 그래 참 시키는 대로 하는 기라. 낭게다 볼끈 묶어놓고 한께, 어찌 어찌 끌러가지고, 어찌 어찌 끌러가지고 또 막 쫓아간께네로, 또 앞서듯이 보이구로 또 가는 기라. 또 돌아보고,

"저놈 잡아서 돌멩이에다 볼꼰 눌러 놓고 오이라."

또 고래 또 시키더란다. 또 잡아다 돌멩이다 볼꼰 눌러 놓고. 인자 그러고로 그러고로 따라가서, 따라가이 서울 인자 거 저게 대금을 지고 나라 베슬 하는 집에, 그 동네를 드간 기라.

동네를 드가는데, 생이는 말을 타고 쑥 드가뻐고 어더로 가뼜는가 모르겠고, 동상은 올 데 갈 데 없는 기라 고마. 그래 할 수 없어서, 동네 어디

들어가서 뉘 집에 일을, 옛날에는 소죽 끓이는 가매(가마) 부석(부엌) 앞이 있었어. 소죽께 있었지.

추우니께 마 옷도 다 떨어진 옷을 입고, 막 신도 벗고 이래갖고 고마 그러고로 밤은 되고 새이는 어데 가삤는고 없고 마 찾도 몬 하겄고, 부석 앞에 요래 옹키고(웅크리고) 부석 떡 매지근한 데 거(그곳에) 자는 거라.

거 자고 있은게, 그 집에 딸만 하나 있더란다. 딸만 하나 있는 집인데, 딸 아부지가 밤에 꿈을 꾼께, 저게 하늘에 무지개가 하늘에 무지개가 저 가마 부석 앞에, 소죽 끓이는 가마 부석 앞에 무지개 뿌리를 박고, 무지개가 가마 부석 앞에 뿌리를 박고, 하나는 처녀 자는 방에 뿌리를 박았더라 캐.

그래 하도 신기해가지고, '이상하다, 마 이런 꿈을 끼노.' 싶어 아무리 생각해봐도 맹랑하기(명랑하게) 처량하기 분명히 딱 그렇더라 하데. '부석 앞에 뭣이 있노? 가보자.' 싶어 가본께 꼭 강새이(강아지) 겉은 기 요런 기 있더라 캐. 강새이매로(강아지처럼) 이래 새카매이(새까맣게) 해갖고 그래서 이리이리 건드리 본께 애라.

"아이고, 이 니가 우째 니가 어이 사노? 니 이름이 뭐꼬? 니가 우찌 돼서 이리 왔노?"

한께, 그래 사실대로 이야기를 하거든.

"이맛코 저맛코 이맞고 저맞고 우리 형님이 마 오데 가서 돌맹이 무지로 어디 나무에 붙들리."

[웃으며] 이런 이야기를 다 한 기라. 그 소리를 들으니까 사람 치고는 얼매나 불쌍하노? 그래서,

"그럼 니 아무 데도 가지 말고 우리 집에 있거래이. 우리 집에 소죽이나 끼리 주고 내 심바람이나(심부름이나) 하고 있거래이."

그렇게 데꼬(데리고) 있어. 데꼬 있으면서 그래 인자 글로 하나썩 갈칬어. 인자 옛날에는 글이 중하거든. 한문 글 그기. 글로 하나썩 가르치이

글이 쭉쭉 늘더란다. 글이 그래 쭉쭉 늘어갖고, 거서 뭐 서울은 간 기고 (것이고), 고 인자 참 과거를 친께 고마 지금 치꺼모 검사 판사가 된 기라. 어사몬 검사 판사가 되거든. 마 어사 베슬을 땄어. 어사 베슬 따논게 그 집 사우를 맨들어뺐어. 그집 사우가 돼삐 그 처녀가 있응께.

사우가 돼갖고 마 참 옛날에는 저 인자 어사라 카몬 막 굉장하더란다. 막 깃대 시우고 나발 불고 가메 타고 막 을싸들싸 오는데. 마 그 마을에 저거 마을로 오는 기라. 인자 저 메느리 시오마이 보러 오는 기라.

온께 아이고, 시오마이는 아들로, 고래 저거 어매는 아들로 보내고 주 야장창 눈물바람으로 시월을 보낸 기라.

"아이고 저런 집안은 좋구만은, 우리 조덕이는 어데 가서 죽었는가 살았는가?"

그래서 걱정을 하고 있은께, 저거 집으로 와갖고, 이렇다 한 처녀가 막 시어마이한테 절을 하더란다.

그래 그 저 애나 저거 행이라 카는 사람은 베슬을 못 했어. 베슬 몬 하고. 그런께 담 넘어다 보고,

"조덕아 조덕아, 어패 그거 나 도라."

카더란다. [조사자 일동 웃음] 어산께 어패라. (조사자 : 어패를.) 어패 로, 어패로 이래 차고 이런께, 막 달 같은 어패를 차고 막 금관이라고 있 어. 옛날에 차고 하는 금관. 금관 씌고 말 타고 꽃가마 타고 온께네로 동 네사람 다─ 나와서 구경하고 마 그래 좋더라 캐.

닭소리로 할멈을 부른 영감

자료코드 : 04_08_FOT_20120209_PKS_JBN_0001
조사장소 : 경상남도 산청군 생초면 월곡리 월곡마을 월곡마을회관
조사일시 : 2012.2.9

조 사 자 : 박경수, 박기현, 정혜란, 권경원, 정나겸
제 보 자 : 전복남, 여, 74세
구연상황 : 조사자가 먼저 비슷한 이야기를 해주었다. 그 이야기와 관련해서 한 청중이
　　　　　 비슷한 이야기를 했는데 본 제보자가 알고 있는 대로 말해주겠다며 구연을
　　　　　 시작했다.
줄 거 리 : 옛날에 방이 너무 좁아서 부부가 사랑을 나누지 못했다. 하루는 영감이 부인
　　　　　 과 의논하여 밖에서 "꼬꼬꼬꼬" 하고 닭소리를 내면 밖으로 나오라고 했다.
　　　　　 하루 저녁 밤에 영감이 닭소리를 내니 자녀 여섯이 병아리 소리를 내며 줄줄
　　　　　 이 나왔다.
　　　　　 또 어느 날 밤 아버지가 밤에 밖에 있는 아내를 찾아가다가 실수로 술독을 깨뜨리고
　　　　　 말았는데 그것을 보고 아들이 그것도 잔치라고 술이 만기가 났다고 했다.

　　그 인자 방이 데 비잡서(비좁아서) 그래 인자 참 그래그래 인자 한방에
잔께 참 할멈 옆에 드갈 [웃으며] 헐지를 못 해서 낮에 의논을 했는 기라.
할멈한테,

　　"아이고 할멈, 내일 저녁에 내가 저게 밖에서 꼬꼬꼬꼬 쿠글랑 저게 따
라 나오라."

　　캤어. 뒤안에서 만내자꼬. 그래 논께네 인자 참 '꼬꼬꼬꼬' 쿤께, 요 할
마이도 말갔는데 이 아들이 고마 '꼬꼬꼬꼬' 쿠면 인자 뼝아리가 '뽕뽕' 캐
야 된다 아입니꺼. 그래 '뽕뽕뽕뽕' 쿰시로 마 있는 대로 마 여섯이서 마
쭈욱 따라 나오는 기라. [일동 웃음]

　　나는 이야기 하몬 안 우습다이. 그래갖고, (조사자 : 아 할머이 그 이야
기 유명한 이야깁니더.) 그래갖고 참 또 그래갖고 또 저 못 만내고 말았
는데.

밤에 부인 찾아가다 술독을 깬 남편

자료코드 : 04_08_FOT_20120209_PKS_JBN_0002
조사장소 : 경상남도 산청군 생초면 월곡리 월곡마을 월곡마을회관

조사일시 : 2012.2.9
조 사 자 : 박경수, 박기현, 정혜란, 권경원, 정나겸
제 보 자 : 전복남, 여, 74세
구연상황 : 제보자는 앞의 이야기에 이어서 바로 구술한 것이다. 앞의 이야기와 다른 이
　　　　　 야기라서 분리하여 채록했다.
줄 거 리 : 어느 날 밤 아버지가 밤에 아내를 찾아가다가 실수로 술독을 깨뜨리고 말았
　　　　　 다. 그것을 보고 아들이 그것도 잔치라고 술이 만기가 났다고 했다.

　또 한 사람은 또 참 그때는 독아지에 우리 때만 해도 독아지에 이래 술
을 한 바가지 누룩을 비비서 이래 구들매('구들막'은 아랫목. 아랫목에) 해
서 덮어놓거든예. 그라몬 사흘 되몬 인자 가갖고 인자 탁주 그거를 해서
마시는 기라.

　그렇는데 아이 술을 한거썩 해놨는데, 이 영감이 거 할맘이 찾아가다가
고마 술 독아지를 모르고 재끼서 넘어가뻤어. (조사자 : 아이고. [웃음]) 할
마이 옆에 가다가. 그래 아들이 하는 말이,

　"그것도 잔치라고 술이 만기가 났네."

　[웃음] [청중 웃음] 아들이 그러쿠더라 캐. 저거 어무이하고 저거 아부
하고 인자,

　"그기 잔치라고 술이 만기가 났네."

　그 쿠더라고. 아 그래 마 농담으로 그래 쌌어. 그래갖고 마 배를 짜더
라고(배꼽을 빼더라고).

전처 딸을 음해한 계모

자료코드 : 04_08_FOT_20120209_PKS_JBN_0003
조사장소 : 경상남도 산청군 생초면 월곡리 월곡마을 월곡마을회관
조사일시 : 2012.2.9
조 사 자 : 박경수, 박기현, 정혜란, 권경원, 정나겸

제 보 자 : 전복남, 여, 74세
구연상황 : 조사자가 동물이 은혜를 갚은 이야기를 해달라고 했는데 제보자는 쥐와 관
        련된 다른 이야기를 구연해주었다.
줄 거 리 : 계모가 배다른 딸이 아니 꼬아서 쥐를 키워다가 껍질을 까서 딸의 옷에 넣어
        두고는 낙태한 것처럼 보이게 해서 딸을 쫓아내었다.

쥐를 갖다가 밥을 남는 거를 갖다가 요렇게 주고 주고 해놓은께, 쥐가
커갖고 그걸 잡아갖고 뭐뭐 뭣이고? 뭣이고? 뭣이고 마 이름도 있는데.

그거하고 저게 저기 분풀이를 할라꼬, 그걸 갖다가 잡아갖고는 껍데기
를 뺏기갖고(벗겨서) 낙태했다 쿨라꼬, 인자 그거 음해 입힐라꼬 옷에다가
옇어갖고 옷에다 여갖고 낙태했다고 그걸 갖다 쥐를 껍디기를 까갖고 그
리도 했답니더. 몰라 옛날 얘긴께 거짓말이지 머.

서모가. 옛날에는 서모가 그만침 하나는 뉘든 딸 하나는 직이야 말더라
안 쿠나. (조사자 : 인자 계모가 들으와가지고?) 예, 예. 계모가 들으와갖고
인자 딸 전 하나는 데꼬 왔고, 하나는 인자 요게 살고 있는데, 그래 그 인
자 전처 딸애 자기가 안 덱고 온 딸을 인자 고거 직이모 뭐뭐 원수를 오
데 있든가 머언(무슨) 수가 나모 인자 요 딸을 인자 대우로 받고 살끼다
싶어갖고, 그래 쥐를 갖다가 만날 밥을 마마 찌그래기 한 숟가락 주고.

지금 겉으모 쥐 그거 때리직이뿌지 말라 할 기고 그제? 이야기지 그런
께네 거짓말 이야기지. 그래논께 그 쥐가 컸는데, 그놈을 갖다가 하루는
딱 잡아 갖고마 밥 주는 척해갖고 딱 잡아갖고 꺼풀을(껍질을) 딱 벗긴께
네 똑 낙태한 거 겉더래. 사람 겉더래. (조사자 : 낙태한 것처럼.) 예. 예
예. 그래갖고 거 누워자는 전처 딸 옷에다가 잡아 옇은 기라. 바지가랑이
에다가.

그라고 요년 막 아를 낙태했다고 어떤 놈을 봐서 그랫냐고 그래갖고
막 (조사자 : 쫓가내고 쫓가낸 기다.) 예. 숭악하더라꼬. 그런 얘기, 옛날
얘기지. 이야기는 다 거짓말 아입니까? [일동 웃음]

이상하게 곡하는 바보 사위

자료코드 : 04_08_FOT_20120209_PKS_HSY_0001
조사장소 : 경상남도 산청군 생초면 어서리 어서마을경로당
조사일시 : 2012.2.9
조 사 자 : 박경수, 박기현, 정혜란, 권경원, 정나겸
제 보 자 : 홍순이, 여, 81세
구연상황 : 조사자가 바보 이야기가 없느냐고 하자 제보자가 꺼낸 이야기이다.
줄 거 리 : 옛날에 바보 사위가 장인이 죽어서 문상을 갔다. 가는 길에 도랑에 빠져서 미
꾸라지를 잡으니 '쩍쩍' 하고 울었다. 바보 사위는 문상을 가서 미꾸라지가
'쩍쩍' 하는 소리를 내며 곡을 했다.

옛날에 쟁인(장인) 죽은 데 가갖고, 자빠져갖고 미꾸래이(미꾸라지) 거
석이한데, 미꾸래이가 쩍쩍, 저도 쩍쩍, 쟁인 죽은 데 가갖고 쩍쩍. [웃음]

(조사자 : 누가예? 누가? 옛날에) 뭐 꺼시게 사우가 그랬겄지 와. (조사
자 : 좀 바본 모양이지예.) 그렇겄지요. 그래 쌌대.

와 쟁인 죽은 데 가갖고 운다 카는 기 '쩍 쩍 쩍' 그러 카더라 캐.

도깨비와 씨름한 사람

자료코드 : 04_08_FOT_20120209_PKS_HSY_0002
조사장소 : 경상남도 산청군 생초면 어서리 어서마을경로당
조사일시 : 2012.2.9
조 사 자 : 박경수, 박기현, 정혜란, 권경원, 정나겸
제 보 자 : 홍순이, 여, 81세
구연상황 : 조사자가 도깨비 이야기를 꺼내자 제보자가 다음 이야기를 했다. 제보자는
한 번 했던 내용의 이야기를 여러 번 반복해서 구술했다.
줄 거 리 : 옛날 힘이 장사인 사람이 도깨비를 만나서 싸웠다. 도깨비를 이겨서 묶어두
고 왔는데, 다음날 가보니 여자들의 월경이 묻어있는 빗자루가 있었다.

내나 구평에 우리 이모 아재가 그래갖고. 아, 그래갖고 세사(세상에) 장

심(힘)이 세.

그래갖고 마, 요놈 참서(하면서) 너나 내나 싸워보자 하는데, 꽉- 저게 묶어놓고 왔더만은. 도깨비 그 놈을. 하모! 그 저거(자기) 아버지. 여순이 저거 아버지.

그래갖고 그 뒷날 가본께네, 여자 거석 안 있습니까? 달달이 치는 거. 그게 묻어갖고. [묶는 시늉을 하면서] 딱- 요리 짜매져갖고 있더라요. 빗자루가.

그랜께내로(그러니까) 저게 불 때몬, 빗자루 깔고 앉지 마라 소리가 그래서 그래 났다요. (조사자 : 아, 그래서 여자들보고 밑에 그 빗자루 깔지 마라.) 빗자루 깔고 옛날에는 마 불 땜서러 마 빗자루도 깔고 앉고 그랬다 아닙니까? 지금은 뭐 다 집을 좋게 한께 그렇지만은.

(조사자 : 그런 기 뭣이 다 도깨비가 되는 모양이지예?) 그기 도깨비더라 캐. 내나 저 구평 사는데 마을에 사는데, 우리 이모 아재가 거 처갓집이 있어서, 그래 만날 그게 나타나고 해서, 한 번은 이자(이제),

"에레이, 요놈. 너랑 나랑 싸워보자."

카는데, 그 자기가 허리끈을 갖다가 그새갖고(끌어내갖고) 솔나무에다 꽉 짜매놓고, 그 이튿날 가본께 빗자리더라 캐. 그 참 여자 거시기 묻어갖고 있더래요. 그건 진실이라요.

모심기 노래

자료코드 : 04_08_FOS_20120208_PKS_KJB_0001
조사장소 : 경상남도 산청군 생초면 향양리 향양마을 농촌건강장수관
조사일시 : 2012.2.8
조 사 자 : 박경수, 박기현, 정혜란, 권경원, 정나겸
제 보 자 : 권점분, 여, 86세
구연상황 : 조사자가 모심을 때 불렀던 노래를 알면 불러달라고 하자, 제보자가 먼저 나
서서 노래를 해보겠다고 말을 한 후 다음 노래를 불렀다.

모시적삼 안섶안에이 불통겉은 저젖봐라
많이보면 빙(병)날기고 쌀끝만큼만 보고가자

물꼬청청 물실어놓고 이집주인 어데갔노
등넘에다 첩을두고 낮에가고 밤에가대
무슨첩이 대단해서 낮에가고 밤에가

다풀다풀 다박머리~이 해다진데 어데가노
우리엄마 산소등에 젖먹으러 내가가요

노랫가락(1) / 마산서 백마를 타고

자료코드 : 04_08_FOS_20120208_PKS_KJB_0002
조사장소 : 경상남도 산청군 생초면 향양리 향양마을 농촌건강장수관
조사일시 : 2012.2.8
조 사 자 : 박경수, 박기현, 정혜란, 권경원, 정나겸
제 보 자 : 권점분, 여, 86세

구연상황 : 조사자가 다른 노래도 한 번 해달라고 요청하자 청중들도 함께 나서서 해보
라고 설득을 했다. 그러자 제보자가 그럼 한 곡 해보겠다고 말을 한 후 이 노
래를 불렀다.

매산서[98] 백마를타고 진주목등에 썩올라서니

연꽃은 봉우리짓고 수양버들은 춤잘춘다

수양버들 춤잘추는데 우리인생은 춤못추나

노랫가락(2) / 나비 노래

자료코드 : 04_08_FOS_20120208_PKS_KJB_0003
조사장소 : 경상남도 산청군 생초면 향양리 향양마을 농촌건강장수관
조사일시 : 2012.2.8
조 사 자 : 박경수, 박기현, 정혜란, 권경원, 정나겸
제 보 자 : 권점분, 여, 86세
구연상황 : 조사자가 옛날 노래를 잘한다고 칭찬을 하면서 "나비야 청산가자"는 노래를
해달라고 요청하자, 제보자가 해보겠다고 하면서 바로 다음 노래를 불렀다.
청중들이 함께 노래를 불러주었다.

나비야 청산을가자 푸랑나비야[99] 너도가~자

가다가 날저물걸랑 꽃밭수렁에 자고가~자

그꽃이 괄시를하면[100] 잎에붙어서 잠자고가~자

그잎이 또괄세하면 요내품안에 자고가~소

---

98) 마산에서.
99) 호랑나비야.
100) 괄세를 하면.

시집살이 노래

자료코드 : 04_08_FOS_20120209_PKS_KJH_0001
조사장소 : 경상남도 산청군 생초면 어서리 어서일구마을 경로당
조사일시 : 2012.2.9
조 사 자 : 박경수, 박기현, 정혜란, 권경원, 정나겸
제 보 자 : 김점호, 여, 83세
구연상황 : 조사자가 "성아성아 사촌성아"라는 시집살이 노래를 알면 해달라고 말하자, 제
　　　　　보자는 그 가사를 말로 읊조리다가 노래로 불러주라는 부탁에 노래를 불렀다.

　　　성아성아 사촌성아
　　　시집살이가 어떻더노
　　　아우동상 말도말아라
　　　중우벗인 시아재비
　　　말하기도 어렵더라
　　　동글동글 수박식기
　　　밥담기도 어렵더라

부모 그리는 노래

자료코드 : 04_08_FOS_20120209_PKS_KJH_0002
조사장소 : 경상남도 산청군 생초면 어서리 어서일구마을 경로당
조사일시 : 2012.2.9
조 사 자 : 박경수, 박기현, 정혜란, 권경원, 정나겸
제 보 자 : 김점호, 여, 83세
구연상황 : 제보자는 <시집살이 노래>를 부른 후, 어렸을 때 듣고 많이 울었다던 노래
　　　　　이야기를 덧붙였었는데 그 노래도 불러달라고 부탁했다. 제보자는 이제 저녁
　　　　　시간이라서 마지막으로 부르는 것이라면서 다음 노래를 시작하였다.

　　　성의머리 대자머리 이내머리 외자머리

배꽃겉이 천해영어서 밀꽃같이 따듬아서
저승이라 이리장에 부모사러 가였더니
전은전은 다나았어도[101] 부모전이 아니났네
엄마한석 바우밑에 엄마야고 크기불러
엄마소리는 간곳없고 군만신이 대답하네

주치 캐는 처녀 노래

자료코드 : 04_08_FOS_20120209_PKS_NCJ_0001
조사장소 : 경상남도 산청군 생초면 월곡리 월곡마을 월곡마을회관
조사일시 : 2012.2.9
조 사 자 : 박경수, 박기현, 정혜란, 권경원, 정나겸
제 보 자 : 노춘자, 여, 72세
구연상황 : 조사자가 노래를 불러달라고 부탁했으나 부를 노래가 없다고 했다. 그러다가
청중들이 개골개골 노래를 불러보라고 하자 제보자가 가사를 읊고 나서 가창
하기 시작했다. 그러나 노래 중간에 가사를 잊어서 청중의 도움을 받아 마무
리 노래를 했다.

깨골깨골 개골산밑에
주추캐는 저처녀야
너거집에 어데인데
이저문데 주추캐노

그러쿠나? (청중 : 해다진데 주추캐노.) 아이고 몰라 그래.

이등저등 저물어서
깨골집이 우리집이요

---

101) 전이란 전은 다 나와 있어도.

그래 그거뿐이라.

노랫가락

자료코드 : 04_08_FOS_20120208_PKS_MBO_0001
조사장소 : 경상남도 산청군 생초면 향양리 향양마을 농촌건강장수관
조사일시 : 2012.2.8
조 사 자 : 박경수, 박기현, 정혜란, 권경원, 정나겸
제 보 자 : 민분오, 여, 78세
구연상황 : 조사자가 제보자에게 노래를 부탁하자 제보자가 설명 없이 곧 바로 다음 노
          래를 부르기 시작했다. 노랫가락으로 부른 노래이다.

대천지 흐르나봤다 뿌리없느냐102) 낭게로다103)

가지마다 열두나가지 잎은피어서 삼백여섯

그낭게 열마가열어104) 열마이름이 일구일세

모심기 노래(1)

자료코드 : 04_08_FOS_20120209_PKS_MCJ_0001
조사장소 : 경상남도 산청군 생초면 월곡리 월곡마을 월곡마을회관
조사일시 : 2012.2.9
조 사 자 : 박경수, 박기현, 정혜란, 권경원, 정나겸
제 보 자 : 민춘자, 여, 79세
구연상황 : 조사자가 <타박네 노래>를 아느냐고 묻자 청중들이 서로 해보라고 했다. 그
          때 제보자가 아는 대로 부르겠다고 하면서 구연을 시작했다. 노래를 다 부르
          고 난 후 스스로 잘한다고 하며 웃었다.

---

102) 뿌리 없는.
103) 나무로다.
104) 열매가 열어.

다풀다풀 다박머리 해다진데 어디가노
울어머니 산소등에이 젖묵으러 나는가요
산부모가 젖을주지 죽은부모가 젖을주나

잘한다. [웃음]

노랫가락(1) / 그네 노래

자료코드 : 04_08_FOS_20120209_PKS_MCJ_0002
조사장소 : 경상남도 산청군 생초면 월곡리 월곡마을 월곡마을회관
조사일시 : 2012.2.9
조 사 자 : 박경수, 박기현, 정혜란, 권경원, 정나겸
제 보 자 : 민춘자, 여, 79세
구연상황 : 조사자가 제보자에게 노래를 참 많이 불렀다고 칭찬을 하며 또 아는 노래가
없느냐고 묻자 다시 생각해서 기억나는 노래를 부른 것이다.

수천당 세모시낭게 늘어진가지에 군데를매어
임이뛰만 내가나밀고 내가뛰면은 임이밀어
임아임아 줄살살밀어 줄떨어지면은 정떨어진다

비 노래

자료코드 : 04_08_FOS_20120209_PKS_MCJ_0003
조사장소 : 경상남도 산청군 생초면 월곡리 월곡마을 월곡마을회관
조사일시 : 2012.2.9
조 사 자 : 박경수, 박기현, 정혜란, 권경원, 정나겸
제 보 자 : 민춘자, 여, 79세
구연상황 : 조사자가 어렸을 때 비가 부슬부슬 오면 부르는 노래가 있지 않느냐고 묻자
제보자가 잠시 생각하고나서 바로 다음 노래를 시작했다. 노래를 창부타령 곡

조로 불렀다.

비야비야 오지마라
우리생이[105] 시집간다
가매꼭지[106] 비맞는다
비단치매 얼렁진다[107]

노랫가락(2) / 정 노래

자료코드 : 04_08_FOS_20120209_PKS_MCJ_0004
조사장소 : 경상남도 산청군 생초면 월곡리 월곡마을 월곡마을회관
조사일시 : 2012.2.9
조 사 자 : 박경수, 박기현, 정혜란, 권경원, 정나겸
제 보 자 : 민춘자, 여, 79세
구연상황 : 조사자가 아는 노래가 더 없느냐고 묻자 바로 다음 노래를 시작했다.

가고못오실 이님은 정이나~마 가지고가~지
정만남고 임은갔으니 남으난정이 야삼경이~라
우리도 유정님만나서 백년이지도록 잘살아볼까~

노랫가락(3) / 나비 노래

자료코드 : 04_08_FOS_20120209_PKS_MCJ_0005
조사장소 : 경상남도 산청군 생초면 월곡리 월곡마을 월곡마을회관
조사일시 : 2012.2.9
조 사 자 : 박경수, 박기현, 정혜란, 권경원, 정나겸

---

105) 우리 형이.
106) 가마 꼭지.
107) 얼룩(이) 진다.

제 보 자 : 민춘자, 여, 79세

구연상황 : 조사자가 "나비야 청산을 가자"라고 부르는 노래를 해달라고 하자 망설임 없이 곧바로 다음 노래를 시작했다. 청중들이 박수를 치며 호응했다.

나비야 청산을가자 노랑나비야 너도가자

가다가 날저물걸랑 꽃에붙어서 자고가자

꽃도지고 없거나덜랑 요내품안에 자고가자

노랫가락(4)

자료코드 : 04_08_FOS_20120209_PKS_MCJ_0006

조사장소 : 경상남도 산청군 생초면 월곡리 월곡마을 월곡마을회관

조사일시 : 2012.2.9

조 사 자 : 박경수, 박기현, 정혜란, 권경원, 정나겸

제 보 자 : 민춘자, 여, 79세

구연상황 : 청중들이 주변에서 잘하는 노래를 한 번 해보라고 했다. 조사자도 옛날 노래로 부탁한다고 하니 바로 다음 노래를 가창했다.

임많이 보실적에는 할말못할말 많더마~는

당신을 대하고보니 가슴이답답 심중이벙벙

심중에 울어난눈물 어느장부가 막을소냐

사모요(思母謠)

자료코드 : 04_08_FOS_20120209_PKS_MCJ_0007

조사장소 : 경상남도 산청군 생초면 월곡리 월곡마을 월곡마을회관

조사일시 : 2012.2.9

조 사 자 : 박경수, 박기현, 정혜란, 권경원, 정나겸

제 보 자 : 민춘자, 여, 79세

구연상황 : 조사자가 <창부타령> 말고 다른 노래를 불러 보라고 하자, 제보자는 앞의
노래를 부른 후 다음 노래가 생각이 났는지 다음 노래를 하기 시작했다.

정월이라 초하룻날은 만사람이 새옷입고 새비한다[108] 하시는데
울어머니는 어디가고 새비받을줄 모르는고
정이월이라 초하룻날 만사람이 망을하는데
울어머니는 어디가고 망하실줄 모르는고
삼월이라 삼짓날에는 강남제비도 돌아오는데
우리엄마는 어디가고 날찾아올줄 모르는고

달거리 표식 노래

자료코드 : 04_08_FOS_20120209_PKS_MCJ_0008
조사장소 : 경상남도 산청군 생초면 월곡리 월곡마을 월곡마을회관
조사일시 : 2012.2.9
조 사 자 : 박경수, 박기현, 정혜란, 권경원, 정나겸
제 보 자 : 민춘자, 여, 79세
구연상황 : 제보자가 청중들에게 노래가 잘 생각나지 않는다고 하며 첫 소절을 물어보
고는 바로 다음 노래를 불렀다.

청룡아백로가[109] 놀던 뒤에는
비늘이 떨어져서 포적이요[110]
할아버지할머니 놀던 뒤에는
담뱃대 하나가 포적이요
처녀총각이 놀던 뒤에는
연애편지 봉투하나 포적이요

---

108) 세배한다.
109) "청룡과 백룡이"를 이처럼 불렀다.
110) 표식이요.

우리인생 놀던 뒤에는

정종병 하나가 포적이요

풀국새 노래

자료코드 : 04_08_FOS_20120209_PKS_MCJ_0009
조사장소 : 경상남도 산청군 생초면 월곡리 월곡마을 월곡마을회관
조사일시 : 2012.2.9
조 사 자 : 박경수, 박기현, 정혜란, 권경원, 정나겸
제 보 자 : 민춘자, 여, 79세
구연상황 : 조사자가 산비둘가가 구구구구 하는 소리를 흉내내며 부르는 노래를 아느냐
고 묻자 제보자가 다음 노래를 불렀다.

풀꾹 풀꾹

애미죽고 자석죽고

서답빨래 뉘가할꼬

검둥개 노래

자료코드 : 04_08_FOS_20120209_PKS_MCJ_0010
조사장소 : 경상남도 산청군 생초면 월곡리 월곡마을 월곡마을회관
조사일시 : 2012.2.9
조 사 자 : 박경수, 박기현, 정혜란, 권경원, 정나겸
제 보 자 : 민춘자, 여, 79세
구연상황 : 조사자가 노래를 부탁 하지 않았는데도 생각나는 노래가 많은지 다음 노래
를 자연스럽게 불렀다.

개야개야 검둥개야

나안묵고 밥줄적에

살을찌라고 너를좂나
뒷집에 김도령 담넘어뗠때
짖지말라고 너를좂다

댕기 노래

자료코드 : 04_08_FOS_20120209_PKS_MCJ_0011
조사장소 : 경상남도 산청군 생초면 월곡리 월곡마을 월곡마을회관
조사일시 : 2012.2.9
조 사 자 : 박경수, 박기현, 정혜란, 권경원, 정나겸
제 보 자 : 민춘자, 여, 79세
구연상황 : 조사자가 <댕기 노래>를 아느냐고 물으니 바로 다음 노래를 불러주었다.

한냥주고 뜬댕기
두냥주고 접은댕기
성안에라 널뛰다가
성밖으로 빠졌구나
주엿구나 주엿구나
서당꾼이 주엿고나
주은당기 나를주면
단니젊어서 은혜하까
지갑을집어서 은혜하까

그래 캐놓고 뭐이더라. (조사자 : 서당꾼이 주어다가.) 주인 댕기 너를
주면, 주인 댕기 나 아? 주인 댕기 너를 주면. 알아봐. 주인 댕기 나를 주
면, 안자 총각이 하는 말이라. 그거 해봐. 니가 아무리 잘 생기도 본사 같
이 못 생길까 그긴데, 그긴데 처머이(처음에) 뭐이더라. (조사자 : 내하고

뭘 해주면은 댕기 주까. 결혼해 주면.) [생각난 듯이] 아! 그거 인자 생각
난다.

      마당우에 덕석을패고
      덕석우에 멍석을패고111)

 너, 거, [가사를 읊으며]

      제비상을 차려놓고
      너와나가 맞절하면 너를줄게

남녀연정요

자료코드 : 04_08_FOS_20120209_PKS_MCJ_0012
조사장소 : 경상남도 산청군 생초면 월곡리 월곡마을 월곡마을회관
조사일시 : 2012.2.9
조 사 자 : 박경수, 박기현, 정혜란, 권경원, 정나겸
제 보 자 : 민춘자, 여, 79세
구연상황 : 제보자가 자신 있게 계속 노래를 하겠다고 하며 부른 노래이다.

      도라지팽풍 미닫이방에
      잠든큰아가 문열어라
      바람불고 비오는날에
      나올중모르고 문걸었나
      네모반듯 장판방에
      임도안고 나도안고
      임의물팍 살금베어112)

---

111) 멍석을 펴고.
112) 임의 무르팍 살짝 베어.

임도웃고 나도웃고
상긋방긋 웃는웃음
못다보고 날이샌다

모심기 노래(2)

자료코드 : 04_08_FOS_20120209_PKS_MCJ_0013
조사장소 : 경상남도 산청군 생초면 월곡리 월곡마을 월곡마을회관
조사일시 : 2012.2.9
조 사 자 : 박경수, 박기현, 정혜란, 권경원, 정나겸
제 보 자 : 민춘자, 여, 79세
구연상황 : 청중들이 주변에서 <모심기 노래>를 해보라고 하자 제보자가 망설임 없이
노래를 하기 시작했다. 그러나 가사를 정확하게 기억하지 못하고 가사를 뒤섞
어 불렀다.

서마지기에 논빼미에
출렁출렁 물실어놓고 주인한량 어디갔소
등넘에다 첩을두고 첩의방에 놀러갔소

아이고 대라.

첩이 대단해서 밤에가고 낮에가요

일꾼들이 그리 해요. 일꾼들이 그리 해. 그래,

밤으로는 자러가고 낮으로는 놀러가지

시집살이 노래(1) / 사촌형 노래

자료코드 : 04_08_FOS_20120209_PKS_MCJ_0014
조사장소 : 경상남도 산청군 생초면 월곡리 월곡마을 월곡마을회관
조사일시 : 2012.2.9
조 사 자 : 박경수, 박기현, 정혜란, 권경원, 정나겸
제 보 자 : 민춘자, 여, 79세
구연상황 : 조사자가 시집살이 노래를 아느냐고 하자 제보자가 부른 노래이다.

　　　성아성아 사촌성아
　　　나왔다고 성내지마라
　　　쌀한대만 채렀으몬[113]
　　　성도묵고 나도묵고
　　　누룬밥이 남았으면
　　　성의개주지[114] 내개주요

　　뭐라 쿠더라. 그래 해놓고.

　　　성아집은 부자라서
　　　놋접시로 단장싸고
　　　요내집은 간고해서[115]
　　　사접시로 단장싸네

청춘가(1)

자료코드 : 04_08_FOS_20120209_PKS_MCJ_0015

---

113) 차렸으면.
114) 형의 개(를) 주지.
115) 가난해서.

조사장소 : 경상남도 산청군 생초면 월곡리 월곡마을 월곡마을회관
조사일시 : 2012.2.9
조 사 자 : 박경수, 박기현, 정혜란, 권경원, 정나겸
제 보 자 : 민춘자, 여, 79세
구연상황 : 제사자가 청춘가를 불러보라고 하자, 제보자가 망설임 없이 다음 노래를 불
렀다.

　　　백년을 사자꼬~오 백년초 심었더니 에~이
　　　백년초는 잦아지고 에~이 이별초 나였구나[116]

　　　종달새 울걸랑
　　　풀국새 울걸랑 봄온줄 알고요~오
　　　종달새 울걸랑 임온중 알아~라

　몰라. 꺼꾸로 했다.

　　　술아 술술이야 잘넘어 가고요~오
　　　찬물아 냉수는 에~이 입안에 도는구나~아

　아이구 우리 할매가 덕시기 줘갖고.

　　　노자 친구는 수수야 만명인데~에
　　　잠자자 친구는 에~에 한사람 뿐이더라~아

　좋다. [일동 웃음]

모심기 노래(3)

자료코드 : 04_08_FOS_20120209_PKS_MCJ_0016

---

116) 이별초(가) 났구나.

조사장소 : 경상남도 산청군 생초면 월곡리 월곡마을 월곡마을회관
조사일시 : 2012.2.9
조 사 자 : 박경수, 박기현, 정혜란, 권경원, 정나겸
제 보 자 : 민춘자, 여, 79세
구연상황 : 조사자가 <모심기 노래>를 더 해달라고 하자 잠시 가사가 생각나지 않았는
지 망설이다가 조사자가 앞 소절을 조금 불러주니 생각이 났는지 다음 노래
를 불러주었다.

오늘해가 다졌는가 골골마다 연기나네
우리할맘 어디를가고 연기낼줄 모르는고

잠 노래

자료코드 : 04_08_FOS_20120209_PKS_MCJ_0017
조사장소 : 경상남도 산청군 생초면 월곡리 월곡마을 월곡마을회관
조사일시 : 2012.2.9
조 사 자 : 박경수, 박기현, 정혜란, 권경원, 정나겸
제 보 자 : 민춘자, 여, 79세
구연상황 : 조사자가 옛날에 길쌈을 할 때 잠이 오면 부르는 노래가 있지 않느냐고 묻
자 제보자가 그런 노래는 맨날 불렀다고 하면서 다음 노래를 불렀다.

잠아잠아 오지마라
질쌈거리가 묻어난다
질쌈거리 묻어나면은
시오마니 눈에난다
시오마니 눈에나면
임의눈에도 눈에난다

첩 노래

자료코드 : 04_08_FOS_20120209_PKS_MCJ_0018
조사장소 : 경상남도 산청군 생초면 월곡리 월곡마을 월곡마을회관
조사일시 : 2012.2.9
조 사 자 : 박경수, 박기현, 정혜란, 권경원, 정나겸
제 보 자 : 민춘자, 여, 79세
구연상황 : 제보자가 자신 있게 노래를 하나 더 해보겠다고 하면서 다음 노래를 하기
　　　　　 시작했다.

　　　　전라도라 찬물고개

　　　　차돌같은 본댁두고

　　　　진주단성 연못안에

　　　　연꽃겉은 첩을두고

　　　　우리나라 사또님은

　　　　눈조차도 외눈인고

　　　　너와같은 갈로첩은

　　　　외눈에도 갓눈이다

의암이 노래

자료코드 : 04_08_FOS_20120209_PKS_MCJ_0019
조사장소 : 경상남도 산청군 생초면 월곡리 월곡마을 월곡마을회관
조사일시 : 2012.2.9
조 사 자 : 박경수, 박기현, 정혜란, 권경원, 정나겸
제 보 자 : 민춘자, 여, 79세
구연상황 : 제보자가 앞의 노래를 부른 후 다음 노래를 계속해서 불렀다.

　　　　진주기상 의앰이는117) 우리조선을 살리자고

_____

117) 진주기생 의암이는. '의암'은 논개를 말한다.

박대장문을 목을안고 남강물에 뚝떨어졌네

청춘가(2)

자료코드 : 04_08_FOS_20120209_PKS_MCJ_0020
조사장소 : 경상남도 산청군 생초면 월곡리 월곡마을 월곡마을회관
조사일시 : 2012.2.9
조 사 자 : 박경수, 박기현, 정혜란, 권경원, 정나겸
제 보 자 : 민춘자, 여, 79세
구연상황 : 조사자가 <청춘가>를 한 번 더 불러보라고 하니 곧바로 큰 소리로 노래하기
　　　　　시작했다.

　　　돌려라 돌려라~ 청춘가로 돌려라~아
　　　한나이라도 젊어서 에~에 청춘가로 돌리라

　　　간다 못간다~을 얼마나 울었던지~이
　　　정기정 마당에 에~에 한강수 되었네

　　　산속에 나는물을 산속의 물이고~오
　　　내속에 나는물은 에~에 속썩은 물이라

노랫가락(5) / 팔공산 노래

자료코드 : 04_08_FOS_20120209_PKS_MCJ_0021
조사장소 : 경상남도 산청군 생초면 월곡리 월곡마을 월곡마을회관
조사일시 : 2012.2.9
조 사 자 : 박경수, 박기현, 정혜란, 권경원, 정나겸
제 보 자 : 민춘자, 여, 79세
구연상황 : 제보자가 노래를 하나 더 해보겠다며 자신있는 목소리로 구연했다.

팔공산 달밝이 달뜬공원에 두견새 울고

낙동강에 임을실고요 팔달길로만 흘러가니

동화사 새복종소리[118] 임이오시자 날이샜네

시집살이 노래(2) / 양동가마 노래

자료코드 : 04_08_FOS_20120209_PKS_MCJ_0022
조사장소 : 경상남도 산청군 생초면 월곡리 월곡마을 월곡마을회관
조사일시 : 2012.2.9
조 사 자 : 박경수, 박기현, 정혜란, 권경원, 정나겸
제 보 자 : 민춘자, 여, 79세
구연상황 : 조사자가 시집 가서 양동가마를 깼는데 양동가마를 물어내라는 노래가 없느
냐고 묻자 잠시 뒤 제보자가 다음 노래를 구연했다.

한살먹어서 모친잃고

다섯살에 부친잃고

이몸십팔 열여덟에

시집을 갔어 인자. 그것도 노래가 안 된다. 갔는데. (청중 : 간다이 안
되몬 그것도 이야기로 해. 이야기로 해.) 시집을 갔는데 인자,

시집간 사흘만에

일거리를 돌라하니

참깨서말 들깨서말

열에닷말이

뭐꼬?

---

118) 새벽 종소리.

주더니
한솥볶고 두솥볶고
삼세솥을 볶고나니
벌어졌네 벌어졌네
양가매가 벌어졌네
아가아가 시아바지 썩나서서
아가아가 며늘아가
너친정 자주가서
논밭전답을 다팔아도
양가매를 물러오니

또 뭐더라. 그것도 오마더라. 참 또 뭐이더라.

며늘애기 썩나서

메늘 아이고 시어마시, 시어마이가 성 내더라.

"너거 친정 살림 다 팔아도, 논밭 전답 다 팔아도 양가매(양동이) 값 물어오라."

캤거던. 그래 인자 양가매 값 물어오라 칸다고 친정을 갔는데, 그래 인자 양가매 값 물어오라 칸다고 친정을 갔는데, 그래 인자 갔다 왔는데, 내가 그래 해야 되겠다. 영 대서 안 되겠다.

그래 와갖고, 인자 마당 우에다가 덕석 패고 덕석 우에 맹석(명석) 피고, 맹석 우에다가 돗자리 패놓고,

"아무님도 여 앉으소. 어머님도 여 앉으소. 이내 몸, 그래 이내 몸 저게 양가매 값을 물어주몬 이내 몸도 물래도라."

캤거던. 부살같이 물래도라 캤거던요. 그런께 고마,

"아이가 야, 아이가 야야 나는 니, 니 속에 그런 말 나올 줄 몰랐다."

인자 시어마이가 고백을 해뿄어. 그거 인자 메느리한테다가 그래갖고
잘 사더라요.

시집살이 노래(3) / 능금 노래

자료코드 : 04_08_FOS_20120209_PKS_MCJ_0023
조사장소 : 경상남도 산청군 생초면 월곡리 월곡마을 월곡마을회관
조사일시 : 2012.2.9
조 사 자 : 박경수, 박기현, 정혜란, 권경원, 정나겸
제 보 자 : 민춘자, 여, 79세
구연상황 : 제보자가 노래를 잠시 쉬는 동안 청중들도 조용했다. 그때 제보자가 앞의 노
래에 이어 생각나는 다음 노래를 불렀다. 며느리가 아기가 서서 능금 한 쌍을
먹다가 시집식구에게 들켰다. 시집식구들이 나무라자 며느리는 능금은 돈을
주고 살 수 있지만, 복숭아 같은 이 몸은 돈을 주고도 살 수 없다고 응수했다
는 내용이다.

사랑앞에 능금을심어 능금한쌍이 열었구나
애기등도 서신다꾸[119] 능금한쌍 다먹었네
들렸구나 들렸구나 시누애씨 들렸구나
시누애씨 거등을보소 어머님한테이 전하시네
어머님도 거등을보소 아버님한테이 전하시네
아버님도 거등을보소 아들한테 전하시네
아버지도 들어보소 어머님도 들어보소
능금능금 능금씨는 돈을주몬 보지만은
보쿨보쿨 봉숭아는 돈을조도 못고루지

---

119) 아기를 선다고

쌍가락지 노래

자료코드 : 04_08_FOS_20120209_PKS_MCJ_0024
조사장소 : 경상남도 산청군 생초면 월곡리 월곡마을 월곡마을회관
조사일시 : 2012.2.9
조 사 자 : 박경수, 박기현, 정혜란, 권경원, 정나겸
제 보 자 : 민춘자, 여, 79세
구연상황 : 조사자가 "쌍금쌍금 쌍가락지" 하고 부르는 노래를 아느냐고 하자, 제보자가
　　　　　다음 노래를 기억해서 불렀다.

　　　쌍금쌍금 쌍가락지
　　　수싯대기 밀가락지
　　　호작실로 닦아내여

　그이 뭐이더라 또? (조사자 : 먼 데 보이 달일레라.) 아!

　　　닦아내어
　　　먼데보니 달이로다
　　　젙에보니

　뭐이더라. (조사자 : 처녀로다.) 처녀로다.

　　　저처제야 자는방에
　　　숨소리가 둘이로다
　　　홍달복숭 양오랍아
　　　동남풍이 때리불몬
　　　풍지떨석 소리로다

화투타령

자료코드 : 04_08_FOS_20120209_PKS_MCJ_0025
조사장소 : 경상남도 산청군 생초면 월곡리 월곡마을 월곡마을회관
조사일시 : 2012.2.9
조 사 자 : 박경수, 박기현, 정혜란, 권경원, 정나겸
제 보 자 : 민춘자, 여, 79세
구연상황 : 조사자가 <화투타령>을 한 번 해보라고 하자 곧바로 제보자가 노래를 시작
했다.

정월솔갱이 솔씨를흩쳐

이월매주에 맺아놓고

삼월사꾸라 산란한마음

사월흑싸리 흐드러졌네

오월남초 나는나비

유월목단에 들앉았네

칠월홍돼지 홀로누워서

팔월공산 달밝은데

구월국화 굳은마음은

시월단풍에 다떨어졌네

못갈 장가 노래

자료코드 : 04_08_FOS_20120209_PKS_MCJ_0026
조사장소 : 경상남도 산청군 생초면 월곡리 월곡마을 월곡마을회관
조사일시 : 2012.2.9
조 사 자 : 박경수, 박기현, 정혜란, 권경원, 정나겸
제 보 자 : 민춘자, 여, 79세
구연상황 : 조사자가 "궁합에도 못갈 장가 책력에도 못갈 장가"로 시작하는 노래를 아

느냐고 묻자 제보자가 그 노래는 어렸을 때 불렀던 노래라고 했다. 노래를 다 부르고 난 후 빼먹은 구절이 많다고 했다.

궁합에도 못갈장가
책력에도 못갈장가

나 오늘 세 났다.

내가세와서 가신장가

뭐라 쿠더라.

한모랭이[120] 돌아서니
까막깐치가 진동하고
두모랭이를 돌아가니
여시할놈이 길을건너
삼시세모랑이 돌아간께
하인네가 질을오네[121]
두손으로 주는팬지를[122]
한손으로 받아갖고
두손으로 패여보니
죽었고나 죽었고나
신부그대가 죽었구나
늙은종아 말몰아라
젊은종아 짐챙겨라

---

120) 한 모퉁이.
121) 길을 오네.
122) 주는 편지를.

나 이거 싹 다 빠자뭈어. 영 마이 빠자뭈어. 영. (조사자 : 안자 오래 돼
서 기억이 안 나네.) 야.

아부님도 돌아서소
하인네도 돌아서소
이꺼쟁이나[123) 온걸음에
헌일삼아 가볼라네

오늘 내 벌 선다. [일동 웃음]

한모랭이 한대문을 열어보니
널쟁이가 널을짜고
또한대문을 열고보니
곡소리가 진동하네
또한대문을 열고보니
쟁인장모가 썩나서네
이방저방 다제치놓고
신부방으로 들어가니
죽었구나 죽었구나
신부그대가 죽었구나
이승꽃은 간곳이없고
저승꽃이 피었구나
둘이덮자 무주이불을
혼차덮고 가고없네
둘이베자 지은베개는
혼자베고 가고없네

---

123) 이까지나.

갈래갈래 나는갈래
오던질로 나는갈래
오늘왔던 새사위야
오늘가기가 왠말이고
안주가나빠 갈라더나
진지가나빠 갈라더나
안주진주는 안나빠도

　그건 또 험악이다, 자꾸. (청중 : 그래 맞아. 그래 해봐.) 하모. 그래 인
자(청중 : 왔던 걸음에 안주 진지는 안 나빠도, 왔던 걸음에 애기 이름이
나 짓고 가소.) 아이 그거는 딴 기다. 딴 기라 또. 그래 인자 장모가 하는
말이,

내딸죽고 내사우야
울고갈거를 뭣하러왔노
기양지라 온걸음에는
하룻밤이나 자고가거라

　안자 사우가. 다 했어 인제.

남녀 이별 노래

자료코드 : 04_08_FOS_20120209_PKS_MCJ_0027
조사장소 : 경상남도 산청군 생초면 월곡리 월곡마을 월곡마을회관
조사일시 : 2012.2.9
조 사 자 : 박경수, 박기현, 정혜란, 권경원, 정나겸
제 보 자 : 민춘자, 여, 79세
구연상황 : 조사자가 원통한 여자의 노래가 없는지 묻자 조금 있다가 바로 제보자가 구

연했다. 구연 하던 중 힘이 들어 가사를 말로 읊어가며 구연했다.

　　나무함지 반만통에 저자나무 짝방마치

(청중 : 오늘 저녁 저래 한다.) 벌 선다 칸께.

　　넝쿨같은 제서답을 오독소독 담아이고
　　야래랑 밀양숲에 빨래를하러 가닌께노
　　청도컬랑 깔고앉고 주춧돌은 서답씻고

빨래 씻고,

　　검은빨래는 껌기씻고 흰빨래 희기씻어
　　오드랑토드랑 씻은께노 질로가는 도랑새가
　　패수박을 내리뜀서 얼상줄을 도루하네
　　우에냉수한잔 도라해서
　　우에냉수 건어놓고 속에냉수를 떠여준께
　　주는냉수는 아니받고 얼상줄을 도루해서

에 제미, 오늘 내 참 두 벌 선다. [일동 웃음]

　　도루하고도 무료해서 코엘라큰 다스리고
　　오드랑토드랑 씻은께노 수시끈섯다가 하는말이
　　하늘겉은 저행신이 나가고 석달만에
　　하늘같은 저행신이 구름겉이 또오끼네

　　인자 그거 감서 그 캤삤어. 그래 인자 흰 빨개는 희게 씻고, 씻거갖고 온께노, 집에 돌아온께노, 아이구 대라. (청중 : 시어마이가 하는 말이.) 시어마이가, 시어마이가 아이라. 그래 인자, 그래 인자, (청중 : 한 살림 쳐다본께.) [청중을 보고] 야 이 자석아 그거 아이라. 그거는. 그래 인자 딸이 서이라요. 서인데, 그 머 집이라고 들어가서 사는데, 석달만에 생이가(상여가) 날라와삤어요. 생이가 날라와삐서 아부지가 하는 말이,

"딸아 딸아 맏딸 아가 양반의 집에 자식이 아이구 어찌 이래 예쁘고? 양반에 집에 자식이 무슨 일이냐?"

고, 인자 그리 영감이 그 칸께, 딸 안 커졌거던(안 그렇다 하거던). 두채 딸을 불러내고 또 그래 물은께, 또 그래 안 그렇다 카는 기라. 싯채 딸(셋째 딸)로 물은께, 셋째 딸이 기라요. 그래 갖고 그래 인자 생이가 와논께, 뭘 입어조야 안 되겠소. 인자 노래로 부르요. (조사자 : 예.)

　　　　풀어조라 풀어조라 석자머리 풀어조라
　　　　입어조라 입어조라 상치매를 입어조라

그래 인자, 또 제미. (조사자 : 그래 인자 생이가 가던가요?) 그래갖고 인자 집 귀신 죄를 짓고, 하기 싫은 곡을 하고, 그래 인자 했어. 했는데, 그래 인가 가뻔 거 아이요? 초상 치고 가삤는데, 하도 이기 아가씨가 원통해서,

"나는, 나는 죽어 솔이 되고, 너는 죽어 칡이 되고."

인자 그것도 바래이.

"모시적삼 속적삼을 ○때 불에 걸어놓고 숨내나 맡고 가소. 땜내나 맡고 가소."

인자 아가씨가 그리 해놓고, 그래 인자,

"너는 죽어서, 나는 죽어서 솔이 되고, 너는 죽어 칡이 되고, 이승에는 못 살아도 후년, 후세상 가서 사자. 보자."

캤어. 안자 다 했어요.

사발가

자료코드 : 04_08_FOS_20120209_PKS_MCJ_0028
조사장소 : 경상남도 산청군 생초면 월곡리 월곡마을 월곡마을회관
조사일시 : 2012.2.9
조 사 자 : 박경수, 박기현, 정혜란, 권경원, 정나겸
제 보 자 : 민춘자, 여, 79세
구연상황 : 노래를 많이 부른 조사자는 밖에 나간 후 아는 노래를 생각하고 와서 바로
다시 노래를 불렀다.

　　　석탄백탄은 타는데 연기는퐁퐁 나는데
　　　요내가슴 타여도 연기도 짐도 안나니
　　　　　에헤용 에헤용 에헤~용

　뭐이더라.

　　　　　에야로 난다 지화자자 좋다
　　　　　니가내간장 스리살살 다녹힌다

노랫가락 / 그네 노래

자료코드 : 04_08_FOS_20120208_PKS_BDS_0001
조사장소 : 경상남도 산청군 생초면 향양리 향양마을 농촌건강장수관
조사일시 : 2012.2.8
조 사 자 : 박경수, 박기현, 정혜란, 권경원, 정나겸
제 보 자 : 배덕순, 여, 73세
구연상황 : 조사자가 노랫가락이나 창부타령을 알면 불러달라고 하자, 다른 제보자가 제
보자에게 노래를 해보라고 권했다. 제보자가 바로 노랫가락으로 부른 <그네
노래>이다.

　　　수천당 세모시낭게 늘어진가지다 쌍군데매어

임이뛰면 내가나밀고 내가뛰면은 임이밀-어
임아임아 줄살살밀어 줄떨어지면은 정떨어진-다

모심기 노래(1)

자료코드 : 04_08_FOS_20120209_PKS_WGS_0001
조사장소 : 경상남도 산청군 생초면 어서리 어서마을 경로당
조사일시 : 2012.2.9
조 사 자 : 박경수, 박기현, 정혜란, 권경원, 정나겸
제 보 자 : 우근순, 여, 72세
구연상황 : 조사자가 모심을 때 부른 노래를 불러달라고 요청하자, 청중들이 옛날에 부르던 노래들이 많았는데 통 기억이 나지 않는다고 서로 말하고 선뜻 노래를 부르지 않았다. 제보자가 다음 노래가 생각이 났는지 부르기 시작하였다. 뒷소리는 다른 제보자인 홍순이 할머니를 비롯한 청중들과 함께 불렀다.

서마지기 논빼미가~아 반달마침 남았구나
제가무슨 반달인가 초생달이 반달이지

모심기 노래(2)

자료코드 : 04_08_FOS_20120209_PKS_WGS_0002
조사장소 : 경상남도 산청군 생초면 어서리 어서마을 경로당
조사일시 : 2012.2.9
조 사 자 : 박경수, 박기현, 정혜란, 권경원, 정나겸
제 보 자 : 우근순, 여, 72세
구연상황 : 조사자가 "모야모야 노랑모야"라고 앞소리의 일절을 부르며 제보자에게 불러보라고 했다. 제보자가 노래를 받아 불렀지만, 가사를 제대로 기억하지 못하고 대강의 가사를 짐작하여 불렀다.

모야모야 노랑모야 이모커서 숭구갖고

열매열어 해먹는다

노랫가락

자료코드 : 04_08_FOS_20120208_PKS_LMI_0001
조사장소 : 경상남도 산청군 생초면 향양리 향양마을 농촌건강장수관
조사일시 : 2012.2.8
조 사 자 : 박경수, 박기현, 정혜란, 권경원, 정나겸
제 보 자 : 이묘임, 여, 75세
구연상황 : 다른 제보자의 노래를 듣고 난 후 이 제보자가 "나도 노랫가락을 한 번 해
보겠다."고 말을 한 후 다음 노래를 불렀다.

심문에 개짖는소리 임이오싰나 문열어봐라

임은점점 간곳이없고 모진강풍이 날속이네–

남녀연정요

자료코드 : 04_08_FOS_20120208_PKS_LSN_0001
조사장소 : 경상남도 산청군 생초면 향양리 향양마을 농촌건강장수관
조사일시 : 2012.2.8
조 사 자 : 박경수, 박기현, 정혜란, 권경원, 정나겸
제 보 자 : 이신남, 여, 93세
구연상황 : 제보자가 갑자기 노래를 시작해서 조사자가 처음부터 다시 해달라고 요청을
해서 부른 노래이다. 노래는 노랫가락 곡조로 불렀다.

저건네라 뱅덕우에[124] 빙빙도는 범나비야

함박꽃이 젤좋더나 목단꽃이 젤좋더나

---

124) "언덕위에"라고 부를 노래를 뒤이어 나오는 "빙빙 도는"의 사설에 영향을 받아 "뱅
덕우에"라고 부른 것으로 판단된다.

함박꽃도 나는싫고 목단꽃도 나는싫어
네모반듯 장판방에 술상밧이를 마주놓고
임도한잔 잡으시고 나도한잔 먹으시고
수저쾅쾅 놓는소리 본처간장이 다녹는다
본처사랑은 백년사랑 첩의사랑은 [말하듯이] 석달이대이

모심기 노래

자료코드 : 04_08_FOS_20120208_PKS_IYG_0001
조사장소 : 경상남도 산청군 생초면 향양리 향양마을 농촌건강장수관
조사일시 : 2012.2.8
조 사 자 : 박경수, 박기현, 정혜란, 권경원, 정나겸
제 보 자 : 임영규, 남, 76세
구연상황 : 조사자가 다른 제보자와 모심기에 대해서 이야기를 하자 이 제보자가 갑자
기 노래를 불렀다. 노래를 한 마디 부르고 난 후 지신밟기 등을 할 때 자신이
노래를 했다고 말했다. 청중이 <모심기 노래>를 부르자 그렇게 하는 게 아
니라며 설명을 붙이며 노래를 불러주었다.

서마지기 논빼미가~ 반달같이~이 남았구나

그리 나가거든.

모야모야 파랑모야~아 언제커서 영화볼래

고리 나가는 기라.

이달크고 훗달크면 영화볼날 돌아오지

청바닥을 띄오133)리맨 어서가자 씨게가자134)

이날저날 여러날로 저승이나

마이 잊어뻤어. 마이 마이 잊어뻤어.

저승 노래

자료코드 : 04_08_FOS_20120208_PKS_IYJ_0004
조사장소 : 경상남도 산청군 생초면 향양리 향양마을 농촌건강장수관
조사일시 : 2012.2.8
조 사 자 : 박경수, 박기현, 정혜란, 권경원, 정나겸
제 보 자 : 임영자, 여, 84세
구연상황 : 조사자가 여러 노래를 말하자 청중이 해보라고 부추겼다. 그러자 제보자가 본인의 나이를 말하자 조사자가 기억력이 정말 좋다고 칭찬을 했다. 그러던 중 제보자가 노래를 갑자기 시작했다.

어떤노인 말들으니 저승질이 머다더니

오늘내게 당해서는 문턱밑이 저승이네

잘있거라 잘있거라 상주백관 잘있거라

또 뭐, 뭐라 카더라.

적삼벗어 초음하니 없던곡소리가 진동하네

일직사자 월직사자 한손에는 장검들고 한손에는 철봉들고

씨도록게 시방마치 청바닥을 띄오르매

어서가자 쌔기가자 저승문이 닫았는가

일직사자 목을매고 월적사자 등을지니

---

133) 뛰어오르며.
134) 싸게 가자. 즉, 빨리 가자.

높은데는 낮아지고 낮인데는 높아지고
열두대문 들어가니 무섭기도 가이없고
두렵기도 가이없네
채판관이[135] 문시잡고

한 곡 하라 카더란다. 뭐 뭐,

배고프니 밥을줘서 적신공덕 해었느냐
깊은물에 다리나여 해인공덕 해었느냐
꽃밭에도 물을주여 하덕공덕 해었느냐

그리 저승 찾아 그리 묻더라 캐. 이 사람은 아무 공로를 못 들있어.
청독에 갖했어. 청독 우에. 청도에 가지고 또 착한 사람 불리들이(불려
들여).

착한사람 불러들이 무엇이 소원이냐
장수몸이 될라느냐 남자몸이 될라느냐

남자가 될란가, 장수 몸이 될란가 막 묻더래요. 저게,

억만군사 거느리고 장수몸이 될라느냐

그래, 그 사람이 하늘에 천신될라 카더란다.

보리타작 노래

자료코드 : 04_08_FOS_20120208_PKS_IYJ_0005
조사장소 : 경상남도 산청군 생초면 향양리 향양마을 농촌건강장수관

---

135) 재판관이.

했다. 설화는 <호랑이 입 안의 비녀를 빼준 나그네>, <죽은 아이를 살려준 개> 2편이다.

제공 자료 목록
04_08_FOT_20120119_PKS_JJS_0001 호랑이 입 안의 비녀를 빼준 나그네
04_08_FOT_20120119_PKS_JJS_0002 죽은 아이를 살려준 개
04_08_FOS_20120119_PKS_JJS_0001 모찌기 노래

도깨비를 이기는 방법

자료코드 : 04_08_FOT_20120119_PKS_KMG_0001
조사장소 : 경상남도 산청군 시천면 반천리 반천마을 반천경로당
조사일시 : 2012.1.19
조 사 자 : 박경수, 박기현, 정혜란, 권경원, 정나겸
제 보 자 : 김명곤, 남, 74세
구연상황 : 다른 제보자가 도깨비에 대한 이야기를 하자, 제보자가 짧게 도깨비를 이기는 방법에 관한 이야기를 했다.
줄 거 리 : 도깨비를 이기려면 왼쪽으로 잡고 오른쪽으로 넘겨야 한다. 또 올려다 보면 안 되고 내려다 봐야 한다. 도깨비가 가랑이를 파고들면 내려다보고 잡아 눕혀야 이길 수 있다.

암 외로(왼쪽으로), 외로 잡고 오른쪽으로 넘기야 되든지 뭐, 그 치다(쳐다) 보믄, 토깨비는 그 쳐다 보믄 자꾸 키가 커진다 쿠는데, 내리다 봐야 돼.

(조사자 : 내리다 봐야 돼요?) 암, 내리다 보면 가래이로(가랑이로) 파고 들어가야만 잡아 눕히야 된다고. 잡아 눕히야 토째비를 이긴다 쿠대. 토째비잔테. 치다 보믄 키가 자꾸 크진다 쿠대. 그런 전설이 있지 또.

귀신의 대화를 엿들은 소금장수

자료코드 : 04_08_FOT_20120119_PKS_KJI_0001
조사장소 : 경상남도 산청군 시천면 외공리 외공마을 마을회관
조사일시 : 2012.1.19
조 사 자 : 박경수, 박기현, 정혜란, 권경원, 정나겸
제 보 자 : 김종임, 여, 72세

증편 한국구비문학대계 8-28
경상남도 산청군 ②

초판 인쇄 2019년 3월 21일
초판 발행 2019년 3월 28일

엮 은 이 박경수 정규식 박기현
엮 은 곳 한국학중앙연구원 어문생활사연구소
출판기획 유진아

펴 낸 이 이대현
펴 낸 곳 도서출판 역락
편   집 권분옥
디 자 인 안혜진

주   소 서울시 서초구 동광로46길 6-6(반포4동 577-25) 문창빌딩 2층
등   록 1999년 4월 19일 제303-2002-000014호
전   화 02-3409-2058, 2060
팩   스 02-3409-2059
이 메 일 youkrack@hanmail.net

값 40,000원

ISBN 979-11-6244-420-7 94810
      978-89-5556-084-8(세트)